变形的人

卡夫卡 精选集

Franz Kafka (1883—1924)

KAFKA 100

美国

Amerika

[奥地利]
Franz Kafka
弗朗茨·卡夫卡—著

米尚志—译

译林出版社

图书在版编目（CIP）数据

美国 /（奥）弗朗茨·卡夫卡著；米尚志译.—南京：译林出版社，2024.5
（变形的人：卡夫卡精选集）
ISBN 978-7-5753-0058-2

Ⅰ.①美… Ⅱ.①弗… ②米… Ⅲ.①长篇小说－奥地利－现代 Ⅳ.①I521.45

中国国家版本馆 CIP 数据核字（2024）第 044255 号

美国 ［奥地利］弗朗茨·卡夫卡 ／ 著　米尚志 ／ 译

责任编辑　韩继坤
装帧设计　廖　韡
校　　对　梅　娟
责任印制　颜　亮

出版发行　译林出版社
地　　址　南京市湖南路 1 号 A 楼
邮　　箱　yilin@yilin.com
网　　址　www.yilin.com
市场热线　025-86633278
排　　版　南京展望文化发展有限公司
印　　刷　南京新世纪联盟印务有限公司
开　　本　787 毫米 ×1092 毫米　1/32
印　　张　9
插　　页　4
版　　次　2024 年 5 月第 1 版
印　　次　2024 年 5 月第 1 次印刷
书　　号　ISBN 978-7-5753-0058-2
定　　价　55.00 元

卡夫卡画作

卡夫卡的《美国》：一个迷离世界的序章

谭　渊[1]

在20世纪的文学星空中，卡夫卡犹如一颗闪烁着独特光芒的恒星，以其深邃、迷离、荒诞的文字风格和令人难以捉摸的笔触，吸引了无数读者进入他构建的奇特世界。但他却于1924年6月去世前留下遗嘱，要求将其手稿全部焚毁。幸而作为遗嘱执行人的好友马克斯·布罗德深知卡夫卡作品的价值，故此反其道而行之，将卡夫卡没有完成的诸多作品整理出来发表，这才逐渐引起世界文坛的关注，进而引发了一场持续至今的“卡夫卡热”。

卡夫卡在世时正值奥匈帝国一步步走向崩溃，他选择了远离政治旋涡，在柏格森、尼采哲学的影响下，用象征直觉的手法，通过构建荒诞、变形的故事，塑造出在社会环境重压下一步步陷入孤独乃至绝望的个人形象，并以其独特的叙事风格展现出一幅充满悖论与矛盾的资本主义社会景象。作

1 谭渊，华中科技大学教授，德国哥廷根大学博士，国家重大人才工程青年学者，德国洪堡学者。主要从事德语文学研究。

品《美国》便讲述了这样的故事。《美国》原名《失踪者》或《消失的人》(*Der Verschollene*),出版于1927年。其中第一章《司炉》曾以短篇小说形式发表,是卡夫卡的早期代表作。对于那段创作经历,卡夫卡曾在1910年5月17至18日的日记中写道:“我写这个完全是出于对我这副皮囊和它的未来的绝望。”

《美国》的故事从十六岁的少年卡尔开始,他在懵懵懂懂中被女仆所引诱。由于女仆生了孩子,少年的父母决定将他送到美国,希望全新的环境能为他带去一个重新开始的机会。然而,父母的决定却将少年带入了一个更为复杂、混乱的世界。

还在开往美国的轮船上,少年就经历了种种奇遇;踏上美国土地后,他更遇到了形形色色的人物,从他们的身上逐渐了解到这个国家的真实面貌。他看到了社会的贫富差距,看到了人性的扭曲与异化,也看到了权力的腐败与压迫。在这个看似自由、充满机会的国家,少年感到了一种前所未有的孤独与迷茫,在不断追逐幸福的过程中,却越来越深地陷入了无尽的幻灭与绝望中。

卡夫卡的《美国》并不仅仅是一个关于少年的成长故事,它更是对美国社会的讽刺与批判。对权力和压迫的探讨是小说的重要主题之一。卡夫卡以其独特的笔触,揭示了美国社会的种种弊病,如贫富差距、阶级矛盾、权力斗争、人性异化等。他通过少年的视角,将那种无时无刻不在的社会压迫呈现得淋漓尽致,使读者不禁要问:这个国家真的是一个充满机会的“自由之地”吗?

同时,《美国》也是卡夫卡对自身命运的隐喻。卡夫卡一生都生活在布拉格的富裕犹太人社区中，他虽然从来不必为衣食担忧，却始终无法摆脱社会的偏见与歧视。他的作品常常反映出他在自我认识、身份定位中的困惑与挣扎。《美国》中的彷徨少年同样面临着自我认知的问题。他身处异国他乡，始终感觉自己是一个“局外人”，经常感受到一种无法融入社会的孤独感和异化感，似乎永远都无法融入这个新的环境，真正成为这个国家的一员。这也正是现代社会中普遍存在的异化和孤独感。

卡夫卡的《美国》不仅是一部文学经典，更是一部关于人性、社会、命运的深刻反思之作。它告诉我们，在看似自由、充满机会的大城市生活中，每个人都可能成为迷失的羔羊。因此，在阅读《美国》的过程中，我们常常会感觉自己仿佛置身于一个既真实又虚幻，既充满希望又充满绝望的世界中。卡夫卡以其独特的笔触，将这个世界呈现得如此真实、如此生动。他让我们看到了生活的另一面，一个我们不愿面对却又不得不面对的世界。

总的来说，《美国》是卡夫卡为我们描绘的一幅充满悖论与矛盾的画卷。在这幅画卷中，我们看到了人性的挣扎、社会的困境以及命运的无奈。它提醒我们，无论身在何处，我们都应时刻关注自己的内心，只有当我们勇敢地面对自己的内心，才能找到真正属于自己的那份自由与尊严。因此，当我们沉浸于卡夫卡的《美国》时，或许更应追寻属于自己独特的答案。只有勇敢地面对这个复杂的世界，我们才能找到自己的方向与归宿。

本书的译者米尚志老师在上世纪就已蜚声译坛，他翻译的《城堡》《面包与运动》《说谎者雅各布》等著作数十年来一直在不断再版，在文学爱好者中享有盛誉。让我们跟随他细腻的文笔，一同进入卡夫卡所创造的迷离世界，去寻找生活的真谛与意义吧！

目录

司炉

十六岁的卡尔·罗斯曼被父母送往美国，因为一个女仆引诱他，并生下了他的孩子。他乘坐的轮船已放慢了速度，驶入纽约港。这时，他凝视着早已在望的、阳光骤然强烈照耀的自由女神像。她那手持宝剑的臂膀像是重又高高举起；自由的微风吹拂着她。

“真高！”他自言自语道。他压根儿没想到走开，结果被从他身边走过的越来越多的行李搬运工渐渐挤到了紧靠甲板栏杆的地方。

他在旅途中匆匆结识的一个年轻人在走过时说：“喂，您还不想下船？”“我准备好了。”卡尔说。他是个强壮的小伙子，所以，他边向对方笑着，边忘乎所以地把箱子扛到肩上。但是，当他抬头看时，他那位熟人轻轻挥动着手杖正随其他乘客走开。这时，他很吃惊，发现自己的雨伞忘在下面船舱里了。他忙请那位熟人帮他看一会儿箱子，而对方看来不太乐意；接着，他看看四周环境，以便回来时能找到路，然后急匆匆走开了。很遗憾，他在下面发现，那条可以大大缩短路程的通道，显然是因为出空了旅客而首次关闭了。因此，他只好穿过拐来拐去的走廊，走过一个放着一张被废弃的写字台的空房间，吃力地寻找一个接一个的阶梯。这条路他只走过一两次，而且都是随大伙一起走的，所以，他最后实际上完完全全迷了路。他不知如何是好；因为他碰不见人，只听见头顶许许多多人走动的脚步声，同时，能感觉到远处已经关闭的机器最后转动的一丝气息，这时，他开始敲他东转西转偶然遇到的一扇小门。

“门开着。”里面有人喊道。卡尔这才真的松了口气，他打开门。“您为什么这么猛烈地敲门？”一个巨人般的男子还没看卡尔一眼就问道。透过某个地方的一扇天窗，一道在船上变得暗淡的光线照进这间简陋的舱房。在这里，一张床、一个橱柜、一把沙发椅和这位男子，像是贮存起来一样，紧紧挤在一块。“我迷路了。”卡尔说，“在旅途中，我根本没发觉，这真是一艘大得可怕的轮船。”“对，您说得对。”这位男子带几分骄傲地说，但并未停止摆弄一只小箱子上的锁，他双手不断按压箱子，为的是听到锁舌咔嗒一声响。“您倒是进来呀！”男子继续说，“您不要站在外面！”“我不打扰您吗？”卡尔问。“唉，怎么会打扰呢！”“您是德国人？”卡尔还试图确保安全，因为他听说过许多有关爱尔兰人对新到美国的人进行威胁的事。“我是，我是。”那个人说。卡尔还在犹犹疑疑。这时，那个人突然抓住门把手，一把关上门，硬把卡尔也推进了房间。“我无法忍受人们从过道朝里面看我。”那个人说，同时又忙着弄他的箱子，“每个人从过道走过，都要朝里边看，这有多少人能忍受呢！”“但过道里一个人也没有。”卡尔说，他不舒服地挤在床栏杆边站着。“是啊，现在没人。”那个人说。说的就是现在，卡尔心想，和这个人真难沟通。“您躺到床上，那儿地方大些。”那个人说。卡尔尽量爬到床上，同时大声嘲笑自己起初想跳上去，结果不行。他刚到床上就喊道：“天哪，我把箱子全忘了！”“箱子在哪儿？”“在上面甲板上，有个熟人帮我看着。他叫什么名字来着？”他从母亲为他出门缝在衬里上的暗兜里掏出一张名片。“布特鲍姆，弗朗茨·布特鲍姆。”“您非常需要那只箱子吗？”“当然啦！”“那么，您为什么把它交给一个陌生人呢？”“我把雨伞忘到下面了，跑下来拿伞，但不想拖着箱子。谁知我在这里也迷了路。”“您是一个人？没人陪伴您？”“对，我一个人。”“我也许应该依靠这个人，”卡尔心想，“我在什么地方还能找到更好的人呢？”“您现在把箱子也丢了。我先不谈雨伞的事。”那个人坐到沙发椅上，仿佛卡尔的事现在引起了他的一些兴趣。“但我相信，箱子还没有丢。”“相信能使人快乐。”那个人说，同时抓搔他那浓密的黑色短发，“在船上，到不同的港口，会遇到不同的习俗。在汉堡，您的布特鲍姆也许在看管您的箱子；在这儿，很可能两样都无影无踪了。”“那我必须立刻上去看看。”卡尔说，边回头看看怎样才能出去。“您就在这里待着吧。”那个人说，同时用手朝他胸口猛地一推，把他推回到床上。“为什么？”卡尔生气地问。“因为毫无意义。”那个人说，“过一小会儿，我也走，那样我们就一起走。或者箱子被偷走了，那就没有任何解救办法了；或者那个人把箱子留在原处，那样，不等船上人走完，我们就能很容易找到它，同样也能找到您的雨伞。”“您对这艘船很熟悉吗？”卡尔怀疑地问，同时他觉得，在空无一人的船上很容易找到他的东西这个原本具有说服力的想法，似乎还会遇到什么隐藏着的麻烦。“我是船上的司炉。”那个人说。“您是司炉！”卡尔高兴地叫道，好像这能满足他的一切期望；他支撑着双肘，端详着那个人。“正好在我和那个斯洛伐克人睡觉的房间前面有个窗洞，通过这个窗洞可以直接看到机房里面。”“是啊，我在那儿工作过。”司炉说。“我一直对技术非常感兴趣，”停留在某一思路上的卡尔说，“而且，如果我不是迫不得已来到美国，我以后会成为工程师。”“您为什么是迫不得已呢？”“唉，别提啦！”卡尔说，用手一挥，把整个事情撇开了。同时，他微笑着凝视司炉，好像请求对方原谅，但是他不说。“肯定有什么原因。”司炉说。听不太出来他说这话是想要求还是拒绝卡尔讲述这个原因。“现在我也可以当个司炉，”卡尔说，“我干什么，现在我父母都无所谓。”“我的职位空出来了。”司炉说。他想到这一点，把双手插入裤袋，两条穿着皮革样的铁灰色多皱裤子的腿放到床上，舒展舒展。卡尔只得再靠墙挪动挪动。“您要离开船？”“是的，我们今天就走。”“究竟为什么呢？您不喜欢当司炉？”“是啊，这是境遇，不总是喜欢不喜欢可以决定的。另外，您说得也对，我不喜欢。您也许并非严肃地说想当司炉，要当很容易，但我劝您不要当。如果您本来想在欧洲读大学，为什么不在这儿读呢？美国的大学比欧洲的好得多。”“这是可能的，”卡尔说，“但我没钱读大学。虽然我听说有个人白天在店里打工，夜里读书，最后成了博士，我猜想还当上了市长，但这要有很大的毅力，对不？我怕，我缺乏毅力。另外，我过去也不是特别优秀的学生，因此，我与中学告别时心里确实不怎么难受。英语我几乎不会。还有，我觉得，这儿的人们敌视外国人。”“这您也遭受到啦？哦，那好。那我们合得来。您看，我们是在德国的轮船上，这艘船是属于汉堡—美国航线的，为什么船上不纯是德国人？为什么轮机长是个罗马尼亚人？他叫舒巴尔。这真令人难以置信。这个无赖竟敢在德国的轮船上虐待德国人！您不要以为，”——他透不过气来，挥动着手——“我抱怨只是为了抱怨。我知道您也帮不了什么忙，您本人只是个可怜的小伙子。但事情太恶劣！”他多次紧握拳头捶打桌子，捶打时眼睛从不离开拳头。“我在许多船上干过活，”——他一连说出二十艘船的名字，说得很快，这些名字似乎连成了一长串，使卡尔觉得头昏脑涨——“我干得很出色，受过表扬，船长们很喜欢我；我甚至在同一艘商船上干过好几年，”——他站起身来，好像这是他一生的顶峰——“可是，在这艘船上，一切都这么严格，不许说句开玩笑的话；我在这儿不中用了，处处成了这个舒巴尔的障碍；我现在是个懒虫，理应被抛出去，给我工钱成了一种恩赐。这您明白吗？我不明白。”“这您可不能忍受。”卡尔激动地说。这时，他已不再感觉自己是在一艘不安全的船上，是在一个陌生大陆的海岸边，相反，他觉得在这个司炉的床上就像是在自己家里。“您找过船长吗？您和他讲过理了吗？”“哎呀，您走吧，您走开吧！我不想让您在这儿。您根本不仔细听我在说什么；您还给我出主意呢！我怎么能去找船长！”司炉又疲倦地坐下，两只手捂起脸来。

“我给他想不出更好的主意。”卡尔心想。另外，他觉得，他宁可去拿自己的箱子，也不要在这儿出些只能被视为蠢见的主意。父亲在把这只箱子永远交给他时，开玩笑地问：“你能使用它多久？”——而现在这只珍贵的箱子也许已经真的丢了。唯一的安慰是，即使父亲进行了解，他也无法知道卡尔现在的情况。船上的人也只能说，他随大伙一起到了纽约。但卡尔觉得非常遗憾，箱子里的东西他几乎还没有用过，尽管他曾觉得有必要换换衬衫，但由于他身处不适当的地方，所以未换成；现在，他的生涯就要开始，有必要穿得干干净净的，却只好穿着脏衬衫露面了。不过，损失个箱子也不至于太糟糕，因为他穿在身上的这套西服，比他箱子里的那套还好；箱子里的那套本来只是供应急穿的，母亲在他动身前还赶快缝补了一番。现在他还想到，箱子里还有一根维罗纳萨拉米香肠[1]，这是母亲额外包在箱子里的；这根香肠他只吃了一点儿，因为他在旅途中没有胃口，在统舱里分发的汤足够他吃了。但他现在真想手边有那根香肠，这样就可以敬献给这位司炉。塞给这样的人一点儿小东西，就能轻而易举地把他们笼络过来，这一手卡尔是从父亲那儿学会的；父亲给与之有业务关系的下层职员分发几根香烟，就把他们拉拢过来了。卡尔现在只有钱可以赠送，但若是箱子真的丢了，他暂时还不想动用

1 一种意大利风味香肠，制作方法独特，耐储存。

这点钱。他的思想又回到箱子上。他现在真的弄不明白，在旅途中，他十分注意看管自己的箱子，为此，几乎连睡觉都放弃了，可是现在却这么轻易地让人把箱子拿走了。他想起那五个夜晚，当时一个矮个子的斯洛伐克人睡在他左边，彼此隔开供两个人睡觉的地方，他一直怀疑对方想偷他的箱子。这个斯洛伐克人一直在等卡尔疲倦，一旦卡尔开始打盹，他就可以用白天一直在玩弄的一根长长的木棍把箱子钩过去。在白天，他看上去没有任何邪恶念头，但一到夜晚，他就不时地从卧铺上起来，鬼鬼祟祟地朝卡尔的箱子看。这一点，卡尔看得清清楚楚；因为，总有什么地方有人由于自己是移民而感到不安，不顾轮船上的禁令，点个小火，设法看懂移民管理处制定的难以理解的条文。若是卡尔附近有这样一团光亮，他就可以似睡非睡地迷糊一会儿；若是光亮离得远，或是较暗，他就得睁着眼警惕着。这种紧张状态使他精疲力竭，现在看来这样做毫无意义了。这个家伙，要是再碰上他，有他好看的！

这时，外面很远的地方响起轻微而急促的声音，听起来像是小孩子们的脚步声，这种声音传到这个至今十分安静的房间里，而且越来越近，越来越响，现在像是男人们在稳步行进。他们显然是排着队走的，这在狭窄的过道中是自然而然的事；还可以听到像是武器发出的铿锵声。卡尔摆脱关于箱子和斯洛伐克人的忧虑感，刚想睡一觉，这时突然惊跳起来；他推推司炉，叫他注意，因为队伍领头的人仿佛已经到达门口。“这是轮船乐队，”司炉说，“他们刚在上面演奏完，现在去收拾行李；现在一切都做完了，我们可以走了。您来吧！”他抓住卡尔的手，最后一刹那还把床上方墙上挂在框子里的圣母像拿下来，塞进上衣胸前的口袋里，随后提起自己的箱子，和卡尔匆匆离开了舱房。

“现在我要去办公室，跟先生们说说我的意见。现在没乘客了，不必操心了。”司炉重复说了好几次，同时，他把脚往旁边一伸，想踩死一只跑过去的老鼠，但老鼠跑得快，及时赶到洞口钻了进去。另外，他动作太慢，虽然他腿长，但很笨重。

他们穿过厨房的一个房间，几个姑娘正在围着大圆桶洗碗碟，她们故意往他们身上撩水。司炉把一个名叫莉娜的姑娘叫到身边，用一只手臂搂住她的腰，带她走了一小段路，而莉娜姑娘也卖弄风情，总是紧紧挤他的手臂。“现在领钱，你不想一起去？”他问。“为什么叫我这么费劲儿，你把钱给我带来不就得了？”她回答着，从他臂弯里溜出来，跑开了。“你在什么地方认识了这个漂亮男孩？”她还在喊叫，但并不想得到回答。这时，他们听到停下手中活的所有姑娘哈哈大笑起来。

但他们继续朝前走，来到一扇门前，门的上方有个金色小女像柱托着的三角楣饰。对船只布置来说，这显得太奢华了。卡尔记得还从来没有到过这个地方，这里很可能是旅途中供一二等舱的乘客光顾的，而此刻为了彻底清扫，各个隔离门全打开了。他们实际上也碰到了几个男子，男子们肩扛着扫帚，还向司炉打了招呼。卡尔对这样的热闹场面感到惊奇，他在统舱时对此当然知道得很少。沿着各条过道还拉着电线，人们总能听到小铃发出的声音。

司炉毕恭毕敬地敲门，当他听到里面有人说“进来”时，他向卡尔打个手势，叫卡尔不要害怕，一起进去。卡尔也往里走，但在门口停住了。他通过房间的三扇窗看到了大海的波浪；在观看波浪欢乐地翻滚时，他的心激动地跳起来，好像他没有连续五天看过大海似的。大型的轮船穿梭而过，并尽其重量许可向波浪的冲击做出某些退让。如果人们把眼眯缝起来，这些轮船就像是在重力作用下晃晃悠悠地驶去。船的桅杆上挂着窄而长的旗子。这些旗子虽因船行驶而绷得紧紧的，但仍在左右舞动着。显然是从战舰上响起了礼炮声；一艘开过去还不太远的战舰上的炮筒，因钢体反光而闪着光亮，像是在战舰安全、顺当，但又晃晃悠悠地行驶时受到亲热的抚摩似的。至少是从门口，人们可以看见远处的小船、小艇，似成群结队，在大船之间驶入海口。在这一切的背后，纽约市矗立着，它用摩天大楼的成千上万个窗口张望着卡尔。是啊，在这个房间可以知道自己到了什么地方。

在圆桌旁坐着三位先生：一位是船上的高级船员，穿着蓝色船员制服；另两位是港务局的官员，穿着美国的黑色制服。桌子上叠放着许许多多各种各样的文件；高级船员手里拿着笔浏览这些文件，然后递给另外两个人，这两个人一会儿读，一会儿摘录，其中一位不时地用牙齿磨出低微的响声，若是他不口授让另一位记录些什么，他们就把文件放进公文袋里。

一位个子较矮的先生背对门坐在窗口的一张写字台旁，专心整理堆放得和他头一样高、并排放在结实的书架上的大开本的账簿。他旁边是个敞开着的，至少第一眼看上去是空空的钱箱。

在第二个窗口没放任何东西，因此最容易朝外眺望。而在第三个窗口附近站着两位先生，他们低声说着话。其中一位靠在窗边，同样穿着蓝色船员制服，手抚弄着一把军刀的把柄。和他说话的人脸朝窗口，有时往旁边一闪，便能使人看到对方胸前的一部分勋章。这个人身着便服，带着根细长的竹制拐杖，由于他双手放在腰间，所以拐杖也像是挂着的一把军刀。

卡尔没有多少时间观察这一切，因为一个男仆朝他们走来，并用一种似乎别有用意的目光轻轻问司炉。司炉同样轻声回答说，他想和主任出纳谈谈。男仆虽然一挥手表示拒绝这一请求，但还是踮着脚，绕个圈，避开圆桌，朝那位整理大开本账簿的先生走去。那位先生听到男仆的话有点发愣——这一点人们看得很清楚——但最后还是回转身，对着这个想和他谈谈的人，挥动着手，表示决不与司炉说话；而且，为了安全起见，也不和男仆说话。男仆随即回到司炉跟前，用一种好像向他透露消息似的声调说："您快出去吧！"

司炉听到这种回答后朝卡尔看去，仿佛卡尔是他的心灵，他在默默向卡尔倾诉自己的悲痛。卡尔不假思索，撒腿跑过房间，甚至擦到了那位高级船员坐的沙发椅；男仆弯着腰，伸开双臂，跑上前去阻挡，好像是在追赶一只有害的动物。但卡尔第一个跑到了主任出纳的写字台那儿，他紧紧抓牢台子，以防男仆设法把他拉走。

房间里当然立刻变得热闹了起来。坐在桌边的那位高级船员猛地跳了起来，港务局的先生们虽然显得很平静，却全神贯注地看着卡尔，窗口的两位先生并排站到了一起，男仆觉得自己站在高贵的先生们表示感兴趣的地方太不合适了，于是退了回去。司炉站在门口紧张地等候需要他帮忙的时刻到来。主任出纳在靠椅上猛地向右转过身来。

卡尔从衣服暗兜里掏出自己的护照，他现在也不怕这些人看到他的暗兜了；他不是采用其他自我介绍的方法，而是掀开护照放到桌子上。看来主任出纳认为这本护照无关紧要，因为他用两根手指把护照推到了一边；卡尔又把护照放回口袋了，好像这个手续已经很令人满意地办妥了。

“我冒昧地说几句，”他说，“我认为对司炉先生实在不公。这儿有个叫舒巴尔的人，尽找他的麻烦。司炉先生在许多船上工作过，他可以向你们说出所有这些船只的名字，大家对他的工作十分满意；他很勤劳，很喜欢自己的工作，确实看不出他偏偏在这艘船上干得不好，这艘船上的活儿不比例如商船上的活儿重。因此，说他不好，这只能是一种污蔑，阻碍了他的发展，夺去了人们对他的认可，他是完全可以获得别人的认可的。关于这件事，我只说些一般的话，他本人会向你们提出特殊意见。”卡尔的这番话是向所有的先生说的，实际上大家都在倾听他的话，看来很可能他们当中有个公道的人，这个公道的人倒不一定真是主任出纳。另外，卡尔很机灵，他没有说他刚认识司炉不久。还有，他在他现在站的地方才第一次看清了那位拿着竹制拐杖的红脸先生，若不是因为这张红脸使他感到迷惑，他的讲话会精彩得多。

“他的话句句正确。”司炉未等人们问他，甚至人们尚未看他一眼，便说道。他的这种迫不及待的表现本来也许会是个大错误，若不是那位胸前挂勋章的先生——卡尔现在明白，他就是船长——显然已准备听取司炉的意见。那位先生伸出手，对司炉喊道：“您过来！”他的声音听上去坚定有力。现在，一切取决于司炉的举止，因为对他的事情的合理性，卡尔是毫不怀疑的。

在这样的场合，幸运的是，司炉显示出他是个见过世面的人。他从容不迫，一伸手从小箱子里取出一小捆证件和一本记事簿，然后像是理所当然的样子走到船长那里，把东西摊在窗台上。主任出纳先生别无他法，这时只得走上前去。“这个人出了名地爱发牢骚，”他解释说，“他关心的不是机房，而是出纳处。他把舒巴尔这个一向沉静的人气坏了。您听着！”他转向司炉，“您纠缠得太过分了。您的要求毫无道理，人们把您从取款处赶出去多少次了，这是您的报应！您从那儿跑到总出纳处跑了多少次！舒巴尔是您的顶头上司，您作为下属应听从他，这一点人们好心对您说过多少次！船长先生在这里，您还跑来给他添麻烦；您恬不知耻，还带上这个孩子，让他支持您的无理指责，我在船上第一次看见有这样一个孩子！”

卡尔尽力克制自己不要冲过去。船长恰好也发话了：“我们听听这个人的意见！反正我觉得舒巴尔越来越有点自作主张了，不过我说这话并不是要偏袒您。”最后一句话是对司炉说的，当然他不能立刻支持司炉，不过看来一切在走上正轨。司炉开始进行解释，起初还克制自己，在提到舒巴尔时，还加上“先生”这个称呼。卡尔站在主任出纳离开了的写字台旁，高兴得不断按压台子上的邮件秤。——舒巴尔先生不公平！舒巴尔先生偏袒外国人！舒巴尔先生把司炉赶出机房，让他去打扫厕所，这可不是他的份内事！——有一次，人们甚至怀疑舒巴尔先生的能力，说他的能力是一种假象，说他实际上一点儿本事也没有。司炉说到这里，卡尔竭尽全力凝视着船长，显得非常信任他的样子，好像自己就是他的同事，希望他不要因司炉说话不灵活而受到影响，对司炉不利。然而，从司炉的许多话中，人们一直了解不到实质性的东西，因此，虽然船长还在静静地看着眼前，眼中流露出这次听司炉把话说完的决心，但是其他各位先生不耐烦了。不一会儿，房间里不再限于司炉的声音了，这使人感到担心。穿便服的那位先生第一个开始挥动他的竹拐杖，并用它笃笃地敲木地板，尽管声响很低。其他先生当然有时会朝这边看看，港务局的先生们显然又忙着拿起公文看，虽然他们是那么心不在焉；那位高级船员又向自己的桌子靠近了一点。而以为已经获胜的主任出纳讥讽似的深深叹了口气。唯独男仆未受这种普遍出现的分心现象的影响，他感受到了处在大人物中间的这个可怜人的一部分苦难，并严肃地朝卡尔点着头，仿佛他想借此说明一点什么。

在此期间，窗外依然是一派海港生活景象。一艘平板货轮上叠放着高高的木桶，木桶放得实在巧妙，不会滚动。这艘船驶过时，房间顿时暗了下来。笔直站在舵轮前的驾驶员双手一转，小型汽船便照直向前驶去；卡尔现在要是有时间，会目不转睛地观看的。一些奇特的漂浮物会自动从动荡不定的水里冒出来，但很快又被冲走，霎时间又会令人吃惊地沉到水里。远洋轮船的小艇由紧张工作的水手向前划着，上面满载着像是硬让塞上去的乘客，乘客们安安静静的，而且充满着希望，其中也有些人不时地左右摆着头，不放过任何瞬息万变的场景。水这个不安稳的要素把永无止境的一种运动、一种不安，传到了束手无策的人身上和他们的工作上！

一切都催促人们要抓紧时间，一切都要求人们把问题弄清楚，一切都提醒人们把事情描述详细。但是，司炉在做什么呢？他当然讲得满头大汗，他双手颤抖着，早已无法拿起窗台上的证明材料；对舒巴尔的责怪从各个方面涌上他的心头，他觉得，其中任何一种指责都足以把舒巴尔彻底埋葬，然而，他能呈现给船长的，只是各种东西的大杂烩。持竹拐杖的那位先生早已在对着天花板轻轻地吹口哨；港务局的先生们已经把那位高级船员留在他们的桌边，而且没有再放他走开的表示；主任出纳很显然只要看到船长的镇静态度，就无须再去干预什么；男仆笔直地站立着，时刻等待船长发出有关司炉的命令。

这时，卡尔不能再无动于衷了。因此，他慢慢朝那些人走去，而且边走边赶快考虑，怎样才能极其巧妙地处理这件事。确实到时候了，再等一小会儿，他们俩就可能会被赶出办公室。船长可能是个好人，另外，卡尔觉得，现在正是时候，船长可以找个特殊理由，表明自己是个公正的上司，但他毕竟不是人们可以任意摆弄的工具——司炉，当然是出自无限愤怒的内心，恰恰是这样看待他的。

于是卡尔对司炉说："您必须讲得简单明了些，像您这样讲，船长先生是不会赏识的。船长认识所有轮机长和听差的名字或教名吗？您说出一个名字，他能马上知道这是谁吗？您要把您的意见理一理，您首先讲最重要的，然后讲其他的，这样，也许绝大部分事情提都不需要提。您对我讲的时候可总是讲得一清二楚的！"如果在美国可以偷箱子，那么人们有时也可以撒谎，他在心里这样为自己辩解。

卡尔的这番话要是有所帮助该多好啊！是不是已经太晚了？司炉听到熟悉的声音后虽然立刻中断了讲话，但是，他已经无法清楚地认出卡尔来了，他因男人的荣誉受到侮辱，因可怕的回忆，因眼前的外部困境而流出了泪水，泪水模糊了他的眼睛。卡尔在这个此时默默不语的人面前，暗暗明白了——司炉现在怎么能突然改变自己的说话方式呢，因为他觉得他似乎已经把应该说的都说出来了，只是丝毫未得到赞赏，但另一方面，他又觉得他似乎什么都还没有说，现在似乎也不能指望各位先生再倾听他的意见了。在这样一个时刻，他的唯一支持者卡尔走来，想好好教教他，但相反，卡尔向他表示，一切都失败了。

"要是我不从窗口观看，早一点过来多好啊！"卡尔这样想。他在司炉面前垂下头，用双手拍拍裤腿中缝，以此表示一切希望的破灭。

但司炉误解了，他怀疑卡尔心里隐藏着对他的指责；为了不让卡尔这样指责他，为了使自己的行为有个圆满的结果，他现在开始与卡尔争吵起来。此时，坐在圆桌边的先生们早已对干扰他们重要工作的争吵声感到气愤；主任出纳渐渐觉得船长的忍耐态度不可理解，他那愤恨的心情好像就要发作似的；男仆又卷在先生们中间，用怒不可遏的目光打量着司炉；那位手持竹拐杖的先生——甚至船长也不时地面带友好神色朝他看——对司炉也已经完全麻木了，甚至开始厌恶他，这时拿出一个小小的笔记本，显然要做其他事情，同时目光在笔记本和卡尔之间扫来扫去。

“我知道，”卡尔说，他竭力抵挡司炉现在转朝他说来的滔滔不绝的话，尽管他们俩相争，但在整个争吵期间，卡尔露出友好的微笑，“您说得对，说得对，我从来没有怀疑过。”由于害怕挨打，他真想制止住司炉四下挥动的双手，当然他更想把他挤到一个角落，低声对他说几句别人听不见的抚慰话。卡尔现在甚至开始从各种念头中挖掘一种安慰，想到司炉处在紧急状态，用尽绝望的力量，可以战胜所有在场的七位先生。可是，他朝写字台望一眼，发现那里有一块装着许许多多电线和按钮的板子；一只手只要往上面一按，就会把整艘船和所有走廊上反对司炉的人调动起来。

这时，那位手持竹拐杖、兴致索然的先生走到卡尔身边，用不太大的，但明显盖过司炉喊叫声的声音问：“您到底叫什么名字？”有人似乎在门外专门等这位先生说这句话，这时敲门了。男仆看看船长，船长点点头。男仆前去打开门。外面站着个人，只见他穿着一身旧式的高雅西服，中等个儿，从外表看他并不适合操作机器——原来这就是舒巴尔。卡尔若不是从众人带几分满意神色的眼睛——连船长也不例外——辨认出他来，也会吃惊地从司炉的表现中认出来。司炉伸直双臂，紧握拳头，仿佛这紧握的拳头是他身上最为重要的武器，他准备把自己一生所拥有的一切全用在它上面。现在，他所有的力量，包括支撑他身体的力量，全部集中在紧握的拳头上了。

现在仇敌站在眼前了，只见他轻松自在，精神饱满，身着节日西服，腋下夹着一本业务册，这很可能是司炉的工资清单和劳动证明；他看着大家，毫不胆怯，想首先按次序从大家的眼里确定每个人的心情。这七位先生都已成为他的朋友，因为，即使船长过去对他有些不满意或者也许只是假托不满意，在司炉让船长有了这番遭遇后，船长也觉得对舒巴尔没有任何可指责的了。对于司炉这样一个人，无论多么严厉都不过分；如果说对舒巴尔有什么可指责的话，那就是他在这段时间内没有很好制伏不听话的司炉，以至此人今天还敢来找船长。

现在，人们也许还可以设想，司炉和舒巴尔面对面进行对质，和在高级法庭进行对质一样，会产生相同效果，因为，即使舒巴尔能很好伪装起来，他也绝对不能忍耐到底。他的恶劣性稍一闪现，就足够使先生们看得清清楚楚，卡尔就在注意这个问题。他大概已经看出各位先生的洞察力、弱点和心境，从这方面看，至今在这儿度过的时光没有白白失去。要是司炉在这里意志坚强该多好，但他似乎完全没能力斗争了。若是有谁把舒巴尔推到他眼前，他也许还会用拳头砸他恨之入骨的那个脑袋。但他现在几乎无法朝舒巴尔走几步路。为什么卡尔竟然没有预料到这么容易预料的事情——舒巴尔最终会来，若不是主动来，船长也会把他叫来？为什么他在来这儿的路上没有和司炉讨论一个详细的斗争计划，而是正如实际所做的，没有很好准备，遇到扇门就进来了呢？另外，司炉还能讲话吗？还能像在最有利的情况下面临的盘问中说“是”和“不是”吗？他站在那儿，双腿叉开，膝盖发抖，头略微抬起，空气通过张开着的嘴进出，好像体内已经没有处理空气的肺叶了。

可是卡尔觉得自己很有力气，而且非常理智，他在家里的时候也许从来没有过这样的感受。要是他的父母能够看到他在异国他乡，在有威望的人面前，为正义而斗争，尽管尚未取胜，但时刻准备最后夺取彻底胜利，该多么自豪啊！他们会改变对他的看法吗？他们会让他坐到他们中间，并表扬他吗？他们会一次又一次吃惊地看着顺从他们的眼睛吗？在不适当的时刻怎么尽提些无把握的问题！

“我之所以来，是因为我觉得，司炉在指责我什么地方不诚实。厨房里的一位姑娘看见他往这儿来了。船长先生和在场的诸位先生，我随时准备用白纸黑字写下来，必要时还可以通过站在门前的毫无成见、不带任何偏见的证人的陈述，来驳斥对我的任何指责。”舒巴尔这么说。这当然是一个男子汉明确说的话，而且，在听众的表情发生变化之后，人们也许可以认为，他们很久以来第一次又听到了正常人的声音。他们当然没有发觉，甚至这种漂亮的话也有漏洞。他想到的第一个实在的词为什么是“不诚实”？或许对他的指责应该从这一点而不是他的民族偏见开始？厨房里的一位姑娘看见司炉往办公室走，舒巴尔对此立刻就明白过来了？难道不是负罪感让他变得头脑敏锐的吗？他立刻带来了证人，另外还说他们毫无成见、不带任何偏见？欺骗，全是欺骗！先生们容忍这些，还承认这是正确态度？毫无疑问，他故意把厨房姑娘的报告和他到达这儿之间的许多时间浪费了过去，这是为什么？他的目的不是别的，就是要叫司炉把那些先生弄个疲惫不堪，使他们渐渐失去那种令舒巴尔思而生畏的明确判断力。舒巴尔肯定在门外站了很长时间，待到那位先生提出个无关紧要的问题，他估计司炉彻底垮了，这时才敲了门，不是吗？

一切都很清楚，而且一切都被舒巴尔随心所欲地说成这个样子。人们必须向这些先生把事情讲透彻，得有人使他们醒悟过来。因此，卡尔，赶快行动，在证人到来把一切搞糟之前，至少这段时间要充分利用！

船长刚刚做个手势叫舒巴尔走开，舒巴尔随即——因为他的事看来要推迟一小会儿——走到旁边，开始和马上倒向他一边的男仆轻声说起话来，说话时还不断朝旁边瞥司炉和卡尔，同时做着各种最有说服力的手势。看起来舒巴尔是在排练接下来的演讲。

“您刚才不是想问这个年轻人什么事情吗，雅各布先生？”船长平静地问那位手持竹拐杖的先生。

“确实。”这位先生略微躬躬身，表示感谢对自己的重视。随后，他再次问道：“您到底叫什么名字？”

卡尔觉得，为了那件重大的正经事，这位顽固的提问者的插曲最好尽快解决，于是他简短回答说：“卡尔·罗斯曼。”他没像通常那样出示护照介绍自己——那还得先把护照找出来。

“那么。”被称作雅各布的人说，随后，他脸上浮起难以置信的微笑，退了回去。船长、主任出纳、高级船员，甚至还有男仆，对卡尔这个名字明显表现出非常吃惊的样子。唯独港务局的先生们和舒巴尔无动于衷。

“那么，”雅各布重复说，同时迈着有点僵硬的步子又向卡尔走去，“那么，我就是你的舅父雅各布，你就是我可爱的外甥。我这段时间都在这么猜想！”他最后对船长说，接着拥抱和亲吻卡尔，卡尔默默地顺其自然。

“您贵姓呢？”卡尔感到对方松开了自己的身体，这才问道。他的话听起来虽然很客气，但没有任何感情色彩；他努力猜测这个新情况会给司炉带来什么后果。暂时没有迹象表明舒巴尔有可能利用这件事情。

“您要明白，年轻人，这是您的幸运。”船长说，他觉得卡尔的问题伤害了雅各布先生的个人尊严。雅各布先生这时已经走到窗口那里，用手帕轻轻擦着脸，显然是为了不让其他人看出他非常激动的样子。“这是爱德华·雅各布参议员，他已自认是您的舅父。现在等待您的，也许与您至今为止的期望完全相反，是一个辉煌的历程。这一点您一开始就要好好弄明白，您镇静点！”

“我在美国是有个舅父叫雅各布，”卡尔转向船长说，“但如果我没搞错的话，‘雅各布’只是参议员先生的姓。”

“是这样。”船长郑重地说。

“还有，我舅父雅各布是我妈妈的兄弟，他的教名是‘雅各布’，而他的姓当然和妈妈的一样，我妈妈的娘家姓是‘本德尔迈尔’。”

“先生们！”参议员兴致勃勃地从窗口他缓口气的地方返回来，针对卡尔的解释喊道。除港务局的官员外，大家都对卡尔的话哄然大笑，有的像是深感同情，有的像是琢磨不透。“我说的话绝对不会如此可笑。”卡尔心想。

“先生们，”参议员重复说，“你们违背我的意愿，也违背你们自己的意愿，参加了一场有关家庭的小小的辩论，这样，我不能不向你们做个解释，因为，就我所知，只有船长先生”——说到这里，船长与他相互微微鞠个躬——“知道全部底细。”

“现在，我的确必须注意听每句话了。”卡尔心想。当他往旁边一看，发现司炉开始恢复活力时，他感到非常高兴。

“很多年以来，我在美国逗留和生活——我完全是个美国公民了，在这儿用‘逗留’这个词当然不合适——很多年以来，我和我欧洲的亲戚出于种种原因彻底分隔开来生活。这些原因嘛，一则与这儿说的问题无关，二则讲述的话对我来说确实很难。我甚至害怕这样的时刻到来，被迫对我可爱的外甥讲述这些原因；因为讲述时，很遗憾，不可避免地会公开提到他父母和他们的亲戚。”

“这是我舅父，毫无疑问，”卡尔心想，“很可能他把自己的名字改了。”卡尔继续倾听着。

“我可爱的外甥被他父母——我们只说能真正说明事情的话——干脆丢到一边了，就像是人们把一只惹人生气的猫扔到了门外。我决不想美化我外甥做过的事情，他如此受到了惩罚，但他的过错是这样的一种过错，只要提及它，就足以让人原谅了。”

“这倒值得听一听，”卡尔心想，“但我不希望他把一切都兜出来。不过他也不知道我的事，他能从什么地方了解到我的所作所为呢？”

“就是说，他被——”舅父继续说下去，他微微弓着腰，身体撑在斜竖在他前面的竹拐杖上，这样，他实际上就把事情中一般总归有的不必要的严肃性消除掉了，“就是说，他被一个女仆引诱上了，这个女仆名叫约翰娜·布鲁莫，大约三十五岁。我用‘引诱’这个词决不想使我的外甥伤心，但是很难找到另外一个同样合适的词。”

卡尔快要走到舅父跟前了，这时回过头，想从在场者的脸上了解舅父的话引起什么样的反应。没有人笑，大家都耐心而又严肃地倾听着。人们也没有利用这首次出现的机会嗤笑一位参议员的外甥。人们倒是可以说，司炉，尽管不太明显，在向卡尔微笑着，这一点作为他恢复活力的标志是可喜的，另外也表明对卡尔是可以原谅的，因为卡尔在舱房时曾把这件现在已众所周知的事作为一个特殊的秘密严守了起来。

“现在，这个布鲁莫，”舅父继续说，“生下了我外甥的一个孩子。这是个健康的小男孩，洗礼时给他起了‘雅各布’这个名字，毫无疑问，这是为怀念鄙人，想必是我这个人，即使我的外甥只是顺便说起过，给这位姑娘留下了很深的印象。事情很凑巧，我说。他父母为了避免交抚养费，或是为了避免其他会牵涉他们本人的丑闻——我必须强调指出，我既不熟悉那儿的法律，也不熟悉他父母的其他关系——是呵，为了避免交抚养费和避免丑闻，他们就打发自己的儿子，我可爱的外甥，上船到了美国。他们不负责任，没给他足够的衣物和旅费，所以，要不是那个女仆写信——这封信因错投，东转西转，昨天才到达我手——告诉我整个事情，描述我外甥的外貌特征，而且很明智，还提到船的名字，要不是这样，这个孩子，没有恰恰在美国才有的奇迹，就要全靠自己一个人了，大概很快就会在纽约港的小街小巷里沉沦下去的。若是我有意给你们，我的先生们，解解闷儿，我可以把这封信的几个段落"——他从口袋里拿出两张写得密密麻麻的特大信纸，挥动着——"在这儿读一读。它肯定会产生影响，因为它是用善良的心，用简练的机灵笔调，用对孩子父亲的深厚的爱写出来的。但我只想做必要的解释，不想使你们得到更多的消遣，也不想伤害我外甥现在可能仍怀有的感情，他如果喜欢，可以在已为他准备好的安静的房间里看这封信，从而获得教训。"

但卡尔对那位姑娘并无感情。在他越来越久远的记忆中，姑娘坐在厨房里的碗柜边，双肘支在柜板上。卡尔有时进来，给父亲拿个茶杯，或是转达母亲要求做的事情，她总是盯着他看。有时，她摆着不舒服的姿势，在碗柜边写信，从卡尔的脸上寻觅灵感。有时，她用手把双眼遮起来，他也就不再向她打招呼。有时，她跪在厨房旁边她自己的狭小房间里，向一个木制十字架祈祷；卡尔走过时，通过略微开着的门的缝隙，羞怯地偷看她。有时，她在厨房里四处乱跑，若是卡尔挡住了她的路，她便像个女巫大笑着退回去。有时，卡尔走进厨房后，她就把门锁起来，一只手紧紧抓着门把手，直至卡尔恳求离开。有时，她拿些卡尔不想要的东西，硬是塞到他手里。但有一次，她喊了声“卡尔”，卡尔还在对这种突如其来的招呼声感到吃惊，她就扮出一副怪相，叹着气把他带到她的小房间里去，随后把门锁起来。她紧紧抱着他的脖子，他简直透不过气来；在她请他脱去她的衣服时，她实际上已经脱掉他的衣服，把他放到她的床上，好像从现在起，她不再把他交给别人；她抚摸他全身，关心他，直到世界的末日。“卡尔，啊，我的卡尔！”她叫道，看着他，仿佛在证实他是她的宝物。而卡尔什么也看不见，躺在她特意为他叠放的许多暖和的被褥上，觉得很不舒适。随后，她躺到他身边，想知道他的随便什么秘密，但他什么也不能告诉她。她生气了，像是开玩笑，又像是很严肃；她摇动他，她听他的心跳，她把自己的胸膛递上去，让他同样听她的心跳，但她无法使卡尔照着做。她把自己一丝不挂的身子压在他身上，接着就动起手来，卡尔实在反感，把头和脖子都摇摆得离开了枕头；随后，她用下身撞了他几下——他觉得好像自己成了她身体的一部分，也许由于这个原因，他感到害怕并急需救助。她多次表示希望再见之后，他终于哭着回到自己的床上。这就是所发生的一切，不过舅父善于从中编个很长的故事。她还是想着他，并告诉了舅父他到美国的消息。她做得很对，他会再报答她一次的。

“现在，”参议员大声说，“我想听你公开说说，我是不是你的舅父。”

“你是我的舅父。”卡尔说，吻了吻舅父的手，而舅父也吻了吻他的额头，“我很高兴见到了你，但如果你认为我父母尽说你坏话，那你就错了。除此之外，你的讲话中还有一些错误，这就是说，我认为，实际上不是一切都像你说的一样。不过你在这里也无法很好地评判这些事情。还有，我认为，先生们对一件他们不太感兴趣的事情的细节即使了解得不完全对，那也不会有什么大不了的。”

“说得好。”参议员说。他把卡尔带到明显非常关切的船长面前，问道：“我不是有个出色的外甥吗？”

“我有幸，”船长说着鞠了个躬，这样一个躬只有经过军事训练的人才能鞠得出，“认识了您的外甥，参议员先生。能够充当这样一个会面的地方，对于我们的船来说这是一种殊荣。但旅途中乘统舱是很不舒服的，是啊，谁知道统舱里载着谁呢？如今，我们已经在尽一切可能，使统舱的乘客在旅途中尽量舒适些，例如要比美国的航班好得多，但要使这样的旅行成为一种享受，我们还没有做到。”

“对我来说，这无关紧要。”卡尔说。

“对他来说，这无关紧要！”参议员大声笑着重复说。

“我只担心我的箱子大概是丢了——”这时他又想起已经发生的各种事情和还没有做的事情。他望望四周，看到所有在场的人出于尊重和因为惊讶，默默地坐在原先的座位上，一双双眼睛望着他；唯独港务局官员与众不同，只要看看他们那副严厉而又怡然自得的面孔，就会看出他们对在不当的时间来到这里而感到遗憾；现在他们觉得，比起房间里发生的以及还有可能发生的事，放在眼前的怀表显然更为重要。

值得注意的是，继船长之后第一个表示关心的人是司炉。“我衷心祝贺您。”他说，并握握卡尔的手，想以此表达某种钦佩之意。当他也想对参议员说同样的话时，参议员退了回去，好像司炉越过了自己的职权；司炉也立刻放弃了这个打算。

其他人现在知道该做什么，他们立刻把卡尔和参议员围起来，乱作一团。卡尔甚至还接受了舒巴尔的祝贺，并对他的祝贺表示感谢。大家再次静下来的时候，港务局官员作为最后一批人也上前加入大家的行列，并说了两句英语，这给人留下一种十分可笑的印象。

参议员的心情很好，他要尽情享受这种快乐；他还要使自己和其他人重温一些无关紧要的事情，对此大家不仅很容忍，而且都还表现出很大的兴趣。例如，他提醒大家注意，他把女仆在信中提到的辨认卡尔的最明显的标记写到记事本上了，以便必要时使用。因此，当司炉喋喋不休的废话令人无法忍受时，他为了散散心，便拿出记事本，像做游戏似的试着把女仆观察到的特征——当然不像侦探那样准确——与卡尔的外表联系起来对照一番。“就这样，我找到了我的外甥！”他最后说，那语气听起来好像是他想再次得到大家的祝贺。

“现在该怎样对待司炉呢？”卡尔在舅父讲到最后时顺便问道。他觉得他处在新的地位，想到什么就可以说什么。

“司炉会得到应有的对待，”参议员说，“船长先生认为怎样好就怎样对待他。我觉得，司炉叫我们受够了，实在受够了，在场的各位先生肯定都同意我的说法。”

“重要的不是这个，在一件公正的事上——”卡尔说。他站在舅父和船长之间，也许受这个地位影响，他觉得他掌握着决定权。

尽管如此，司炉却似乎不抱任何希望了。他双手半插在腰带里，由于他动作幅度过大，腰带和一长条花衬衫下摆露了出来。对此，他一点也不予以理会；他诉说了自己的全部苦楚，现在还要让人看看他身上穿的破旧衣服，然后再叫人把他拖走。他想象着，男仆和舒巴尔在这里是级别最低的两个人，他们也许会向他做出最后一点友好的表示。舒巴尔，正如主任出纳所说的，会得到安宁，不会再陷入绝望境地。船长将会全部雇用罗马尼亚人，船上到处都将说罗马尼亚语；也许今后一切真的会好起来。不会再有其他司炉在总出纳处喋喋不休说些废话，人们也许会把司炉最后在这儿讲废话的情景留在可以说是亲切的回忆里，因为正如参议员所说，他在这儿喋喋不休说废话，这倒成了他认出自己外甥的间接原因。顺便说一下，这个外甥先前就常常想帮他忙，因此，对他这次所起的间接效劳的作用，事先就充分表达了感谢；司炉根本就想不到，现在还要求他什么。再说，尽管卡尔是参议员的外甥，可他现在又不是船长，不吉利的话最终还是要从船长的嘴里冒出来。——按照他的想法，司炉也就尽力不朝卡尔看，但很遗憾，在这个仇敌环伺的房间里，没有其他地方可供他的眼睛张望。

“要了解清楚实际情况，”参议员对卡尔说，“这也许是一件有关公正的事，但同时也是有关纪律的事。二者，尤其是后者，在这里要由船长先生来评判。”

“原来是这样。”司炉喃喃自语道。听到并听明白了他的话的人惊讶地微微一笑。

“此外，刚到达纽约，船长肯定有大量的公务需要处理，我们已经大大影响了他，早到时候了，我们得赶紧离开轮船，以防偏偏又有什么不必要的麻烦使两个机械工之间无关紧要的争论变成一大新闻。我理解你的行为，亲爱的外甥，完全理解，但恰恰是这一点给了我权利，我得赶快把你从这儿带走。”

“我立刻叫人给你们备只小艇。”船长说，他对舅父的话一点也没提出异议，这使卡尔感到特别惊讶，因为舅父的话毫无疑问可以看作在自己责怪自己。主任出纳急急忙忙跑到写字台边，给主管小艇的人打电话，传达船长的命令。

“时间很紧迫，”卡尔心里想，“但不得罪大家我什么也做不成。舅父好不容易才找到我，我现在可不能离开他。船长虽然很客气，但仅此而已。他的客气一遇到纪律就消失了，而舅父肯定把心里的话都对他说了。我不想和舒巴尔说话，我甚至感到很遗憾，我竟然向他伸出了手。这儿的其他所有人都不中用。”

他怀着这样的想法走到司炉那儿，把司炉的右手从裤带上拉下来，用自己的手抚弄着。

“你为什么不吭一声？”他问，“你为什么要忍受这一切？”

司炉只是皱皱眉头，仿佛在为自己要说的话寻找词语。另外，他低头望着自己的手和卡尔的手。

“对你太不公平，船上没一个人有你这样的遭遇，这我很清楚。”卡尔的手指在司炉的手指之间动来动去，司炉用闪亮的眼睛望着四周，好像他非常高兴，没人想为此而感到怨恨。

“你必须进行自卫，必须说‘是’或者‘不是’，不然，人们不知道真实情况。你必须向我保证，你要照我说的做，因为我本人有很多理由感到担心，根本无法再帮助你了。”卡尔亲吻司炉的手时流下了眼泪；他拉起司炉那皲裂的、几乎没有活力的手，像是拿起必须放弃的宝物，紧紧贴在自己的面颊上。——参议员舅父这时已站在卡尔身边，略带强迫性地把他拉走了。

“看来司炉把你迷住了。”舅父说，接着心领神会地越过卡尔的头，朝船长望去。

“你感到自己被遗弃了，这时你找到了司炉，现在你感谢他，这是完全值得称赞的。但是，哪怕是为了叫我高兴，你不要做得太过分，要学会理解你的地位。”

门外一片喧嚷声，有人在喊叫，甚至好像还有人在野蛮地踢门。一个水手进来，行动有些粗野，身上围着女式围裙。“外面有很多人。”他喊道，并用胳膊肘四下推搡着，好像他还在拥挤的人群里。终于，他清醒过来了，想向船长敬礼，这时注意到身上的女式围裙，立刻猛地把它扯下来，扔到地上，叫道：“真叫人恶心，他们把姑娘的围裙围到我身上了。”随后，他猛地并拢脚后跟敬了个礼。有人想笑，但船长严肃地说：“我说这才像个样子。谁在外面？”

“都是我的证人，”舒巴尔上前一步说，“我衷心请求您原谅他们不恰当的举止。刚在海上结束一趟航行，他们有时会忘乎所以。”

“立刻叫他们进来！”船长命令说道。他随即朝参议员转过身，亲切友好，然而很快地说：“尊敬的参议员先生，现在请您和您的外甥先生跟这位水手走，他带你们登上小艇。不用说，参议员先生，认识您我很高兴，而且很荣幸。我希望不久有机会和您，参议员先生，重新开始我们被打断的有关美国舰队情况的谈话，到那时，谈话也许还会像今天这样令人高兴地再次被打断。”

“现在有这样一位外甥，我很满足了。”参议员笑着说，“请接受我的感谢，最衷心地感谢您的盛情款待。再见！另外，很有可能，我们”——他亲切地把卡尔搂在身边——“下次去欧洲时也许可以较长时间和您在一起。”

“那我会很高兴。”船长说。两位先生握手告别。卡尔只能匆匆地向船长伸出手，没来得及说话，因为兴许有十五个人已在打扰船长了，他们在舒巴尔带领下虽然有些惊慌，但吵吵闹闹地进来了。那位水手请参议员允许他走在前面，为参议员和卡尔把人群分开，这两个人轻轻松松地在鞠躬致意的人群中间穿过。看上去，这些很富有同情心的人好像把舒巴尔与司炉的争执理解为一种玩笑，而司炉的可笑表演还没有从船长眼前消失呢。卡尔在这些人中间还发现了厨房的姑娘莉娜；莉娜一边高兴得向他眨眨眼示意，一边系上那位水手扔在地上的围裙，因为这正是她的那条。

他们跟着水手离开办公室，转入一条小过道，走几步路后来到一扇小门，从这扇门有道短小的阶梯向下直通为他们备好的小艇。这时，艇长一跃跳进小艇，艇上的水手们站起身行礼。参议员刚要提醒卡尔往下走时要小心，卡尔站在最上边的台阶上号啕大哭起来。参议员把右手放在卡尔的颔下，紧紧搂住他，同时用左手抚摸他。他们就这样慢慢地一级一级走下去，亲密地走进小艇，参议员在自己对面为卡尔找了个很好的座位。参议员一示意，水手们就把小艇推离了轮船，紧接着全力以赴划起来。他们离开轮船还没有几米，卡尔就意外发现，他们正好是在船上总出纳处的窗口所在的这一边。所有三个窗口前都挤满舒巴尔的证人，他们友好地挥手致意，舅父甚至也挥手表示感谢；一个水手真有本事，在不中断划船节奏的情况下，竟还能向上送去一个飞吻。确实，现在好像司炉不复存在了。卡尔的膝盖几乎碰到舅父的膝盖了，他更加仔细地盯着舅父，心里怀疑这个人会不会在某个时候取代他那位司炉。舅父避开他的目光，朝小艇周围翻腾的波浪望去。

舅父

在舅父家，卡尔很快就习惯了新的环境。舅父处处待他很好，即使是在很小的事情上，对他也都很亲切，因此，他无须经过苦难就能获得教益，而经过苦难获得教训，这往往会使起初在国外的生活特别痛苦。

卡尔的房间在一座楼房的六楼，下面的五层是舅父的企业，地下还有三层。他的房间有两扇窗和一扇阳台门，每天早上他从小小的卧室来到这个房间，射进来的阳光总使他感到惊讶。若是他作为未成年的穷苦移民上了岸，他会住在什么地方呢？是啊，舅父根据自己对移民法的了解，认为很可能就不会让他进入美国，而是当即把他送回去，不管他还有没有祖国。因为在这里人们是不能期望得到同情的；他在这方面阅读的有关美国的内容是完全正确的。看来只有幸运的人在这里才能在周围无忧无虑的人中间真正享受自己的幸福。

房前狭窄的阳台和房间一样长。在卡尔的故乡城市，阳台是远眺的最高点，而在这儿最多只能鸟瞰一条马路，这条马路在两排整齐而不连贯的房子之间笔直伸向远方，在远处，高大的建筑物影影绰绰耸立在朦胧的烟雾中。无论清晨、晚上，还是深夜睡梦中，这条马路上交通一直十分拥挤，从上面往下看，变了形的人体和各种车辆的车顶混杂在一起，前呼后拥，络绎不绝；从这条马路上，还不断升腾起各种怪诞的喧哗声、尘埃和气味；这一切被一种强烈的光笼罩着，渗透着，这种光被大量物体分散开，推向前，紧接着又带回来，而且，被迷惑住的眼睛觉得这种光具有某种实体，好像随时要用足力气在这条马路上空打碎一块遮盖一切的玻璃。

舅父在任何事情上都很小心谨慎，对卡尔同样如此。他向卡尔提了些建议，劝卡尔暂时不要做任何事情。他劝卡尔要审视一切、观察一切，但是不要给迷住。他说，一个欧洲人在美国生活的头几天就像是一个人的降生，即使在这儿能——只是为让卡尔没有不必要的害怕心理——很快习惯下来，好似从阴间来到人间，也必须牢记：第一个判断总是不可靠的，不要因此打乱未来的一切判断，人们是要靠对未来的正确判断在这儿继续生活下去的。他说他本人认识一些新来的人，他们不是照这些好的原则做，而是成天站在阳台上，像是迷途羔羊那样向下看着马路。这肯定会把人弄糊涂的！他说，在纽约繁忙的一天，这样孤独地无所事事，对于旅行者来说是允许的，甚至还建议他这么做，尽管对此不无保留意见；但是对于将要留在这里的人而言，这就是一种堕落——虽然这么说略显夸张，但在这种情况下并不为过。舅父每天只看望卡尔一次，而且总是在不同的时间，若是看到卡尔在阳台上，他真的会拉长脸生气。卡尔不久发现了这一点，所以尽可能地放弃了在阳台上站着看的乐趣。

这还远远不是卡尔的唯一乐趣。在他的房间里有一张写字台，这是美国最好的一种写字台。他的父亲多年来一直想得到这样一张写字台，并设法在各种拍卖市场上以他支付得起的价钱买一张，但终因财力不足未能如愿以偿。当然，这张写字台和欧洲拍卖市场上那种所谓的美国写字台不一样。例如，它在顶部有一百个大小不一的格子，甚至连美国总统也能为每份文件找到一个合适的地方；另外，旁边装着一个调整器，转动一个曲柄，就能随意或根据需要调整各个格子，或形成新的格子。旁边的薄板可以慢慢放下，组成新抬起来的格子底，或是组成新升起来的格子盖；稍微一转动，顶部就完全变了样，怎么转动曲柄，一切就怎么慢慢地或很快地变动。这是一种最新的发明，它使卡尔清楚地想起家乡的圣诞集市上给惊奇的孩子们看的耶稣诞生戏。那时，卡尔常常穿着冬衣站在前面，只见一位老人不停地转动手柄，耶稣诞生戏也在不断发生变化，东方三圣人一步一步慢慢朝前走，星辰闪闪烁烁，圣厩里受束缚的生活也展现在面前。卡尔总觉得站在他后面的妈妈没有仔细观看眼前发生的一切；他往自己身边拉拉妈妈，直至后背感到妈妈紧紧站在他后边；他一边大声喊叫，一边指给妈妈看比较隐蔽的人物，也许是一只小白兔，它在前面草丛里前脚离地端坐在后脚上，而且不断变换着姿势，随后又准备跑走；卡尔大声喊叫着，直到妈妈把他的嘴捂起来，显然她先前没有注意。当然，制作这张写字台不是让人回忆这类事情的，但在发明史上，也许像在卡尔的回忆中那样，有某种类似的模糊的联系。舅父与卡尔不同，他绝不是喜欢这张台子，而只是想为卡尔买张像样的写字台；而且，这样的写字台现在全部配备着这种新装置，新装置的优点还在于花费不多就可以把它装在旧一点的台子上。舅父总是不忘记建议卡尔尽可能不用调整器；为强调这个建议的作用，舅父说，整个装置很灵敏，容易坏，而且修理费用很高。不难看出，这样的说明只不过是借口，尽管从另外一方面说，这个调整器很容易固定住，只不过舅父没有这样做。

起初几天，卡尔和舅父当然经常交谈。在此期间，卡尔还讲起他在家里的时候很喜欢弹钢琴，虽然弹得不多，只能弹奏母亲教给他的入门曲。卡尔意识到，这样讲同时也就是请求买架钢琴，但他已经了解得够多了，知道舅父绝对不需要讲究节省。尽管如此，舅父并没有立刻向他保证满足他的请求，而是在大约八天之后，几乎用一种勉强的口气对卡尔说，钢琴到了，如果他愿意，可以去监督运输。这当然是很轻松的事情，但监督运输并不比运输本身轻松多少；因为这幢房子有专门运家具的升降机，运家具的车整个开进去都不拥挤。用升降机也可把钢琴运到卡尔的房间。卡尔本可以和钢琴及运输工人乘同一部升降机，但旁边的乘人电梯空着，所以他乘电梯，同时用操纵杆使升降机和自己乘的电梯保持同样的高度；他透过玻璃壁目不转睛地欣赏这架漂亮的乐器，它现在是他的财产了。当钢琴在他房间安放好后，他奏出开始的几个音，欣喜若狂，不再弹奏下去，而是跳起来，离开一点距离，双手叉腰，对钢琴惊叹不已。房间的音响效果也非常好，这使他起初那种住铁壳房子的轻微的不舒适感完全消除了。事实上，尽管这座大楼从外表看像是铁铸的，但在房间里看不出丝毫铁建筑材料的痕迹，而且，谁也无法指出陈设中有一点儿影响整体舒适感的地方。卡尔起初对弹奏钢琴抱很大期望，他丝毫不感到羞愧，至少在入睡前还在想着通过弹奏钢琴直接影响美国社会环境的可能性。当他在面向充满噪声的空间敞开着的窗前，弹奏家乡一首古老的士兵之歌，一首士兵在夜晚躺在兵营窗前，望着黑暗的广场，从窗口到窗口相互对唱的歌，这听起来当然会很离奇——他随后朝马路望去，马路没有发生变化，只有声势浩大的循环运动之一小部分在瞬息万变着，谁也无法阻挡，谁也看不透在周围发挥作用的各种力量。舅父容忍弹奏钢琴，对此也没说什么反对的话，特别是因为卡尔很少——这也是按照舅父的劝告——享受弹奏的乐趣；是啊，舅父甚至还带给他美国进行曲的乐谱，当然还有国歌的乐谱，但是，单单从喜欢音乐这一点还不能解释：他为什么有一天严肃地问卡尔，他还想不想学习拉小提琴或是学习吹圆号？

当然，学英语是卡尔的首要任务。商学院一位年轻教师早上七点钟就来到卡尔的房间，发现他已经在写字台边坐着做练习，或是在房间里一边走来走去，一边背诵东西。卡尔也许认清了：掌握英语不能急于求成；另外，在这儿他有很好的机会，可以用迅速进步来使舅父万分高兴。事实上，他不久就获得了成功——起初，他和舅父交谈，说英语只限于问候和告别的话，此后不久，谈话时用英语越来越多，这样一来，也就开始谈论亲密的话题了。一天晚上，卡尔第一次向舅父朗诵了一首表现大火的美国诗歌，这使舅父深感满意。他们两人当时站在卡尔房间的一扇窗户前，舅父望着外面，天空的一切亮光已经消失，他因诗句而生出情感，慢慢地、有规律地拍着手，而卡尔笔直地站在他旁边，眼睛凝视着，朗诵这首艰涩的诗。

卡尔的英语越好，舅父让他与自己的朋友见面的兴趣也就越大。不论怎样，舅父安排见面时，英语教师必须一直在卡尔旁边，这当然是暂时的。第一位朋友是在一天上午介绍给卡尔的，这是个身材瘦长、唯命是从的年轻人，舅父特别客气地把他引进卡尔的房间。他显然是那类在父母眼中教养不好的富家子弟里的一员；任何一个普通人都会发现这个年轻人的生活中随便哪一天都不是没有痛苦的，他的生活就是这样过的。他好像知道或预感到或遇到了这个问题，因此，只要他说了算，在他嘴边、眼角，总是挂着幸福的微笑，这种微笑仿佛是针对他本人、与他面对面的人以及整个世界的。

在舅父的绝对同意下，卡尔和这位年轻人——麦克先生——说定，早上五点半一起去骑术学校或是去郊外骑马。卡尔起初对于是否答应还有些犹疑，因为他从来没有骑过马，想先学点骑马知识，但舅父和麦克竭力说服他，并说把骑马当作纯粹娱乐，当作锻炼身体，而不是当作艺术，他最后才答应下来。现在，他当然四点半就得起床，这自然使他感到很惋惜，因为，也许是由于他白天过分聚精会神，他在这儿正患着嗜眠症，不过一到浴室，他的惋惜心情就消失了。淋浴装置的喷嘴网和浴盆的长宽一样——在家乡，无论哪个学生，即使很富，也没有这样的设备，而且只供一个人用——现在，卡尔舒展着身体躺在这里，双臂在盆内完全可以伸直；他随意让温水、热水，接着又是温水，最后是冷水，一个部位一个部位地喷洒在身上，或是喷洒在全身。他躺在这儿，像是再继续享受一点睡眠；他特别喜欢用闭着的眼皮接住最后落下来的几滴水，随后，水滴散开，顺着面颊流去。

在骑术学校，卡尔从舅父那辆车身很高的汽车上下来。英语教师正在那儿等他。麦克毫无例外来得较晚。他尽可放心晚来，因为只有他到了，真正活跃的骑马活动才开始。他进来时，各匹马不是才从半睡状态猛地跃起吗？马鞭不是这时才在室内啪啪响起吗？环形看台上不是这时才突然出现观众、赛马饲养员、学骑术的学生等等吗？卡尔充分利用麦克到来之前的时间，略微预先练习练习骑马，哪怕是最简单的骑术。一个高个子，几乎未抬手臂，就骑上了最高一匹马的马背，他给卡尔上课，时间总是不到一刻钟。卡尔在这方面的成绩不算太好，但他可以掌握许多用英语喊叫、抱怨的话，在学骑马时气喘吁吁地向他的英语教师不断喊叫，而这位教师多半是想睡觉的样子，一直靠在门框子上。但是麦克一到，对骑马的不满情绪就没了。他让这个高个子走开了，不一会儿，依然是半明半暗的大厅里响起了坐骑奔驰的马蹄声，卡尔这时看到的几乎只是麦克高高举起的手臂，他在向卡尔发出一道命令。这样睡梦般娱乐半个小时之后，麦克停了下来。他匆匆忙忙与卡尔告别，若是对卡尔的骑术特别满意，他有时还拍拍卡尔的面颊。因为赶时间，他不等和卡尔一起走出门就不见了。然后，卡尔带着英语教师一起上车，他们多半绕道去上英语课，因为，从舅父家直接去骑术学校的那条大马路特别拥挤，若是走那里，会浪费许多时间。另外，至少是英语教师的这种陪同，不久就结束了，因为卡尔不忍心让这个疲劳的人浪费时间去骑术学校，况且和麦克用英语交流很容易，所以，卡尔请求舅父不要再让这位教师充当此任了。舅父考虑一会儿后对他的这一请求也让步了。

过了相当长时间，舅父才决定允许卡尔大体看看他的企业，尽管卡尔也多次请求过。这是一家经销、运输企业，就卡尔所能回忆起来的，欧洲也许根本就没有这样的企业。这是一种居间贸易，但它不是从厂家介绍商品给消费者，而是为大联合企业或在其中间介绍商品和初级产品。因此，这是一个集大规模采购、存储、运输和销售于一体的商行，它必须与客户保持精准的、不间断的电话电报联系。电报大厅不比家乡那座城市的电报局小，甚至比它还大；卡尔曾经和一个同学拉着手穿过家乡的电报局，那儿的人都认识这个同学。朝电话大厅望去，电话亭的门开关不断，电话铃声弄得人迷离恍惚。舅父打开这些门中的第一扇，只见里面强烈的电灯光下坐着一位雇员，他对门发出的声响无动于衷，他的头夹在一副钢带里，钢带把耳机紧紧贴在他耳朵上。他的右臂放在小台子上，好像它非常沉重似的；只有拿铅笔的手指在有规律而且飞快地动着。他对着话筒说话时非常注意节省话语，人们甚至常常看到，他也许是在向对方提出什么异议，并想详细询问些什么，但是——他还未来得及说明自己的意图——他听到的某些话迫使他低下眼睛做记录。正像舅父对卡尔轻声解释的那样，为防止干扰，他还不能说话，因为他收到的报告，另外两名雇员也同时收到了，然后做个比较，以尽量避免出错。就在舅父和卡尔走出门的同一刹那，一个实习生跑了进去，随即拿着在此期间写过的纸出来了。来来往往的人匆匆忙忙不断穿过大厅的中央。没有人打招呼，打招呼这一做法取消了，每个人紧跟着走在自己前面的人，同时盯着地板，看走什么地方能尽快地走到前面，或是从拿在手里的、快速走路时飘摆不定的纸上看几个词或几个数字。

“你搞得规模真大！”有一次，卡尔参观企业时这样说。要想全部看一遍，即使对每个部门只是浏览一下，也得花好多天。

“你要知道，这一切都是我三十年前开始亲自搞起来的。那时，我在港区有个小店，如果我一天在那里卸下五只箱子，就算很多了，我回到家就会觉得了不起。今天，我在海港有第三大库房；那个店现在是我手下第六十五队搬运工的餐室和工具室。”

“真了不起。”卡尔说。

“在这里，一切都发展得很快。”舅父说，并以此中断了谈话。

一天，卡尔打算和平时一样单独吃饭，不料舅父在饭前来了，他请卡尔立刻换上黑色衣服和他去吃饭，一起进餐的是两位有商务往来的朋友。卡尔在隔壁房间换衣时，舅父坐在写字台前，看他刚做完的英语作业，忽然手往桌面上一拍，大声叫道：“真是太好了！”

卡尔听到这一表扬时，毫无疑问，穿衣更顺当了，不过他确实对英语有了相当把握。

在舅父的餐室——卡尔到达后的第一个晚上来过这儿，他还记得这个餐室——两位又高又胖的先生站起身来表示问候，从桌边谈话得知，其中一位是某格林先生，另一位是某波伦德先生。舅父不习惯于匆匆忙忙说句话把朋友介绍一下，而是让卡尔通过自身观察发现必要的或有趣的东西。席间，只讨论了内部商务，这对卡尔来说是在商业用语方面上了很好的一课，而且，他们让卡尔安安静静地吃饭，好像他是个首先需要好好吃饱的孩子。在此之后，格林先生弯身面向卡尔，显而易见地努力说尽可能清楚的英语，泛泛地问卡尔对美国的初步印象。四周死一样沉寂，卡尔往旁边的舅父看了几眼，然后相当详细地做了回答，并为了表示感谢，试着用带点纽约味的腔调，使自己的话听起来更为适意。在说到一个词时，三位先生甚至都笑得前仰后合，卡尔担心自己出了个大错；但并没有，正如波伦德先生所说，他甚至说得非常确切。这位波伦德先生似乎特别喜欢卡尔；在舅父与格林先生重新回到商务洽谈上时，波伦德先生叫卡尔把座椅朝他移近一点，他先问了许多关于卡尔的姓名、籍贯和旅行方面的问题；直到最后，为让卡尔休息一会儿，他边笑边咳嗽了一下，匆匆讲述起他自己和他的女儿。他和女儿住在纽约附近的一座小庄园里，他当然只是在那儿过夜，因为他是银行家，他的职业整天把他死死拴在纽约。他衷心邀请卡尔去这座庄园玩玩，他说，像卡尔这样一个初来美国的人，肯定也需要有时离开纽约去休养一下。卡尔立刻请求舅父允许他接受这个邀请，舅父也显然高兴地表示应允，但没有如卡尔和波伦德先生所期望的，提出甚至考虑一个确定的日期。

然而，在第二天，卡尔就被叫到舅父的一间办公室里（舅父单单在这幢楼就有十间不同的办公室），他看见舅父和波伦德先生半躺在圈椅里，两人说话不多。

“这是波伦德先生。”舅父介绍说。在傍晚昏暗的房间里，卡尔几乎认不出他来了。“波伦德先生来了，像我们昨天所说的，他要把你带到他的庄园去。”

“我不知道今天就去，”卡尔说，“不然我早准备好了。”

“如果你没准备，那我们推迟一下更好。”舅父说。

“什么准备！”波伦德叫道，“一个年轻人随时都该准备好。”

“这不是他的问题，”舅父转向客人说，“但他总还得要上楼回房间，会耽误您的。”

“还有足够的时间，”波伦德先生说，“我也事先想到了耽搁，所以提早下班关门了。”

“你看，”舅父说，“你的拜访现在已经造成多大麻烦。”

“很抱歉，”卡尔说，“不过，我马上就到。”他说着就想跑开。

“您不要急，”波伦德先生说，“您一点也没有给我带来麻烦，相反，您的拜访使我极为高兴。”

“你明天会耽误骑术课，你已经说过不去啦？”

“没有。”卡尔说。他对这次拜访感到非常高兴，现在它却开始成为一种负担。“我不知道——”

“那你还是要走？”舅父追问道。

波伦德先生，这个友好的人，来解围了。

“我们路过骑术学校时停一下，把事情安排好。”

“这是个好办法，”舅父说，“不过麦克会等你的。”

“他不会等我，”卡尔说，“但他总归会去的。”

“怎么？”舅父问，好像卡尔的回答没一点儿道理。

波伦德先生又说出关键性的话：“但克拉拉”——她是波伦德先生的女儿——“也在等他，而且今天晚上就在等他，她也许优先于麦克吧？”

“当然。”舅父说，“那就快去你房间。”他多次像是无意地拍打圈椅的扶手。卡尔刚走到门口，舅父又用这样一个问题阻挡住他：“你明天早上会回来上英语课吧？”

“哎！”波伦德先生在圈椅里尽量转过肥胖的身体，吃惊地叫道，“他可不可以至少明天在外面待一天？后天一早我再把他带回来行吗？”

“绝对不行。”舅父回答，“我不能让他的学习如此混乱。以后，在他开始过本身有规律的职业生活后，我会非常乐意允许他有更多的时间，接受这样一个友好的、令人不胜荣幸的邀请。”

多么矛盾！卡尔心想。

波伦德先生伤心了，说：“只待一个晚上真有些不值得。”

“我也这么认为。”舅父说。

“有多长就多长。”波伦德先生说，他又笑了。“好吧，我等着！”他对卡尔说。卡尔见舅父没什么可说了，就跑走了。

当卡尔不一会儿准备就绪返回来时，只见波伦德先生一人在办公室，舅父已经走开了。波伦德先生高兴地握住卡尔的双手，好像他要尽量弄清楚，卡尔是否真的一起走。卡尔虽因急急忙忙而感到身体出汗了，但也握住波伦德先生的双手，对能够跟他去游玩感到很高兴。

“我跟您去，舅父不会生气吧？”

“绝对不会！在这件事情上他不会这样认真的。他操心的是您的教育问题。”

“他对您说过吗，他先前的话也不是认真说的？”

“哦，对啊！”波伦德先生拖长声调说，以此证明他不会说谎。

“很奇怪，尽管您是他的朋友，但他仍不乐意让我看望您。”

波伦德先生虽然不公开承认这一点，但也不能对此做出解释；他们坐在波伦德先生的汽车里穿过温暖的夜晚时，尽管很快谈起其他事情，但仍在长时间考虑这个问题。

他们紧挨着坐在一起。波伦德先生在讲话的时候，把卡尔的手握在自己手里。卡尔很想多听些关于克拉拉小姐的事情，好像他对长长的路途很不耐烦，听听对方的讲述就能比实际早到一会儿似的。尽管他还从来没有在晚上乘车穿过纽约的街道，越过人行道和车行道，他们的车像是在旋风里，被不像是人引起的，而像是一种陌生之物引起的喧哗声驱赶着，方向东转西弯，瞬息万变，但是，他在努力倾听波伦德先生的讲述时，他所注意的不是别的，而是波伦德先生的深色坎肩，坎肩上稳稳地横挂着一条深色链条。在马路上，观众显然都非常害怕迟到，所以急速迈着步子，有的则乘着急忙开出的汽车，朝戏院拥去；波伦德先生的车开过这些马路，经过过渡区进入郊区。在郊区，骑马的警察一再指挥他们的车走支路，因为罢工的金属行业工人游行示威把大马路占据了，只有最需要的车辆才允许通过十字路口。他们的车从昏暗的、发出沉闷回声的小巷出来，横穿一条宽如广场的大马路，路两边人行道上挤满了小步向前移动的人，一眼望不到头，他们统一唱着歌，歌声一致，似乎比一个人唱得还整齐。在空出来的车行道上，有的地方可以看到一名警察骑在一动不动的马上，或是看到举着旗子或举着横跨马路的大幅标语的人，或是看到被同事与通信员包围着的工人领袖，或是看到一辆没有及时开过去的有轨电车停在那里，车上空无一人，黑洞洞的，司机和售票员在站台上坐着。一小群一小群好奇的人站在远离游行示威者的地方，他们尽管不知道发生了什么事情，但还是不愿离开。卡尔靠在波伦德先生搂着他的那只胳臂上，显得很高兴；不久，他将是个受欢迎的客人，出现在一座照得通亮、高墙环绕、狼狗守卫的乡村别墅里，这个念头使他感到特别愉快；即使他由于开始感到困倦，不能正确或至少不能连贯地理解波伦德先生说的一切，他还是不时地振作精神，擦擦眼睛，一时间想再次弄明白波伦德先生是否觉察到了他的睡意，这一点他是无论如何都要想法避免的。

纽约附近的乡村别墅

“我们到了。”波伦德先生恰好在卡尔打盹的一瞬间说。汽车停在一座乡村别墅前。别墅是按纽约郊区富有人家的乡村别墅风格建的，比仅供一家人居住的寻常别墅更高大。因为只有底层亮着灯，所以无法知道它有多高。前面，栗子树叶沙沙作响，栗子树之间是一小段路——栅栏已经打开——直通露天阶梯。卡尔根据自己下车时的倦意估计，路上时间相当长。在黑暗的栗子树林荫道上，卡尔听到自己身边有个姑娘的声音说：“雅各布先生终于来了。”

“我叫罗斯曼。”卡尔说，他握住姑娘递上来的手，这时他才看清姑娘的轮廓。

“他只是雅各布的外甥，”波伦德先生解释说，“他本人叫卡尔·罗斯曼。”

“这丝毫改变不了我们在这儿见到他的愉快心情。”姑娘说，她并不看重名字。

尽管如此，卡尔在波伦德先生和姑娘之间朝房屋走去时，还是问道："您是克拉拉小姐？"

"对，"她说，这时从房内射出来的一点儿灯光照在她脸上，她的脸正朝着他，"但是我不想在这黑暗的地方介绍自己。"

"是啊，她在栅栏那儿等过我们。"卡尔心想，他在走路时渐渐清醒过来。

"另外，我们今天晚上还有个客人。"克拉拉说。

"不可能！"波伦德生气地说。

"是格林先生。"克拉拉说。

"他是什么时候到的？"卡尔好像有预感似的问。

"刚才。你们没有在自己的车前听到他的汽车声？"

卡尔抬头望向波伦德，想知道他是怎样看待这件事的，但他双手插在裤兜里，只是走路时脚步重了些。

"住在纽约近郊不管用，仍然摆脱不了打扰；我们一定得把住处搬得更远一点，要开车走半夜才到家。"

他们站在露台上。

"不过，格林先生好长时间没有来过了。"克拉拉说，她显然完全赞同父亲的话，但又想安慰他。

"为什么他偏偏今天晚上来？"波伦德大为恼火地说，他的话冲过厚厚的下嘴唇，这块松软但又沉重的肥肉很容易地抖动了起来。

"这有什么！"克拉拉说。

"也许他过会儿会走的。"卡尔说，他昨天和这些人还很陌生，现在却谈到一起了，对此，他自己也感到惊奇。

“哦，不会，”克拉拉说，“他和爸爸有笔大生意，商谈这笔生意可能需要很长时间，因为他已经开玩笑地威胁我说，如果我想做个有礼貌的女主人，直到明天都得注意倾听。”

“看到了吧，那么他还要留下来过夜。”波伦德叫道，仿佛最糟糕的事情发生了。“我真想，”他说，又因为产生新的想法而友好起来，“我真想再让您上车，罗斯曼先生，现在就把您送回到您舅父身边。这个夜晚一开始就受到干扰；谁知道，您的舅父下次什么时候再把您交给我们呢？今天我就把您送回去，这样，他下次就不会拒绝您来我们这儿了。”

他拉住卡尔的手，想要付诸行动。但卡尔一动不动，克拉拉请求让他留下，因为起码她和卡尔一点也不会受到格林先生的打扰；最后，波伦德本人也发现，他的决心并非很坚定。另外——这也许是最关键的——他们突然听见格林先生从台阶最上面朝下面花园喊：“你们在什么地方啊？”

“你们来。”波伦德说，转弯踏上露天阶梯。卡尔和克拉拉走在他后面，现在，他们在灯光下开始相互研究起对方来。

“瞧她那红唇。”卡尔在心里对自己说，同时想起波伦德先生的嘴唇，它在女儿身上变得多么漂亮啊。

“晚餐后，”她说，“如果爸爸和格林先生交谈起来，您乐意的话，我们就立刻去我的房间，这样，我们起码可以甩脱这个格林先生。然后，劳驾您给我示范弹钢琴，因为爸爸说起过，您钢琴弹得很好，很遗憾，我不会演奏音乐，也没动过我的钢琴，尽管我本来是很喜欢音乐的。”

卡尔完全同意克拉拉的建议，尽管他也很想让波伦德先生和他们在一起。卡尔已习惯于波伦德的高大个头，他们上阶梯时，格林先生的高大形象也慢慢显示了出来，在这个高大形象面前，卡尔的任何希望——今天晚上设法把波伦德先生从这个人身边诱开——自然都破灭了。

格林先生急匆匆迎接他们，好像要把许多事补上似的。他一手扶着波伦德先生的胳膊，一手推卡尔和克拉拉走在前面，来到餐室。餐桌上摆着许多配有新鲜叶子的鲜花，因此，餐室一派节日气象，这更使人感到好打扰人的格林先生在场是多么令人遗憾。卡尔在桌边等大家就坐；朝向花园的大玻璃门敞开着，卡尔对此感到很高兴，因为浓郁的香气飘进来，使得餐室像个园亭。但就在这时，格林先生却气喘吁吁地走过去关玻璃门，他弯腰上好最下面的插销，又挺身上好最上面的插销，一切做得是那么快捷，以至于赶来的仆人发现没事可做了。席间，格林先生起初说的话，都是表示对卡尔获得舅父允许而来访感到惊讶。这位格林先生把一汤匙接一汤匙的汤送到嘴里，他一会儿向右对克拉拉说，一会儿向左对波伦德先生说，他为什么如此惊讶，舅父如何看管卡尔，又说舅父对卡尔的爱太强烈，人们简直不能称之为一个舅父的爱。

“他没有必要在这儿干涉，非但如此，他还插手我和舅父之间的事。”卡尔心里这样想道。金黄色的汤他一口也喝不下，但他不想让人发现自己觉得受到了妨碍，于是开始默默地把汤大口喝了下去。吃饭速度很慢，他觉得简直是受折磨。只有格林先生，最多还有克拉拉，显得很活跃，不时地找机会笑几声。波伦德先生只有几次在格林先生提起业务之事时才说了一些话，后来谈这方面的事也不吭声了。尽管如此，格林先生每过一会儿就出人意料地提起这个话题。另外，他还强调说——这时，卡尔仔细听着，好像有什么危险的事要发生，而克拉拉却在提醒他注意，烤肉在他面前摆着，现在是吃晚饭的时候——他一开始就不打算突然来访，因为，应商讨的业务之事如果说很急，那就应该今天下午在市内时把最主要的部分洽谈好，次要的放到明天或以后再谈。他说，他下班前确实在波伦德先生那里待了很久，但没碰到他本人，所以，他只好往家里打个电话，说夜里不回家，然后就出城来了。

“那我必须请求原谅，”卡尔未等别人回答便大声说道，“因为，波伦德先生提早离开办公室，这是我的过错，实在对不起。”

波伦德先生用餐巾遮着大部分脸；克拉拉朝卡尔微笑着，但这并不是表示关心的微笑，而是想要施加某种影响的微笑。

“你不需要请求原谅，”格林先生边说边用快刀切开一只烤鸽子，“相反，我真的很高兴，能在如此亲热的人中间度过这个夜晚，不然，我得一个人在家里吃晚饭，上了年纪的女管家伺候我，她老了，从门口到我的餐桌这段路，她走起来都感到吃力了，我要是想看着她走这段路，都可以在沙发椅上仰靠好久。前不久我才设法安排男仆把饭菜送到餐室门口，可是以我对她的了解，从门口到餐桌这段路仍归她管。”

“我的天哪，”克拉拉叫道，“真是忠贞不渝！”

“是啊，世界上还有忠贞的人。”格林先生说，同时把一块肉送进嘴里。卡尔偶然看到，格林先生的舌头迅速一动，就把这块肉卷住了。他几乎觉得有点恶心，于是站起身来，波伦德先生和克拉拉几乎同时抓住他的手。

“您还得在这儿待着。”克拉拉说。他又坐下，这时她低声对他说：“我们一会儿就走开，您耐心点。”

在这期间，格林先生放心地忙于吃饭，好像如果是他令卡尔反感的话，那么，安慰卡尔是波伦德先生和克拉拉理所当然应做的事。

尽管格林先生时刻准备接过每道新上来的菜，但他每道菜都精心品尝，所以这顿饭时间拖得很长。他确实给人一种印象，仿佛他想从自己年迈的女管家那里彻底恢复过来。他不时称赞克拉拉小姐料理家政的艺术，这显然是在奉承她，而卡尔试图反驳他，好像卡尔在攻击她似的。但格林先生并不限于与她说话，而是常常——从不放开盘子抬头看看——为卡尔明显没有胃口而感到遗憾。波伦德先生作为东道主虽然理应鼓励卡尔多吃点，但他总是为卡尔的胃口辩护。实际上，卡尔在整个晚饭期间都处在强迫之下，他很敏感，以至于失去了自己较好的判断力，把波伦德先生的这种说法解释为不友好的表现。与他的这种状态相应的是，他会一时吃得很快很多，然后又长时间把刀叉放在一边，成了在座的人中纹丝不动的那个，递送菜肴的仆人往往不知道该怎样陪侍他。

“我明天要对参议员先生说，您是怎样不吃饭而伤害克拉拉小姐的感情的。”格林先生说，但他只是挥挥刀叉，表示自己说这话纯系开玩笑而已。

“您瞧这位姑娘多么悲伤。”他继续说，并把手放在克拉拉的下巴下。她任凭他这么做，闭上了眼睛。

“你这小姑娘。”他喊道，往后一靠，笑得满脸通红，显示出饱餐之后中气十足的样子。卡尔试图揣摩出波伦德先生的举止，却做不到。波伦德先生坐在那里，朝面前的盘子里看着，好像里面就要发生真正重要的事情。他没有把卡尔的座椅拉向自己，如果他说什么话，那是对大家说的，他对卡尔没有什么特别的话要说。相反，他容忍格林，这个上了年纪的、老奸巨猾的纽约单身汉，明显故意触摸克拉拉；他容忍格林侮辱自己的客人卡尔或至少把卡尔当成孩子对待。谁知道这样的人恢复精力后会干什么。

离席后——格林发觉了全场的气氛后，第一个站了起来，在某种程度上也带动大家站了起来——卡尔单独一人向旁边一扇窗走去，这是通向平台的、用白色细木条分隔开的几扇大窗户中的一扇，他走近时才发现这些窗是真正的门。波伦德先生和女儿起初对格林很反感，卡尔当时对此还不太理解。这种反感现在到哪儿去了？他们现在和格林站在一起，向卡尔点点头。格林先生抽着雪茄烟，这根雪茄是波伦德赠送给格林的，很粗大；父亲在家里有时说起这样粗大的雪茄，但是显然他自己也没有亲眼见过。现在，格林先生的雪茄冒出的烟雾在大厅里弥漫开来，还把他的影响传播到了他本人从来没有去过的各个角落和各个壁龛。尽管卡尔离得很远，但他鼻子里也被烟刺激得发痒；而且，他从自己站的地方无论怎样朝格林先生迅速瞄一眼，都觉得此人的举止很卑鄙。现在，他认为绝对不能排除这种可能：舅父之所以长时间拒绝允许他进行这次拜访，是因为他深知波伦德先生的懦弱性格，虽然还不能准确预见，但估计卡尔在这次拜访中有可能会受到感情伤害。他也不喜欢这位美国姑娘，虽然他本来也没有把她想象得多么漂亮。但格林先生和她亲热起来之后，卡尔对她的脸所能表现出来的美，特别对她那双异常灵活的明亮眼睛感到吃惊。像她穿的这样一件紧身裙，他也从来没有看到过，轻柔坚实的淡黄色面料上的细褶显出了强烈紧绷的程度。但是，他丝毫不倾心于她，他真不想被她带到她的房间；他宁愿用反正已经放在门把上的双手打开门，踏上汽车回去，或者，若是司机已经睡觉，他就一个人走回纽约。天空中的一轮圆月招他喜爱，明亮的夜晚在向每个人敞开着，而且，卡尔觉得在外面无须感到害怕。他在想象——他第一次在这个大厅感到舒适一些——他明天早上——他没法更早一点徒步回到家——要让舅父喜出望外。虽然他还从来没有到过舅父的卧室，甚至不知道舅父的卧室在什么地方，但他可以打听得到。然后他就敲门，只要听到礼节性的一声“请进！”就跑进去。以往卡尔见到亲爱的舅父总是从上到下衣冠楚楚，这次要对他来个突然袭击，看到他挺身坐在床上，穿着睡衣，眼睛吃惊地盯着门的样子。这本身也许没有什么关系，但可以想象，这样做会产生什么效果。也许，他会第一次与舅父一块儿吃早饭：舅父坐在床上，他坐在沙发椅上，早饭摆在他们之间的小台子上。也许，这样吃早饭以后会成为经常性做法；也许，由于这样吃早饭——这甚至不可避免——他就会常常与舅父见面，不再像过去那样一天只见一次面，这样彼此当然也就可以更坦率地交谈。如果说他今天在舅父面前不听话，或者说得更确切些是太固执，那么说到底，就是因为缺乏这种坦率的谈话。即使他今天必须在这儿过夜——很遗憾，看来肯定是这样，虽然人们让他一个人站在窗口自我消遣——这次不幸的拜访也许会成为改善与舅父关系的转折点。也许，今天晚上，舅父在自己的卧室有着类似的想法。

他感到有些欣慰，于是转过身。克拉拉站在他面前说："您不喜欢待在我们这儿？您在这儿没有一点在家里的感觉吗？您来，我最后再尝试一下。"

她带他穿过大厅朝门走去。两位先生坐在旁边的桌前，桌上摆着高脚杯，里面斟满了略有泡沫的饮料。卡尔还从来没有见过这种饮料，他也真想品尝一下。格林先生的一个胳膊肘支在桌子上，他的整个脸贴近波伦德先生；如果人们不认识波伦德先生，他们完全会认为，这里在密谋犯罪的事情，而不是在洽谈商务。波伦德先生用友好的目光看着卡尔朝门走去，在这种情况下，谈话对方也会不由自主地随对方的目光望去，但格林却不回头看卡尔。卡尔觉得，格林的举止反映出了他的某种自信——卡尔和格林，他们每个人都试图用自己的能力应付一切，随着时间的推移，他们两人谁胜谁负的问题会确立起他们之间必要的社会联系。

"如果他这样认为，"卡尔心想，"那他就是个蠢蛋。我真不想找他麻烦，他也应让我安宁。”

还没到走廊，他突然想到自己不太礼貌，因为他在盯着格林看时，被克拉拉几乎是拖出了房间。现在他顺从地走在她身边。在穿过一道道走廊时，他看到每隔二十步就有一名身穿华丽制服的仆人手持枝形烛台站在那里，他简直不敢相信自己的眼睛。

“至今只有在餐厅里新拉了电线。”克拉拉解释说，“这幢旧房子是前不久才买的，按照这幢房子的建筑形式，凡是可改建的全部改建了。”

“这就是说，在美国也有旧房子了。”卡尔说。

“当然。”克拉拉笑着说，她拉着他继续向前走，“您对美国的看法很怪。”

“您不该取笑我。”卡尔生气地说。他毕竟知道欧洲和美国，而她只知道美国。

在朝前走时，克拉拉稍一伸手推开一扇门，没停脚步，说：“您要睡在这儿。”

卡尔当然想立刻看看房间，但克拉拉很不耐烦，大声解释说，有时间看，先要和她再走走。他们在走廊上又来回走动了一小会儿。最后，卡尔觉得他不能事事依着克拉拉，于是甩脱她，走进了房间。窗前有棵树，整个树梢都在摇晃着，通过树梢可以知道窗外出人意料地黑，还可以听到小鸟的叫声。月光尚未照进屋里，因此，几乎什么也辨别不清。卡尔感到很遗憾，没有把舅父送给他的手电筒带上。在这座房子里手电筒是不可缺少的，要是这样的手电筒有几个，就可以让仆人睡觉去了。他坐在窗台上，朝外面看着，倾听着。一只惊起的小鸟似乎在挤着穿过这棵老树的叶子。一列纽约市郊火车的汽笛声在周围什么地方响起。除此之外，一片寂静。

但这寂静没持续多久，因为克拉拉急忙进来了。她生气地叫道："在这儿干什么？"她说着用手往衣裙上猛地一拍。卡尔想等她客气些后才回答。但她迈着大步朝他走来，喊道："您想不想跟我来？"同时她故意，或者说纯是出于这种激动，往他胸上一推，他若不是在最后一刹那从窗台上滑下，双脚落地的话，就从窗口给推下去了。

"我就要掉下去了。"他责怪说。

"很可惜，您没掉下去。为什么您这么不听话！我还要往下推您一次。"

她真的抓住他，他起初只是吃惊，忘了重重地站稳脚跟，结果被她那经过体育锻炼的身体几乎推到了窗口。但他在那儿回过神来，猛地转过臀部甩脱开，把她抱住了。

"哎哟，您弄疼了我。"她立刻说。

但卡尔觉得，不能再放开她。他给她活动自由，让她随意走动，但他跟着她，并不放开她。她穿着紧身衣，也很容易抱住。

"放开我。"她低声说，她那发热的脸紧紧贴着他的脸，他费劲儿地看她，因为她挨得太近。"放开我！我给您点好看的东西。""她为什么呻吟呢？"卡尔心想，"我都没有用力抱她，不可能把她弄疼。"他仍未放开她。但默默站了一会儿后，一个不留神，他的身体突然又感到她在用力动，挣脱了他——她先熟练地一挥手抓住他，用独特的格斗技巧站稳脚，推开卡尔的双腿，然后均匀地喘着气，把他推到墙边。墙边有张长沙发，她把他放倒在沙发上，没有怎么弯腰，说：

“你能的话，现在动动试试！”

“你可真是坏透了。”卡尔既愤怒，又感到羞辱，在这两种混杂的感受下说出这种话，“你疯了，你这只坏透的猫。”

“当心你的话。”她说，同时把一只手放到他脖子上，开始用力掐他，使卡尔无力反抗，只是张着嘴喘气；这时，她的右手摸向他的面颊，像是试探地触摸，然后又抬起，而且高高抬起，随时都有可能打下来，给他一记耳光。

“怎么样，”她说，“你对一位女士不尊重，为了惩罚你，要不要狠狠打你一记耳光，然后把你送回家？这虽然不是什么美好的回忆，但也许会对你今后的生活道路有用。你太使我感到遗憾了，亏你还是个可以忍受的漂亮少年呢。你要是学过柔道，很可能揍我个皮开肉绽，可你没有学过。尽管如此，尽管如此——像你现在这样躺着的样子，就引诱我很想打你个耳光。我会为此感到遗憾；如果我这样做，你现在就要知道，这是违背我的意愿的。我要是这样做，当然也就不满足于一记耳光，而是要左右开弓，直到打你个鼻青脸肿。也许你是个爱面子的人，我几乎相信，你若是吃几个耳光，就不想再活下去了，会自行了断，告别人世。为什么你这样跟我拧着来？你难道不喜欢我吗？到我房间去不值得吗？注意！现在我真会不由得打你个耳光。如果你今天还能脱身，下次你可得表现好一点。你可以跟你舅父闹别扭，但我可不是你舅父。另外，我还要提醒你注意，如果我不打耳光放你走，你不要认为，从荣誉的角度看，你现在的情况和真正挨一记耳光的情况是同一回事。如果你想这样认为，我就宁可真的打你一记耳光。我要是把这一切告诉麦克，他会说些什么呢？”

在想到麦克时，她放开了卡尔。在他的模模糊糊的思想里，他觉得麦克像是个大救星。他感到克拉拉的手在他脖子上放了一小会儿，因此他把头转个方向，静静地躺着。

她要求他起来，但他不回答，也不动。她在什么地方点燃一支蜡烛，房间里亮了起来，天花板上显出蓝色Z字形图案；卡尔依旧躺着，头枕在靠垫上，保持着克拉拉把他安放在那里的姿势，丝毫没有移动。克拉拉在房间里走来走去，衣裙在腿上沙沙作响，后来，她显然在窗口站了好长一会儿。

“反抗够了吗？”卡尔听见她问。

卡尔觉得在波伦德先生为他安排过夜的这个房间里很难得到安宁。这个姑娘在房内转来转去，有时站住，有时说话，他对她腻烦透了。赶快睡觉，然后赶快从这儿离开，这是他唯一的愿望。他根本不想上床，只想在这沙发上待着。他只想等她走开，然后紧跟她身后跃向门边，给门上好插销，再回来躺倒在沙发上。他现在很需要舒展开四肢，打个呵欠，但他不想在克拉拉面前这样做。他就这样躺着，凝视着上面，觉得他的脸越来越不能动了；一只昆虫围着他飞来飞去，而且在眼前闪着亮光，但他不知道是什么。

克拉拉又走到他旁边，把头低到他的目光方向；他若不强制自己，肯定会看见她。

“我现在就走。”她说，“也许过一会儿你有兴趣到我那儿去。我房间的门，从这个门算起，是第四个门，在走廊的这一面。就是说，你走过三个门，然后你走到的门就是我的房门。我不再去楼下大厅，而是待在房间里。你也使我精疲力尽了。我不会专门等你，但是，如果你想来，你就来。你想想，你已经答应向我示范弹钢琴。不过，也许我同样使你精疲力尽了，你动也不能动了，那么，你就在这儿好好睡一觉。我暂时不会向爸爸讲起我们吵架的事；我知道这会使你烦恼的。”随后，她尽管声称疲倦了，但两步就跑出了房间。

卡尔立刻站起身来，一直躺着使他无法忍受了。为了稍微活动活动，他走到门那里，朝外看看走廊。走廊上一片漆黑！他把门关起来，锁好，站在桌边烛光下，这时他感到很高兴。他决定不在这个房间久待，而是下楼去找波伦德先生，公开对他说，克拉拉是怎样对待他的——他觉得承认自己失败无关紧要——借助这个看来充分的理由，请求对方允许他乘车或是徒步回去。若是波伦德先生反对他立刻就回去，那么，卡尔至少想请他让仆人把他送到最近的一家旅馆去。在一般情况下，人们虽然不会像卡尔设想的这样对待友好的东道主，但更不会像克拉拉所做的那样对待一位客人。克拉拉甚至还保证，暂时不向波伦德先生说这次吵架的事，还把此举看作友好的表示。事情已经是骇人听闻了。是啊，卡尔被邀请来是要进行摔跤比赛吗？一个姑娘把他摔倒了，这对他来说是一种羞耻；这个姑娘至今很可能是以学习摔跤术来度过绝大部分时间的，而且是麦克教了她。她要是把一切告诉麦克，事情会怎么样呢？麦克肯定是个理智的人，虽然卡尔没有机会详细了解这一点，但他知道。卡尔也知道，假如麦克教他，他会比克拉拉进步更快；等有一天他再次来到这儿，很可能是不邀而来，当然要首先把这个地方摸清楚，克拉拉的优势就是非常熟悉这个地方，然后，他就抓住这同一个克拉拉，把她同样摔倒在这张沙发上，就是今天她把他摔倒在上面的这张。

现在的问题是找到回大厅的路；他起初心不在焉，多半是把他的帽子也放在大厅里不适当的地方了。这支蜡烛当然要拿上，但即使有光亮也很难认出路来。比如，他不知道，这个房间是不是和大厅在同一层。在克拉拉带他来这儿的路上，总是东转西转，使他根本无法四处张望。格林先生和手持烛灯的仆人也让他分心；总而言之，他现在确实不知道，他们走过一道或是两道楼梯，抑或根本就没有走过楼梯。从可以往外眺望这一情况判断，这个房间所处的位置相当高，因此，他自以为他们走过楼梯，而且进这座楼就肯定上过楼梯，那么，房子的这一边为什么不可能抬高呢？要是在走廊上从某扇门里看到灯光，或是从远处听到哪怕是很轻的说话声，该多好啊！

他的怀表，舅父送给他的礼物，指着十一点。他拿起蜡烛，走出房门，来到走廊上。他让门开着，为的是找不到大厅时至少返回来可以找到他的房间；然后，迫不得已时，还能找到克拉拉的房门。为了不让门自行关起来，他用一张沙发椅把它挡住。走廊上给人以不舒适之感，一股穿堂风向卡尔——他当然是选择与克拉拉的房门相反的方向，出门向左——迎面吹来。这股风虽然很弱，但随时都有可能把蜡烛吹灭，因此，卡尔用手把火苗保护起来，另外还不得不常常停住脚步，让吹倒的火苗恢复过来。他走得很慢，路程似乎增加了一倍。卡尔走过很长一段墙壁上无门的路，他简直不能想象墙后面是什么。随后又是一扇门挨一扇门，他试着打开几扇门，但都锁着，房间里显然无人居住。这实在是浪费空间，没有其他地方比这儿更浪费了。卡尔想到纽约东区，舅父曾答应带他去看看那片居住区。据说，在那儿，一个小房间里住着几家人；一个家庭的住所仅占一个房角，孩子们只好紧紧围在妈妈身边。而在这里，这么多房间空着，只是为了人们敲门时能发出空荡荡的声响。卡尔觉得波伦德先生似乎是被假朋友们骗了，他太宠爱自己的女儿，因此搞糟了。舅父对他肯定有正确评价，只是他那不影响卡尔评价人的原则，对这次拜访和在走廊里这样东转西弯负有责任。卡尔明天要把这一点毫无顾忌地告诉舅父，因为舅父按照自己的原则也应喜欢静心听听外甥对他的评判。除此之外，这个原则也许是卡尔不喜欢舅父的唯一方面，即使这种不喜欢也不一定就是不喜欢。

突然，走廊的一边没墙壁了，代替它的是冰冷的大理石栏杆。卡尔把蜡烛放到一边，小心翼翼地弯身朝外看。一种黑暗空洞感向他袭来。如果这是这幢房子的主厅——在闪烁的烛光下，可以看清一块拱形的天花板——为什么他们不是穿过这里进屋的呢？他站在这上面像是站在一座教堂的楼厅里。卡尔这时几乎感到有些遗憾，不能在这幢房子里待到明天，他很想让波伦德先生白天带他到处转转，给他讲讲这儿的一切。

另外，栏杆不长，因此，卡尔一会儿又走进了封闭的走廊。在走廊的一个急转弯处，他猛地撞上了墙。幸好他一直小心谨慎地拿着蜡烛，蜡烛才没有掉落熄灭。走廊没有尽头，也没有窗可以供人往外眺望一眼，无论高处还是低处，什么东西也没有，所以卡尔心想，他也许是一直走在同一条环形走廊里，而且他在希望再次找到他那扇敞开着的房门，但是房门未出现，那道大理石栏杆也未出现。直至现在，卡尔一直在克制自己，没有大声喊叫过，因为，他不想在这么晚的时候，而且在一座陌生的房子里，大喊大叫。但现在他认识到了，在这座没有照明的房子里，不会有任何不恰当的行为。他刚准备向走廊两头大叫一声时，发现从自己来的方向有一小点灯光越来越近。现在他才能够估计这条笔直走廊的长度；这座房子是个堡垒，不是别墅。卡尔对这盏可以救他的灯喜出望外，他忘记了任何小心谨慎，赶快跑上前去，刚跑几步，蜡烛就灭了。他不顾蜡烛了，因为他不需要它了；一位年老仆人提着一盏灯笼朝他这边走来，此人会给他指出正确的路。

“您是谁？”这位仆人问，同时他把灯笼提到卡尔的脸边，这样，他自己的脸也同时照亮了。他留着长长的白色络腮胡子，胡子到胸部才转成螺旋丝线样的卷儿；他的脸由于留着大胡子而显得有点呆板。这一定是位忠实的仆人，只有这样的仆人才允许留这种胡子，卡尔心想，同时目不转睛地观察胡子的长度和宽度，丝毫没有因为对方也在打量他而感到不自在。另外，他马上回答，他是波伦德先生的客人，从自己房间出来，想去餐厅，但找不到。

“原来是这样，”仆人说，“我们还没有装电灯。”

“我叫卡尔。”卡尔说。

“您不想用我的灯把您的蜡烛点着吗？”仆人问。

“请！”卡尔说，他同时点着了蜡烛。

“走廊上穿堂风大，”仆人说，“蜡烛容易灭，因此我提个灯笼。”

“是的，灯笼实用得多。”卡尔说。

“您身上滴满了烛泪。”仆人说，一边用蜡烛上下照了照卡尔的西服。

“我一点儿也没发觉！”卡尔叫道。他感到十分惋惜，因为这是一套黑色西服，舅父说过，这是最合他身的一套。和克拉拉的那番扭打想必对衣服也没好处，他现在才想起来这一点。仆人好心帮助，匆匆忙忙尽量把衣服弄干净；卡尔站在他面前，不断转动身体，指出这儿或那儿还有一滴，仆人顺从地将其清除掉。

“为什么这里穿堂风这么大？”他们开始继续向前走时，卡尔问道。

“这儿还有许多要建造呢，”仆人说，“改建工程刚刚开始，而且进度很慢。建筑工人现在还在罢工，这您也许知道。这样建造有很多麻烦事儿。现在，房子有好几个大口子，但没有人将它们堵起来，所以整个房子到处都刮穿堂风。如果我耳朵里不塞棉花，我是吃不消的。”

“那我必须再大一点声说话？”卡尔说。

“不必，您的声音很清楚。”仆人说，“再回过头来说说这栋建筑吧，特别在这儿的小教堂附近，穿堂风简直无法忍受，这个小教堂以后无论如何要与这座房子的其他部分隔开。”

“这么说，走廊上经过的那道栏杆可以通到一个小教堂？”卡尔问。

“是的。”

“我刚才就这么想过。”卡尔说。

“它很值得一看，”仆人说，“不然的话，麦克先生就不会买这座房子了。”

“麦克先生？”卡尔问，“我想，这座房子是波伦德先生的。”

“当然喽，”仆人说，“但在买这座房子时，麦克先生起了关键作用。您不认识麦克先生？”

“哦，认识。”卡尔说，“但他和波伦德先生有什么关系？”

“他是小姐的未婚夫。”仆人说。

“这我还真不知道。”卡尔说着停下脚步。

“这使您感到惊奇？”仆人问。

“我只是要好好想一想。要是不知道这样的关系，会出大错呢。”卡尔回答。

“我感到惊奇的只是他们为什么没对您说起过这件事。”仆人说。

“是啊，确实没有。”卡尔不好意思地说。

“他们很可能以为您知道了，”仆人说，“这已经不是新闻了。

我们到了。”他打开一扇门，门后是道楼梯，楼梯像是垂直通向餐厅的后门，餐厅还是像刚到达时那样照得通明。

餐厅里传出波伦德先生和格林先生的声音，他们的声音还是像两个小时之前那样没有变化。在卡尔进餐厅之前，仆人说：“如您乐意，我在门外等您，然后带您回房间。头一个晚上在这儿很难辨清路。”

“我不回我房间了。”卡尔说。他不知道他在这样说时为什么感到有点悲伤。

“这也不错。”仆人说，他稍微想了想，微微笑着，拍拍卡尔的臂膀。他显然把卡尔的话理解为，卡尔想通宵待在餐厅，和两位先生一起饮酒聊天。卡尔现在不想做任何说明，另外，他想，仆人可以指给他回纽约的路，因此他说：“如果您想在这儿等，那当然很好，我谢谢您，接受您的好意。我反正一会儿就出来，然后我告诉您做什么。我在想，我最需要您的帮助了。”“那好。”仆人说。他把灯笼放在地上，自己坐在一个不高的基座上，基座中间是空的，显然和房屋改建有关。“我就在这儿等，”当卡尔手拿蜡烛想进大厅时，仆人又说，“您可以把蜡烛也放在我这儿。”

“我思想真不集中。”卡尔说着把蜡烛递给仆人，仆人只是朝他点点头，没人知道他是有意这样做，还是用手捋胡子的结果。

卡尔打开门，门发出很响的格格声。这可不是他的过错，因为门是由一大块玻璃板做的，如果很快打开，而且只抓住把手，玻璃板好像就要折碎似的。卡尔忙放开门，他非常惊恐，刚才还想着悄悄地进去呢。他没转过身便发觉显然从基座上下来的仆人在他身后小心地，而且没有一点儿声响就把门关上了。

“对不起，打扰了。”卡尔对两位先生说，他们吃惊地看着卡尔。卡尔同时扫视一下大厅，看能否找到他的帽子，但什么地方也看不到。餐桌已收拾好了，他的帽子也许被人随便拿到厨房里去了。

“您让克拉拉留在什么地方了？”波伦德先生问，他对卡尔的打扰似乎并无不高兴的样子，因为他在靠背椅里换了一种坐姿，直接面对着卡尔。格林先生无动于衷，拿出一个皮夹子，这个皮夹子无论从大小还是从厚薄来看都很惊人，他好像在许多小袋子里找某一样东西，但在寻找时也边看顺手拿起的文件。

“我有个请求，您可不要误会。”卡尔说。他急忙走到波伦德先生身边，为了离他近一点，把一只手放在靠背椅的扶手上。

“什么请求？”波伦德先生问，同时用坦率的、毫无保留的目光看着卡尔，“您的请求自然是会满足的。”他用一只手臂搂住卡尔，把他拉到自己的两腿之间。卡尔虽然觉得自己已经长大了，这样对待他不合适，但他还是任对方这样做。不过，说出他的请求，这当然就有点困难了。

“您在我们这儿觉得怎样，喜欢吗？”波伦德先生问，“从城市里出来，在乡下就得到解放了，您是不是也这样觉得？一般情况下”——他往旁边看看格林先生，他的目光不会引起误解，但被卡尔挡住了一点——“一般情况下，我每个晚上总是有这种感觉。”

“他这样说，”卡尔心想，“好像他对这座大房子，对一道道没有尽头的走廊，对小教堂，对一个个空关的房间，对各个黑暗的角落一无所知似的。”

“现在，”波伦德先生说，“说出您的请求！”他摇摇默不作声的卡尔。

“我请求，”他的请求很可能是对波伦德先生的一种侮辱，而他不愿意让坐在旁边的格林先生听见，因此，他尽量压低自己的声音，但尽管如此，仍无法避免格林先生听到他说的一切——“我请求，现在，就在夜里，请您让我回去！”

最叫人不愉快的话说出来了，其他一切很快都涌了出来，他丝毫没有撒谎地说了一些事先根本没有想到过的事情。“不管怎样，我想回去。我会乐意再来的，因为您波伦德先生在哪里，我也就喜欢在哪里。只是今天，我不能待在这里。您知道，舅父这次不想让我来拜访。他对此如同对他所做的一切，肯定有足够的理由；我违背他的正确看法，硬是强迫他允许我出来。我滥用了他对我的爱。他对这次拜访有什么疑虑，这一点现在无关紧要，我只是完全可以肯定，他的疑虑中没有任何一点能够伤害您波伦德先生的感情，您是我舅父最好的、最最好的朋友。在我舅父的情谊中，谁都丝毫无法与您相比。这也是为我不听话的行为进行的唯一但不充分的道歉。您也许没有认清我舅父和我之间的关系，因此我只想说说显而易见的事情。只要我的英语学习还没有结束，只要我还没有足够了解实际的商务上的问题，我就要完全依靠我舅父的好心关怀；作为血统亲戚，我当然可以享受这种好心关怀。您不要认为，我现在可以像样挣钱——但愿上帝在其他方面都保佑我——糊口了。很遗憾，这方面我受的教育还不适用。我在欧洲的高中读过四年，学习成绩中等，这点知识要是用来挣钱，一点也派不上用场，因为我们的高中在教学计划上太落后了。要是我对您讲讲我学过什么，您是会取笑我的。如果继续学习，读完高中，继而读大学，那么，一切看来会得到弥补，到最后就接受系统教育，接受完系统教育就可以开始做点事情，就有决心去挣钱了。而我，很遗憾，被排除在这种连贯学习之外；有时，我觉得我一无所知，而我知道的东西对美国人来说又少得可怜。最近，我的家乡有些地方对高中进行了改革，在改革后的高中，学生还学习现代语言，也许还学商业知识；在我读完国民中学时，还不学这些。虽然我爸爸让我学英语，但是，第一，我当时想不到会有不幸临头，也想不到英语有什么用处；第二，我上高中必须学很多东西，没有多少时间干其他事情。——我提起这一切是要告诉您，我多么依赖我舅父，因此，我也必须受他约束。您肯定会承认，在这样的关系下，我不能允许自己做一丁点儿违背他任何意愿的事情。因此，为了中途弥补我对他犯下的错误，我必须立刻回去。”

卡尔说这大段话时，波伦德先生凝神倾听着，特别是在卡尔提到舅父时，将卡尔紧搂在怀里，尽管不太明显；有几次他还严肃地、像是充满希望地朝格林看看，而格林仍在摆弄自己的皮夹子。卡尔在讲话过程中越是清楚意识到他依附舅父的地位，就越是不安；他不由自主地试图挣脱波伦德先生的手臂。在这儿，一切都紧紧束缚着他；去舅父身边，需经过玻璃门，经过地毯，经过林荫道，经过乡间公路，经过郊野，经过交通拥挤的马路，然后才能进入舅父的家，他觉得这条路像是一个严密的整体，它是空荡的、平坦的、为他准备好了的，并强烈渴望他去走。波伦德先生的善意和格林先生的卑鄙都模糊起来；他唯一想从这个烟雾弥漫的房间得到的是，允许他告别回去。他虽然感到不受波伦德先生的羁绊，与格林先生的斗争已经准备就绪，但是，周围某种叫人捉摸不定的恐惧气氛笼罩着他，这种气氛的冲击模糊了他的眼睛。

他向后退了一步，恰好站在离波伦德先生和格林先生同样远的地方。

“您不是有话要对他说吗？”波伦德先生问格林先生，同时像是请求似的握住格林先生的手。

“我不知道该对他说什么。”格林先生说，他终于从皮夹子里抽出一封信，放在眼前的桌子上。

“他想回到舅父身边，这很值得称赞。从人之常情看，可以相信，他这样做会使舅父非常高兴，但是，他因为不听话，使舅父非常生气，这也是可能的。因此，他留在这儿当然也许更好。不过，事情真的很难说。虽然我们两个是他舅父的朋友，很难区分我的友谊与波伦德先生的友谊之间的远近关系，但是，我们无法看透他舅父的内心世界，特别是由于路途遥远，把我们与纽约远远隔开，更无法看透。”

“哦，格林先生，”卡尔说，一边克制自己，朝格林先生走近一些，“我从您的话里听出，您也认为我马上回去最为合适。”

“这话我绝对没有说。”格林先生边说，边专心看那封信，同时用两根手指来回触动信的边缘。他似乎想以此暗示，波伦德先生已经问过他，他也做了回答，而他跟卡尔其实没什么关系。

波伦德先生这时走到卡尔身边，温和地把他从格林先生身边拉到一扇大窗户前。“亲爱的罗斯曼先生，”他说，先用手绢擦擦脸，擦到鼻子时擤擤鼻涕，然后弯身对着卡尔的耳朵，“您不要认为，我想违背您的意志，让您留下来。这谈不上。我的汽车无法供您使用，因为车停在离这儿很远的一个公共车库里；我这里一切都在建造之中，没时间造自己的车库。司机也不睡在这座房子里，他睡在车库附近，至于具体在哪儿，我自己确实也不知道。另外，他的职责也不是在这里待命，而只是早上及时把车开过来。尽管如此，这一切都不是您立刻回去的障碍。因为，若您坚持马上走，我可以陪您立刻去市郊铁路最近的一个车站。车站离这儿当然很远，因此，您到家并不比明早——我们七点出发——和我一起坐我的汽车回家早多少。”

“波伦德先生，那我宁可乘市郊火车。”卡尔说，“我根本就没有想到市郊火车。您自己也说，乘火车会比早上乘汽车早到一会儿。”

“其实早不了多少。”

“尽管如此，尽管如此，波伦德先生，”卡尔说，“我想到您的友好态度，我还会乐意来的，当然前提是我今天这样表现之后，您还想邀请我。也许我下次能更好地说明，为什么今天我早一分钟见到舅父对我如此重要。”好像他已经获得允许，可以走开，于是他补充说：“但您千万不要陪我去。这完全没有必要。门外有位仆人，他很乐意陪我去车站。现在我必须再找找我的帽子。”在说最后的话时，他已经开始在房间里走动，想最后再匆匆忙忙看看能否找到自己的帽子。

“我可不可以帮您找顶帽子？”格林先生说着从包里拿出一顶。“也许您戴凑巧合适。”

卡尔惊奇地站住说：“我不能把您的帽子拿走。我头上不戴帽子也可以走，我根本不需要。”

“这不是我的帽子。您尽管拿去！”

“那就谢谢了。”卡尔为了不再滞留，就这样说了。他拿过帽子，戴到头上，先是笑笑，因为完全合适；随后他又把帽子拿在手里，看看它，想从帽子上找点特殊的地方，但没找到；这是一顶崭新的帽子。“真合适！”他说。

“是啊，很合适！”格林先生说着手往桌子上一拍。

卡尔已经走到门口，准备叫仆人。这时，格林先生站起身，饭饱酒足，而且充分休息之后，伸伸腰，用力捶捶胸，用一种介于建议与命令之间的声调说：“在您走之前，您必须和克拉拉小姐告别一声。”

“这您应该做得到。”波伦德先生也说，他同样站了起来。听得出来，他的话并非出自内心；他有气无力地让双手摆在裤腿中缝上，随后，他又反反复复把衣扣扣上又解开。他的上衣当时追求时髦做得很短，尚不及腰部，像波伦德先生这样的胖子穿着很难看。另外，要是波伦德先生站在格林先生身边，人们会获得一种印象，波伦德先生的肥胖不是健康的表现；他厚厚的背看着有点弯曲，他的腹部太软，支撑不起来，真正是一种负担，他的脸显得很苍白，像是操劳过度的样子。相反，格林先生站在这儿，也许比波伦德先生还要胖一点，但这是一种有内在关联和相互承受的肥胖，他的双脚像士兵那样并拢在一起，他那挺直的头现在摇晃着；他像是个身材魁梧的体操运动员，一个做示范性体操表演的人。

“您先走，”格林先生继续说，“去克拉拉小姐那儿。这肯定会使您感到愉快，而且也完全符合我的时间安排。在您离开这儿之前，我实际上应对您说些有趣的事情，它对您回去也许具有决定性意义。很是遗憾，只是我受上面的命令约束，在午夜之前不能向您泄露任何事情。您可以想象一下，这对我自己来说多么遗憾，因为它打扰我夜间休息，但我坚决执行我的任务。现在是十一点一刻，我可以和波伦德先生把我的商务洽谈完，您在场总是一种干扰。您可以和克拉拉小姐一起度过愉快的一小会儿。十二点整，您到这儿来，在这里您会获悉需要知道的事情。”

这样一个要求，它确实只是要卡尔对波伦德先生略微表示一点客气与谢意，再说，它是由一个事事无所谓的粗鲁之人提出来的，而与其有关的波伦德先生又尽可能在言辞与目光方面克制自己，对这样一种要求卡尔可以拒绝吗？他午夜才可以获知的那件有趣的事情是什么呢？如果它不是至少使他的回归时间提前，反而推迟三刻钟的话，它就不会使他感兴趣。但他最大的疑惑是，他到底可不可以去他的仇敌克拉拉那里。如果他身边带着舅父给他作镇纸用的金属条该多好啊！克拉拉的房间可能是个十分危险的洞穴。但是，现在完全不可能在这里说一点儿反对克拉拉的话，因为她是波伦德先生的女儿，而且，他现在还听说，她甚至是麦克的未婚妻。她只要因一件小事治治他卡尔，麦克就会因她的关系公开向她表示钦佩的。但是当他还在考虑这种种事情时，他已经发现人们不要求他做任何考虑了，因为格林已经打开门，对从基座上跳下来的仆人说："您把这位年轻人带到克拉拉小姐那儿去。"

在仆人几乎是小跑着，而且因年老体衰呻吟着，选择特别近的路带他去克拉拉的房间时，卡尔心想，人们就是这样执行命令的。卡尔走过自己的房间时，见房门还开着，他想进去待一会儿，使自己的心情镇静下来，但仆人不允许。

"不行，"他说，"您必须去克拉拉小姐那儿。这您自己也听到了。"

"我只在里面待一会儿。"卡尔说，他想躺倒在那张沙发上稍微调节一下精神，以便让时间更快地靠近午夜。

"您不要影响我执行任务。"仆人说。

"他好像把我必须去克拉拉那儿看成一种惩罚了。"卡尔心想。他走了几步，但出于反抗又停住了。

"您走啊，年轻人，"仆人说，"都已经走了这么远啦。我知道，您想夜里就离开，但不能一切都如愿以偿。我刚对您说了，这不可能。"

"是的，我想离开，我也一定要离开。"卡尔说，"现在只想和克拉拉小姐告别一下。”

“是这样吗？”仆人说；卡尔从他的样子看出，他不相信，“那您为什么犹犹豫豫来告别呢；您倒是走啊！”

“谁在走廊上？”这是克拉拉的声音，只见她从最近一扇门里弯腰探出头来，手里拿着一盏带红罩的大灯。仆人赶忙走上前报告。卡尔慢慢地走在他后面。

“您来晚了。”克拉拉说。

卡尔一时未答话，而是对仆人轻声地，但由于知道他的禀性，所以又是用严格命令的语调说：“您就在门外等我！”

“我正要睡觉呢。”克拉拉说，她把灯放在桌上。像在楼下餐厅里那样，仆人在这儿也小心翼翼地从外面把门关起来。“已经过十一点半了。”

“过十一点半了？”卡尔重复问道，他好像对这个时间数字很吃惊的样子。“那我必须马上和您告别，”卡尔说，“因为十二点整我必须等候在楼下餐厅。”

“您有什么匆忙的事儿！”克拉拉说，同时心不在焉地理理她那宽松睡衣的皱褶。她满面红光，微微笑个不停。卡尔觉得不存在和克拉拉再次陷入争吵的危险。“您能不能像爸爸昨天和您本人今天向我保证的，弹奏一小会儿钢琴？”

“不是太晚了吗？”卡尔问。他真想讨她喜欢，因为她和先前判若两人了，好像她步入了波伦德的朋友圈子，进而步入了麦克的朋友圈子。

“是啊，太晚了。”克拉拉说，她对音乐的兴趣似乎已经过去，“这里只要有一点儿声音，整个房子都会响起回声。只要您弹奏起来，我相信，上面阁楼里的仆人们也会惊醒的。”

“那我就不弹了，我想我肯定还会再来的；另外，若您不觉得太麻烦，不妨来拜望我的舅父，趁机会也可看看我的房间。我有一架很华丽的钢琴，是舅父送给我的。如果您乐意，我可以为您弹奏我会的所有小乐曲，遗憾的是，不太多，而且和那样大的一件乐器不相配，只有名家才配在那上面弹奏呢。但就是这点乐趣，只要您告诉我您何时来访，您也会享受到的；下一步，我舅父想为我聘请一位有名的教师——您可以想象得出，我是多么高兴——他的演奏当然是值得我上课时听一听的。说实在的，我很高兴，现在弹奏已经太晚了，因为我不会弹什么，您会对我弹不了多少感到惊讶的。现在请允许我和您告别，因为现在确实是睡觉的时候了。”因为克拉拉友好地望着他，而且似乎没有因争吵而对他耿耿于怀，所以，他向她伸过手时，微笑着补充说：“在我的家乡人们常常说：‘祝你睡个好觉，做个甜蜜的美梦！’”

“您等一下，”她没有握他递上来的手，说道，“也许可以弹奏一会儿。”她说着穿过旁边一扇小门不见了，钢琴就放在这扇边门的一旁。

“怎么回事？”卡尔心想，“她虽然很友好，但我不能久等。”这时，有人敲走廊门；不敢把门开大的仆人通过细门缝低声说：“对不起，刚才有人叫我回去，我不能再等了。”

“您尽管走好了。”卡尔说，他现在一个人也能找到去餐厅的路，“只是请您把灯笼放在门口。顺便问一下，几点了？”

“很快就十一点三刻了。”仆人说。

“时间过得真慢！”卡尔说。仆人刚要关门，这时，卡尔想起还没有给他小费，于是从裤兜里——现在，他按照美国人的习惯，总是把零散的硬币放在裤兜里，纸币放在背心口袋里——摸出一枚角币递给仆人，说：“谢谢您尽心效劳。”

卡尔突然想到，他不该让这位仆人走开，现在谁还能送他去市郊火车站呢？这时，克拉拉又进来了，她双手捂着梳理好的头发。卡尔还在想，波伦德先生也许可以再找位仆人，刚才这位仆人也许被喊到餐厅去了，在那里听从人们使唤。

“好了，我还是请您弹一小会儿。这里很少听得到音乐，因此我不想放过任何听音乐的机会。”

“真的到时间了。”卡尔没做其他思考，说着便坐到钢琴那儿。

“需要乐谱吗？”克拉拉问。

“谢谢，我从来看不大懂乐谱。”卡尔回答着就弹奏了起来。这是一首短小乐曲，卡尔知道，要使人，特别是外国人听懂，必须慢慢地弹，但他却用最令人讨厌的进行曲速度，马马虎虎应付差事。结束后，大楼里被打破的宁静又一下子恢复过来。卡尔像是昏昏沉沉地坐在那里，一动不动。

“很好。”克拉拉说，但是没有弹奏后恭维卡尔的那种客套话。

“几点了？”卡尔问。

“十一点三刻。”

“那我还有一小会儿时间。”卡尔说。他心里同时想：“要么这样办吧，我不必把我会弹的所有十首歌曲统统弹奏出来，但是有一首我要尽可能把它弹好。”于是，他开始弹他最喜欢的士兵之歌。他弹得如此之慢，以至于被惊醒的人急待听下一个音符，而他却控制着它，迟迟才弹出来。确实是，他在弹每首曲子时，眼睛首先必须把需要的琴键一起找出来；另外，他感到自己内心形成了另一首曲子，这首曲子除了本身的结尾外，还应有另一个结尾，但他却又找不到。“我什么也不会。”卡尔弹完这首曲子后说，同时眼里含着泪水看向克拉拉。

这时，隔壁房间响起热烈的鼓掌声。“有人在听！”卡尔激动地叫道。

“那是麦克。”克拉拉低声说。这时他已听见麦克大声喊：“卡尔·罗斯曼，卡尔·罗斯曼！”

卡尔双脚一抬，跃身离开坐着的凳子，打开门。他看见麦克半躺半坐在一张带有华盖的大床上，被子松软地盖着双腿。蓝丝绸做的华盖是这张用沉重木头支撑四角的简易床上唯一略显童话般气氛的华丽物品。在床头柜上只燃着一支蜡烛，但床单和麦克的衬衫都很白，照射上去的烛光在上面反射回来几乎有点耀眼；华盖至少是在拉得不紧、略带波纹的边缘上闪着光亮；但在麦克身后，床和其他一切都淹没在黑暗之中。克拉拉靠在床柱上，一个劲儿地看着麦克。

“您好。”麦克说，他同时向卡尔伸出手，“您弹得很好，以往我只知道您会骑马。”

“我两样都不行，”卡尔说，“要是我知道您在听，我肯定就不献丑了。但您的小姐——”他中断自己的话，犹犹疑疑地没说

“未婚妻”，因为麦克与克拉拉显然已经睡到一起了。

“这我已经猜到了，”麦克说，“因此，必须让克拉拉把您从纽约吸引到这儿，不然，我就根本听不到您的演奏。听起来您还是个新手，即使弹您已练熟的这些简单乐曲，还出了几个错，但不管怎样，这使我非常高兴，而且我绝对不小看任何人的演奏。您不想坐下在我们这儿再待会儿？克拉拉，给他拿把椅子！”

“谢谢，”卡尔结巴地说，“我很想待会儿，但不行了。我很晚才知道，这座房子里有如此舒适的房间。”

“一切都会照这种样式改建的。”麦克说。

就在这一刹那，十二下钟声先后很快响起来，前面的一下声响未落，后面的一下又敲响了。卡尔的脸上就有了被这些钟声强烈震撼的感觉。这是个什么村庄，竟然有这样大的钟！

“真的到时候了。”卡尔说。他向麦克和克拉拉伸出双手，但没有握他们的手。他忙跑到走廊上。在走廊上，他没看到有灯笼，这使他感到很遗憾，给仆人小费给得太早了。

他想顺墙摸索着走到自己房间那扇敞开着的门，但还没走一半路，就看见格林先生举着蜡烛晃晃悠悠朝他这儿赶来。格林先生高举蜡烛的手里还有一封信。

“罗斯曼，您为什么不来？您为什么让我等您？您在克拉拉小姐那儿干什么了？”

“提了这么多问题！”卡尔心想，“现在他把我逼到墙根了。”格林实际上现在紧紧站在背靠墙的卡尔面前。在这条走廊里，他摆出一副可笑的大人物的样子，卡尔不禁好笑地暗想，他是不是把好心的波伦德先生给吃了。

“您实际是个说话不算数的人。您保证十二点钟下去，可是您不下去，反而偷偷围着克拉拉小姐的房门转悠。我向您保证过午夜时对您说些有趣的事，现在我来了。”他说着把那封信递给卡尔。信封上写着：“致卡尔·罗斯曼，不管在哪儿看到他，请午夜时分亲自交给他。”

“最后，”卡尔拆开信时，格林先生说，“我觉得现在可以承认了，我是因为您才从纽约来到这儿的，因此您实在不该让我在走廊上跟着您跑。”

“是舅父写的信！”卡尔几乎尚未看信便惊叫道。“我预料到了。”他转身对格林先生说。

“您是否预料到了，这对我来说却无所谓。您只管看吧。”格林先生说，同时把蜡烛举到卡尔面前。

卡尔在烛光下读道：

> “亲爱的外甥！很遗憾，我们一起生活的时间实在太短，但你已经看出，我是个绝对讲原则的人。这一点不仅使我周围的人，而且使我自己也感到讨厌和伤心，但我现在所拥有的一切全归功于我的原则；谁也不能盼望，我会否认掉自己——谁也不能，你，我亲爱的外甥，也不能。如果我哪天想起允许那种对我的一般性攻击，即使你是众多人中的第一个，你也不能。那时，我会用这双手，我正拿着信纸写信的这双手，把你抓住，高高举起来摔下去。但现在暂时还没迹

象发生这种事情，所以，在今天这件事之后，我必须把你打发走。我急切请求你，不要亲自找我，也不要写信给我或是通过中间人与我联系。你违背我的意志做出决定，今天晚上离开我，那你今后一生都要坚持这一决定；只有这样，这才是男子汉的决定。我挑选格林先生，我最好的朋友，把这个消息带给你，他肯定能找到足够的婉转的话对你说，这一点我此时实在无法做到。他是个很有影响的人，就算为了我，他也会在你起初独立的生活问题上给你出主意和用实际行动支持你。此时在信尾，我又觉得难以相信我们的分离，为了理解这种分离，我不得不反复对自己说：卡尔，你们这家人从没带来过什么好事。格林先生要是忘记把你的箱子和雨伞交给你，你就提醒他一下。衷心祝愿你有美好的未来。

你的忠实的舅父雅各布”

“您读完了吗？”格林问。

“读完了。”卡尔说，“您给我把箱子和雨伞带来了吗？”卡尔问。

“在这儿。”格林说着把卡尔的旧箱子放在卡尔身边的地上，他原来一直用左手提着，把它隐藏在背后。

“雨伞呢？”卡尔继续问道。

“也在这儿。”格林说，同时他把插在裤兜里的雨伞抽出来，“您的东西是一个名叫舒巴尔的人带来的，他是汉堡—美国航线上的轮机长，他说他是在船上找到您的东西的。您有机会时谢谢他。”

“现在我总算又找到自己的旧东西了。”卡尔说着把伞放到箱子上。

“参议员先生让我告诉您，以后您要好好留心。”格林先生说。随后，他显然是出于个人好奇，又问：“这只箱子真奇特，原来是派什么用场的呢？”

“这是在我家乡人们参军用的箱子，”卡尔答道，“是我父亲的旧军用箱。它很实用，”卡尔微笑着补充说，“但是不能随便放。”

“您毕竟受到足够的教训了，”格林先生说，“而您在美国大概没有第二个舅父吧。我这里还给您搞了张去旧金山的三等车厢的票。我为您安排去那里，因为第一，对您来说在东部求职的可能性很大；第二，在这儿可以为您考虑的事情，您舅父都会插手干预，而你们两人必须避免见面。在旧金山您可以放心工作，不会受到干扰；您可以安心从最底层开始，然后渐渐地努力向上奋斗。”

卡尔从这些话里听不出有什么恶意，整个晚上搁在格林心里的坏消息传递完了；从现在起，格林不像是个危险人物了，也许和他在一起，比与其他任何人更能坦率地交谈。一个好人不是因为自己的过错被选为信使，传递如此秘密的、如此令人痛苦的决定，这个人只要还没把决定传递出去，他看上去就肯定会叫人怀疑。“我要马上离开这座房子，”卡尔说，他期望一个有经验的人能够予以认可，“因为我只是作为舅父的外甥才受到接待的，身为陌生人，我还在这儿干什么呀，能不能劳驾您告诉我门口在哪儿，并把我带到去附近小客栈的路上呢？”

“但要快，”格林说，“您够使我麻烦的了。”

看到格林立刻迈起大步，卡尔停住了，这样匆忙真叫人怀疑。他忙抓住格林的外衣下摆，突然领悟到事情的真相，说：“有一点您还必须向我做个解释：在您交给我的那封信的信封上只是写着，不论在哪儿碰见我，让我在午夜接到这封信。那么，当我十一点一刻想离开这儿时，为什么您以这封信为由把我留在这里呢？您这样做就超越了您的任务范围。”

格林在回答之前打了个手势，表明卡尔提出的这个问题徒然无益，然后他才说：“信封上写着我为了您要忙死吗？从信的内容可以得出结论说，信封上写的能这么理解吗？如果我不把您留住，我就得午夜赶到公路上把信交给您。”

“不对，”卡尔坚定地说，“事情不完全是这样。信封上写着：‘午夜后转交’。要是您太累的话，您根本就不可能跟着我；或者，我也许在午夜已经到我舅父身边了，这一点当然早已被波伦德先生否定了；或者，由于我要求回去，您的义务也许就是用您的汽车把我送到我舅父身边，可不知为什么您都没提您的车。对我来说，午夜是最后期限，这一点信封上说得不是很清楚吗？我错过了这个时刻，这正是您的过错。”

卡尔用敏锐的目光凝视着格林，而且已经看出，因这种揭露而生出的羞愧感和对其意图得逞的愉快心情，在格林内心斗争着。最后，格林控制住自己，用一种仿佛中间插话——但卡尔早不说了——的语调说："别说了！"他说着把又拿起箱子和雨伞的卡尔从一扇他先前打开的小门推出去。

卡尔惊讶地站到了室外。一道紧连房子但无栏杆的阶梯在他前面直通下边。他只要下去，然后稍微向右转弯就是林荫道，林荫道直接通向公路。在明亮的月光下，人们根本不会迷路。在下面的花园里，他听到单调的狗吠声。这些狗夜里已被放开，在树木的黑影里到处乱跑。除了狗吠声，大地一片沉寂，人们可以听得清清楚楚，一条条狗猛地窜进草丛中。

卡尔并没有受到这些狗的骚扰，他幸运地走出花园。他不能确定纽约位于哪个方向。他来的时候很少注意现在可能对他有用的周围环境。最后，他自言自语说，他不必一定回纽约，那儿没人在等他了，还有一个人肯定不希望见到他。因此，他随便选了个方向，就上路了。

去拉姆斯的路

卡尔没走多久，来到一家小客栈。这家客栈其实只是纽约公路交通中一条小路的终点，因此，门庭颇为冷落。卡尔觉得必须立刻开始省吃俭用，于是要了这里最便宜的一个床位。听了他的要求，店主示意他上楼去，好像把他看成了店里的伙计似的。在楼上，一个蓬头散发的老妇人接待了他。他惊扰了老妇人的美梦，所以她气呼呼的，几乎连他的话也没听，便带他走进一个房间，同时还喋喋不休，要他脚步放轻些。然后，她一声不吭地把门带上了。

卡尔起先有些迷惑不解，不知道是因为窗帘放下来了呢，还是因为房间里根本就没有窗子，屋子里漆黑一团。最后他总算看到一个遮蔽着的小洞。他拉开帘子，才透进一丝光线来。房间里有两张床，可是都已经有人了。卡尔看见两个年轻人正在床上呼呼睡大觉呢。他们睡觉不脱衣服，有一个甚至连靴子也不脱，又看不出有什么正当理由，因此，卡尔感到他们不太可靠。

卡尔拉开小洞的帘子时，其中一个睡觉的把胳膊和腿略微抬了抬。卡尔尽管感到忧虑，但看到那副模样也不由得暗自发笑。

他马上就意识到：且不说这儿没有沙发之类可供躺躺的地方，就算真有，他也不可以睡觉，他可不能拿刚刚又到手的箱子和身边带的钱去冒险。但他也不想离开这儿，因为当着那个女人和那个老板的面刚来就又走，他可没这胆量。这里毕竟比马路上安全些。但奇怪的是，在昏暗光线下可以断定，整个房间里看不见一件行李。这两个年轻人说不定，而且极有可能是客栈的小伙计，一有客人，他们就得起来，所以睡觉才不脱衣服。若是这样，与他们共居一室虽不能算是特别荣耀，倒也安全多了。但是，只要未排除疑虑，他是绝对不躺下来睡觉的。

床下有一支蜡烛，还有火柴，卡尔蹑手蹑脚地去拿了过来。他无须犹豫，尽可点燃蜡烛，因为照老板的安排，这房间不仅是那两位的，而且也是他的。他们已经睡了半夜，再说，他们还占着床位。因此，他们与他相比已经占了不少便宜。另外，他在走动和做什么事时，自然也会尽量小心，不去惊醒他们。

首先他要查看一下箱子，以便对自己的东西有个大致的印象。箱子里有些什么东西他自己也不清楚了，而且最值钱的多半早已不翼而飞了，因为，任何东西只要一经舒巴尔的手碰过，就不会有原样回归的可能。舒巴尔当然可以指望从舅父那儿得到一大笔小费，而另一方面，若是缺少了什么，他还可以找借口，归罪于箱子本来的保管者布特鲍姆先生。

卡尔打开箱子一看，就惊呆了。乘远洋轮船来的路上，他花了多少时间，把箱子整理了一遍又一遍，可是现在箱子里所有的东西却一团糟，一开锁，箱盖就弹得高高的。

但不多时，他很高兴发现，箱子之所以特别乱，是因为他在旅途中穿的外套给硬塞了进去的缘故——箱子里本来放不下外套。至于东西，倒是一件也没有丢。他在上衣的暗兜里找到了护照和从家里带的钱，这样一来，加上身边的钱，眼下就挺宽裕了。另外，到达时穿在身上的那套内衣也在，而且洗熨得很整洁。他赶紧把表和钱放到那个管用的暗兜里。唯一美中不足的是，所有的东西都染上了那根同样完好的维罗纳萨拉米香肠的味儿。要是不想个法子去掉它，看来卡尔接下来几个月的时间都要裹在这味儿里跑东跑西了。

在翻找箱底的东西——一本袖珍版《圣经》、信纸和父母的照片——的时候，他头上的便帽掉进了箱子里。在原来的物品映托下，他马上认出这正是母亲给他旅行戴的那顶便帽。他知道，美国人总是不戴礼帽而爱戴便帽；他怕还没到地方就把它弄旧了，所以在船上便没舍得戴。可是，现在它却被格林先生用来开他的玩笑。舅父是否也是为了取笑他才交代格林先生这样干的呢？想到这儿，他气恼起来，无意中碰到了箱子盖，箱盖啪的一声合上了。

这下怎么也无济于事了，两个睡觉的人已被吵醒。先是一个伸了伸懒腰，打了个呵欠，接着另一个也如法施为。箱子里的东西差不多都早已拿出来放在桌上了，他们要是贼，只需过来挑选就行。卡尔为避免这种可能性，同时也为了说明情况，便拿了蜡烛走到床前，向他们解释他待在这儿的理由。他们好像压根儿就没有期待他来解释；他们睡意蒙眬，不想说话，只是无动于衷地看着他。他们还很年轻，可是繁重的劳作或是艰难的生活已使他们的脸庞过早地显出了骨头的轮廓，下巴上拉拉杂杂长满了胡子，长久没有理过的头发乱糟糟团在头上。这会儿，他们迷迷糊糊用手指揉着深陷的眼窝。

卡尔想利用他们一时尚不清醒的机会先发制人，因此说："我叫卡尔·罗斯曼，是德国人。既然我们同居一室，请你们也把你们的名字和国籍告诉我。我还要声明一下，我不想要床铺，我来得这么晚，根本就不想睡。还有，你们不必在意我的漂亮衣服，我是个倒霉的穷光蛋，以后还不知道怎么办。"

两个人中的矮个子，也就是没脱靴子的那个，用自己的两只胳膊、两条腿，还用他的表情，说明他对这一切毫无兴趣，也不想闲扯浪费时间，于是又躺倒睡了。另一个深色皮肤的人也躺了下去，不过在睡前还懒洋洋地伸出手来，说："那个叫鲁滨逊，是爱尔兰人。我叫德拉马歇，是法国人。现在请别吵了。"他话音未落，呼出一大口气，吹灭了卡尔的蜡烛，随即倒头睡了。

这下暂时不会有危险了，卡尔心想。他重又回到桌边。他们要是真的想睡，而不是装出来骗他的话，就不会出什么事。只是有个爱尔兰人，这真叫他不放心。还是在家里的时候，他也不知从哪本书上读到，说是在美国碰见爱尔兰人的话得提防着点。他在舅父那儿时，机会很好，本可以把爱尔兰人的危险性问题弄个水落石出，但他觉得自己永远会受到善待，所以把这个机会错过了。这时，他想借助烛光至少把这个爱尔兰人看个清楚，于是又把蜡烛点了起来。他一看，觉得这个人要比那个法国人好。他隔着一段距离，踮着脚看过去，可以断定，对方的脸圆乎乎的，睡梦中还露出和善的微笑。

不管怎样，卡尔还是下决心不睡觉。反正还有整夜的时间可用，所以他把收拾箱子的事暂时放一放。他坐到房间里唯一的一把椅子上，翻了几页《圣经》，但一点也没有读。然后，他把父母的照片拿在手上。在这张照片上，他那个子矮小的父亲笔直地站着，他母亲则坐在他面前的微微凹陷的圈椅里。父亲把一只手搭在圈椅的靠背上，另一只手则握成拳头，放在一本打开着的、上面附有插图的书上，书在身边一张不太结实的梳妆台上放着。另外还有一张照片，是卡尔与父母的合影，照片上父母严厉地看着他，而他则按摄影师的吩咐，盯着照相机。这张照片他没有带走。

既然如此，他就更仔细地端详起面前的这张照片。他试着从各个角度去捕捉父亲的目光。可是，不管他怎样变换烛光的角度，都无法使照片上的父亲活跃起来，父亲那浓密的一字胡看起来也不像真的。父亲照得实在不好。母亲倒还可以，她的嘴歪扭着，好像受苦受难却又得强作欢颜似的。卡尔觉得，不论是谁看了这张照片，都必定会留下极为深刻的印象，即使再看一眼也不会改变这一印象，它太清晰了，清晰得简直到了荒谬的地步。一张照片竟能让人对它所蕴藏的情感产生如此坚定的信念！他将目光从照片上移开了。过了一会儿，他又看这张照片，这时他注意到母亲的手从圈椅扶手的最前端垂了下来，离他近得几乎可以吻到。他思忖着，是不是给父母写封信为好，事实上他们也希望他写信，父亲上次在汉堡时，是严格要求他这样做的。可卡尔自己呢，早在一个可怕的夜晚——那晚母亲在窗边与他谈话，叫他去美国——就起了毒誓：以后决不写信。可是，一个涉世不深的年轻人，处在美国这种新的环境下，又如何能坚守这样一个誓言呢！同样，他那时也可以发誓说，在美国逗留两个月后，保证能当上美国国民警卫队的将军——而他实际上这会儿却在纽约的一家小客栈里，跟两个流浪汉住在阁楼上，而且还不得不承认，这儿正是他应该待的地方。他微笑着审视父母的脸，仿佛能从他们的脸上看出，他们是否还一直盼望着儿子能捎个信回来。

他这样看着照片，不久便感到困顿不堪，再不能坚持通宵不睡了。照片从他的手中滑落下来，他随后将脸枕在照片上，只觉得脸颊凉凉的，很是惬意；一种舒适感流遍全身。他沉入了梦乡。

天还很早，他被弄醒了，原来是有人在搔他的胳肢窝。这样烦扰他的是那个法国人，不过爱尔兰人也已经站在他的桌边。两个人都以极大的兴趣望着他，正如昨晚他对他们那样。他们起床时并未惊醒他，这一点卡尔并不奇怪；他们没有什么坏念头，根本不用特别地放轻动作，因为卡尔睡得很沉，而他们穿衣洗漱又不费什么事。

现在，他们带点客套的样子，正式互相问候。卡尔这才得知，两个人都是装配钳工，在纽约失业已久，因此，生活潦倒不堪。为证实这一点，鲁滨逊把外套敞开，人们可以看到他没有穿衬衫——这其实从他系在外套里面的松松垮垮的假领子上就能看出来。他们预备行两天的路，去远离纽约的巴特福德小城，据说那里有活儿干。如果卡尔愿意同去，他们也不反对，而且可以帮他提提箱子；他们还答应帮他找个学徒位子，要是他们自己找到了工作，这事还是容易办到的。还没等卡尔拿定主意，他们又友好地建议他把漂亮的衣服脱下来，以免妨碍他找工作。这幢房子里就有将衣服脱手的好机会，因为看门的那个女人就买卖衣服。卡尔还在犹犹疑疑，他们就帮他脱下衣服，拿着出去了。卡尔一个人留在屋子里，一边睡眼惺忪地穿上旧旅行装，一边责怪自己，不该卖掉那件衣服；它也许不会妨碍他找学徒工作，但要是想找个好些的工作，就有可能用上它了。他打开门想把那两个人叫回来，不料和他们撞了个满怀。他们把卖得的半美元放在桌子上，同时笑逐颜开的样子，真让人没法不相信，他们没从这买卖中捞上一笔，而且是狠捞上一大笔。

他们根本就没有时间谈论这件事，因为这时看门的女人进来了，她仍旧是半睡不醒的，就跟昨夜里一模一样。她说这房间得收拾收拾，好让新来的客人住，说着便把他们三个人全都赶到了过道上。这自然是无稽之谈，她不过是在恶意刁难。卡尔正想收拾箱子，这下却只好干瞧着这个女人给他收拾了。她左右开弓把东西使劲往箱子里乱扔，好像它们是什么动物，得叫它们服服帖帖似的。虽说这两个钳工在她旁边也开始装模作样地忙碌起来，扯扯她的外套，拍拍她的脊背，可是若他们想以此给卡尔帮忙，这一套却什么也帮不上。那个女人啪嗒一声合上箱盖，把提手往卡尔手里一塞，甩脱开两个钳工，随后把三个人都赶出房间，一边还威胁说，如果不听话，就没有咖啡喝。那女人显然把卡尔不是与钳工一起的这件事儿给忘得一干二净了，所以，她把他们三个当成一伙来对付。当然，既然两位钳工把卡尔的衣服卖给她了，这就说明，他们至少在某种程度上是一起的。

他们不得不在过道里走来走去，等了好久。那个法国人特别不耐烦，他挽着卡尔的手，骂声不绝，还扬言说，要是老板胆敢露面，他就一拳揍倒他——看上去他摩拳擦掌的，真像在做准备似的。到最后，总算来了个无辜的小男孩，他得伸长手臂才能把咖啡壶递给法国人。遗憾的是只有这么一个壶，他们无法让这个小男孩明白他们还需要杯子。因此，他们只好一个人先喝，另外两个人站着等。卡尔没有兴趣喝咖啡，可又不想让那两位伤心失望，所以无所事事地站着，轮到时便把壶凑到嘴边做做样子。

那个爱尔兰人把咖啡壶往石板地上一摔作为告别。他们离开客栈，步入昏黄的浓密晨雾中去，没人看到他们。他们并排走在马路边，彼此不说一句话。卡尔只好提着自己的箱子，至于那两人，很显然，不请求是不会帮忙的。时而有辆汽车冲破雾障开过来，三个人不约而同转过去看。这些车多半很庞大，外形异乎寻常，出现的时间又是如此短暂，即使想看清上面有没有乘客也来不及。后来，运粮食去纽约的马车队开始出现了。这些马车队分成五列，占满了整个路面，滚滚不绝，让谁都别想横穿马路。有些路面拓宽为广场，有警察在中间塔状高台上踱来踱去，监视所有的交通，并用警棍指挥干道上和从岔道上汇入的车流。此后，直到下一个广场上警察出现，交通无人管理，但那些沉默寡言、小心谨慎的马车夫和司机都自觉维持必要的秩序。最令卡尔惊讶不已的是四周十分安静，除去牲畜无忧无虑的叫声、蹄声和防滑轮胎的沙沙声，几乎再也听不到其他任何声响。当然，行车的速度也不是一成不变的，要是一处广场从岔道上拥入的车辆过多而必须大大调整行车秩序时，整个行列就会停滞，车辆只好慢慢往前挪动；但不久，所有车辆便又可以风驰电掣，你追我赶一番了，直到仿佛全都受了同一个刹车的控制，重又一齐安定下来。街道上扬不起一点儿尘埃，车辆在最洁净的空气中行驶着。这儿没有步行的人，也不像卡尔的家乡那样有女摊贩步行进城。不过，时而有些大平板汽车开过，上面站着二十来个背背篓的女人——这兴许就是女摊贩吧，她们伸长脖子看着车队，盼望车子开快点。还有些平板汽车，上面有些男人，他们两手插在兜里踱来踱去。这些有不同名址标记的汽车中间有一辆，卡尔从上面读到这样一句话："为雅各布运输公司招收码头工人。"他不由得轻轻叫喊了一声。这辆车子正好开得很慢，站在踏板上的一个矮小机灵但又有些驼背的人邀这三位步行者上车。卡尔溜到钳工们的背后去，因为好像舅父就在上面看着他。使他高兴的是，那两位钳工也拒绝了这个邀请，尽管他们傲慢的表情令他大为不快。他们怎么可以因自我感觉太好而不屑于屈尊为他舅父做事呢？他马上把这个意思讲给他们听。当然他不会以斩钉截铁的口气说话。德拉马歇请他最好不懂的事少管，说这种招工方式其实是一种卑劣的骗局，而且雅各布公司在整个美国声名狼藉。卡尔没有答话，但从那以后，他心里就更向着爱尔兰人了；他还请这位爱尔兰人帮着提会儿箱子，他请求多次之后，爱尔兰人也就答应了。只是他一个劲儿抱怨箱子好沉，最后他的真正用心暴露了出来：他只不过是想减轻箱子里维罗纳萨拉米香肠的重量而已——对这根香肠，他在客栈里的时候就垂涎欲滴了。卡尔只得把它拿出来，法国人立刻抢了过去，用匕首状的小刀切着吃，几乎全都吃了，鲁滨逊只是偶尔吃一点，而卡尔呢，只好重新提起箱子走，要不箱子就被丢在路上了。他一点也没吃到，好像他的一份他早就吃了。他觉得不能去乞讨一口香肠，那样也太胸襟狭窄了，但心里十分不快。

晨雾早已消散。远处，一座高高的山脉闪闪发亮，它那起伏的峰峦伸入遥远的云霞中。路边是疏于耕作的田地，田地环绕着大型工厂，工厂被烟熏得黑黑的，矗立于空旷的原野上。在一幢幢杂乱无章的出租房屋里，许多扇窗户在各种各样的活动与灯光中战栗着；在单薄的小小阳台上，女人和孩子们忙碌着，她们身边挂满了衣物，衣物在晨风中飘摆着，有时还高高鼓起来，使她们时隐时现。将视线转离开房屋，可见高天上有云雀在飞翔，再低一些，则有燕子在乘车人的头顶上穿来穿去。

很多事使卡尔想起了家乡。他也不知道这样离开纽约去内地做得对不对。纽约有海，时时刻刻都有回家的机会。于是，他站住了，跟他的两个同伴说，他又想待在纽约了。德拉马歇还想来个生拉硬拽，卡尔仍不肯走，还说，他应该有权决定自己的事。爱尔兰人劝他，并对他解释说，巴特福德可比纽约漂亮多了；他们两个还得央求他，他才同意继续往前走。即使如此，要不是他暗自想到，去一个不怎么容易回家的地方也许对他更好，他还真不去了。当然，在那样的地方他会干得更好，会有长进，因为没有什么无用的念头拖后腿。

现在，反倒是他拉着他们两个赶路了。他们对他的热情劲儿大为高兴，因此，不等他请求，便轮流替他提起箱子来；卡尔不清楚，自己做了什么使他们如此高兴。他们走上一段上坡路，有时停下脚步回头望，可以望见纽约城及其港口的全貌在不断伸展开去。联结纽约和布鲁克林的桥梁细成一条线横在东河上，眯了眼看去，会觉得它在抖动。桥上看起来根本就没有来往的汽车，桥下则紧绷着一条死气沉沉的平滑水带。两座大城市中的一切都显得那么空旷，那么无用，房屋也失去了大小差别。在望不见的街道深处，人们显然仍按照自己的方式生活着，但在这些街道上空，除了雾霭，什么也看不见。这种雾霭虽静止不动，但看来很容易被驱散。就算在世界最大的港口，也是一片沉寂。唯独有时以为看见——也许是因为回忆起以往从近处看到的景象——有一条船，慢慢挪动了一小段距离。但人们也无法追踪它多久，它就驶出了人们的视野，再也寻不到了。

不过，德拉马歇与鲁滨逊看见的东西显然多得多。他们东指指，西点点，还伸出手臂画出各个广场和花园的方位，并能说出它们的名称。卡尔在纽约待了两个月，但除去一条街，几乎没有见过城里别的东西，他们对此觉得不可思议。他们许诺，等在巴特福德挣够了钱，就一块儿回纽约，让他看看所有值得一看的东西，特别还要带他去那种可以享乐的地方逛逛。接着，鲁滨逊塞了满嘴的食物后唱起一支歌来，德拉马歇在一旁击掌相和。卡尔也知道这支歌，在他的家乡，这是一首轻歌剧的曲调，但在这儿配上英语歌词，他觉得比家乡的好听多了。就这样，他们举行了一场所有人都参加的小型露天表演。只是下面那座据说是借此消遣的城市一无所知。

有一回，卡尔询问雅各布运输公司的位置，话音刚落，德拉马歇与鲁滨逊便不约而同地伸出手指，所指之处可能相同，也可能相差有几里之遥。大家继续赶路时，卡尔又问，他们最快要多久才能挣够钱回纽约。德拉马歇说，一个月就够了，因为巴特福德工人短缺，工钱也高。他说，当然他们要把所挣的钱放到一个公共钱箱里，这样工钱万一有个高下，大伙儿也可以平均平均。卡尔不喜欢采用这种公共钱箱的方式，尽管他当学徒肯定比熟练工挣得少。另外，鲁滨逊提到，要是在巴特福德城找不到工作，他们得接着上路，要么在什么地方找点农活干，安顿下来，要么说不定就去加利福尼亚的淘金场——听他讲得如此不厌其详，就可知这是他最好的打算。

“既然你们想去淘金，”卡尔问，“为什么要当钳工呢？”他很不愿意听人说，要做这种路途遥远而又靠不住的旅行。

“我干吗要当钳工？”鲁滨逊说，“反正不是为了把我妈妈的儿子饿死吧。淘金场里很能赚钱。”

“过去是这样。”德拉马歇说。

“一直是这样。”鲁滨逊说，然后他提起许多在那里发迹的熟人，说他们还在那儿，当然无须再亲自动手了；还说，他们念往日的友情，会帮他，当然也会帮他的伙伴们发财致富的。

“我们怎么也得在巴特福德找到工作。”德拉马歇说，而且他也道出了卡尔的心里话，但他的话仍底气不足。

这一整天，他们只在一家小酒店里歇了一回脚。他们坐在店门口一张卡尔觉得是铁打的桌子边上，撕扯着刀叉都难以对付的半生不熟的肉吃。面包呈棍形，而且每块上面都插着一把长长的刀子。配餐的还有一种黑色液体，喝下去嗓子直冒火，但德拉马歇和鲁滨逊却喜欢喝，还不断为实现各种愿望而碰杯，并且杯挨杯在空中高举一会儿。邻桌上都坐着工人，他们穿着沾满石灰斑点的短上衣，喝着同样的液体。过往车辆穿梭不断，把烟尘抛在他们的桌子上。大张的报纸传来传去，人们都激动地谈论工人的罢工，而且屡屡提到“麦克”这个名字。卡尔打听了一下，得知这是他认识的那个麦克的父亲，纽约最大的建筑企业家。这次罢工使他蒙受千百万的损失，还有可能危及他在业界的地位。卡尔不相信这些不了解情况、心怀恶意的人的胡言乱语。

除此之外，这顿饭叫卡尔大倒胃口的是饭钱该怎么付的问题。理所当然，应是各付各的。可是，德拉马歇和鲁滨逊都偶然发现他们最后的一点钱已经在昨夜住店时花掉了。他们身上也看不见手表、戒指之类可变卖的东西。卡尔又不能指责他们在卖其衣服时肯定得了一点好处，那样就会伤害感情，彼此就要分道扬镳了。令人惊讶的是，不论是德拉马歇还是鲁滨逊，都对付账的事毫不担心。相反，他们兴致还好得很，总是不放过任何一个机会和那位高视阔步来往于桌子之间的女招待搭话。那位女招待的头发从额角两侧松松地垂下来，她不时地用手把它拢回去。最后，大家期望她说句亲热的话时，她才走到桌前，两手往桌上一放，问道："谁付钱？"这会儿再也没有谁的手像德拉马歇和鲁滨逊的那样飞快地抬起来，指向卡尔。卡尔早已料到这一着，所以倒也并不惊慌，而且他觉得，虽说这事在决定性时刻到来之前明确商定一下更为合适，但他的伙伴们让他掏几个小钱也并不是什么坏事。他不也指望他们给他好处吗？只是有一点不妙，他必须先把钱从暗兜里掏出来。他原打算将这笔钱存起来以备急用，眼下暂且与同伴们在一定程度上同甘共苦。他的两个同伴从小长在美国，有足够的赚钱知识与经验，再说，毕竟也没有习惯过比眼下优裕的生活，这是他们的有利条件；卡尔有这点钱，而且藏起来不让他们知道，这是他卡尔的有利条件；二者衡量起来，他们会觉得，卡尔更占优势。卡尔迄今为止就自己的钱所做的这种打算，本身不会因现在付这点钱而成为泡影，因为缺少这四分之一美元也不受影响。因此，他可以把四分之一美元的硬币放在桌上，并声明这是他唯一的财产，他准备为这次一起去巴特福德贡献出来。他这笔捐款用于徒步旅行是足够了。只是眼下他不知道，他是否有足够的零钱；另外，这笔钱与折叠起来的钞票一起，藏在暗兜深处的某个地方。真要把它找出来，就得把所有的东西统统倒在桌子上。此外，实在没有必要让这两个人了解暗兜的情况。好在两个同伴现在感兴趣的好像仍是那个女招待，而不是卡尔凑钱付账的事。德拉马歇以开账单为借口将她骗到自己和鲁滨逊中间，而她只是把手放在这个或那个人的脸上将他推开，以此对付这二人的纠缠。这期间，卡尔在桌面底下把一只手从暗兜里摸到的钱拿出来，放到另一只手里，紧张得满头大汗。最后他相信，虽然他对美国货币还不很熟悉，但至少从硬币的数量估计，钱足够了。他把钱放到桌上。钱叮当一响，调笑就立即中止了。令卡尔大为恼火，而令众人大为惊讶的是，桌上的钱几乎有一美元。尽管没有人问卡尔，既然有这么多钱可以舒舒服服地乘火车去巴特福德，为什么不早说，但卡尔却是尴尬得无地自容。付过饭钱后，他又慢慢把钱收起来，德拉马歇还乘机从他手里取了个硬币给女招待作小费，只见他抱起她，把她紧紧搂在怀里，从背面把钱递给她。

在这以后的旅途中，他们再也没有提起这笔钱，这令卡尔心存感激之情。有段时间，卡尔甚至考虑把自己所有的存款都告诉他们，只是没有找到合适的时机，所以，暂时放弃了这个念头。傍晚时分，他们来到一个更为富饶的农业区，四周是整片整片刚吐绿芽的田地，这些田地绵延于起伏平缓的小山丘上。富有的农庄隔路相望。在金光闪闪的花园栅栏中间，他们一走就是几个小时。他们多次跨过一条条同样缓缓流淌的小河，多次听到火车在他们上方从震颤着的高架桥上隆隆驶过。

他们踏上一座小山丘，在一片小树林中间的草地上躺下来，缓解一下疲劳。这时，太阳正在远处的森林边缘徐徐落下去。德拉马歇与鲁滨逊躺着使劲伸懒腰，卡尔则正襟危坐，看着下方几米远的道路。路上整天都有汽车一辆接一辆开过去，好像它们是从遥远的地方按一定数量发送过来，而下一个遥远的地方又期待它们以相同的数量开过去。这一整天，从清晨到现在，卡尔没见到一辆车子停下，也没见过有一个乘客下车。

鲁滨逊提议就在这里过夜，说因为他们三个都已疲惫不堪，在这儿过夜可以早点出发，还说在夜幕降临之前是不可能找到既便宜、位置又好的宿处了。德拉马歇表示同意。只有卡尔感到，他有责任说明，他有钱，足够三个人去住旅馆。德拉马歇说，这笔钱他们会用得着的，现在他应好好保存才是。德拉马歇毫不隐瞒，他们在打卡尔的钱的主意。鲁滨逊待第一个建议被采纳之后，便接着说，为了明天有力气赶路，睡觉前必须好好吃一顿，现在应派个人去路边最近的那家亮着招牌的“西方旅馆”给大家弄点吃的来。卡尔年龄最小，又没别人想去，所以他就毫不犹豫地自告奋勇，带着买熏肉、面包和啤酒的任务，往旅馆去了。

附近一定有个大城市，因为卡尔所进的旅馆的头一个餐厅里就闹哄哄挤满了人。在占据了一面长长的主墙和两面侧墙的柜台边上，许多胸前系白围裙的侍者虽然在不停地奔忙着，但仍然不能满足急不可耐的顾客们，各个角落里都不断传来咒骂声和拳头砸桌子的声响。谁也没有注意到卡尔。餐厅里，对坐在三张大餐桌之间的矮小餐桌边上的顾客们甚至没有侍者招待，这些顾客必须自己去柜台取自己要的饭菜。每张桌子上都有一大瓶油、醋，或诸如此类的东西，从柜台上取来的每样食物，吃之前都要浇上一些。卡尔要想挤到柜台那儿，显然就非常困难，特别是他又要买这么多东西。他得从许许多多的桌子当中挤过去，不管多小心，自然免不了挨臭骂，不过他对所有这些一概充耳不闻；他还曾被一位客人撞到一张小桌上，差点儿把它撞倒，就连这种情况，他也甘愿忍受。他道了歉，却显然没有得到理解，当然，他也丝毫不理解人家对他喊叫的话。

他好不容易在柜台边寻到一个小小的空位，但好长时间他的视线被两边顾客支起的臂肘挡住了。支起臂肘，用拳头顶着太阳穴，这好像是这儿的习惯。卡尔不由得想起拉丁文教师克鲁姆帕尔克博士，这位教师最恨这一姿势，总是偷偷地走来，突然变出一把尺子，戏谑般用它猛地一推，把臂肘从桌子上推下来。

卡尔被紧紧挤在柜台边，因为他还没有站稳，背后就已经支起了一张桌子。在桌边坐下来的一位客人说话时，只要稍稍朝后仰一下头，他那大帽子就会重重地擦到卡尔的背。同时，即使他旁边两位笨手笨脚的顾客满意地走开之后，他也没有希望从侍者那儿得到什么。有好几回，卡尔隔着桌子抓住了侍者的围裙，可他们都不高兴地拉长脸挣脱了。谁也停不下来，他们只是不停地奔波。其实，只要卡尔身边放着什么合适的食品，他就会取过来，问个价，付了钱，高高兴兴地走开。但他面前只有几碗鱼，像是鲱鱼，黑色鳞片的边缘还金光闪闪呢。这种鱼想必非常贵，而且不用说，谁也喂不饱。此外，他能取到的便是小桶的朗姆酒，但他不想给同伴们带朗姆酒；他们看来反正是不会放过任何一个机会喝最烈的酒的，在这一点上，卡尔可不想再给他们火上浇油了。

毫无办法，卡尔只得再努力从头开始，另找位子。这会儿，时间也过去很久了。透过重重的烟雾，用力仔细看，还能看见餐厅另一头挂的钟的指针已过九点了。柜台边别的地方更拥挤，而且时间越晚，餐厅里的人就越多。新的客人大声打着招呼，源源不断从正门拥进来。有些地方，顾客任意妄为，自己清理柜台，然后往台子上一坐，便杯盏交错起来。这是最好的位置，坐在那上面可以俯视整个大厅。

卡尔虽然还在往前挤，但原先想买点吃的这一希望没有了。他怪自己对这儿的情况一无所知却自告奋勇承担这个任务。他的同伴满可以把他臭骂一顿，而且肯定还会认定，他是为了省钱才什么也不买的。现在，他站的地方，周围桌上摆着热气腾腾的肉，还配有诱人的金黄色土豆。人们是如何弄到这些的，对此，卡尔觉得不可思议。

这时，卡尔看见前面几步远的地方有一位年事已高的妇人，显然是在旅馆供职的。她正与一位顾客谈笑，同时，在用一根发针不断拨弄自己的发型。卡尔马上决定向她订菜，因为她作为大厅里唯一的女人，对他来说，便是整个喧闹与骚动的一个例外了。再说，还有一个最简单的理由，即她是能叫到的唯一的旅馆职员，当然，前提是她不能在他对她讲第一句话的时候就因公务而跑走。但实际与他想的完全相反。卡尔只是偷着看了她两眼，话还来不及说，她就像人们有时在说话中所做的那样，眼往旁边一瞟，看到了卡尔；她于是中断讲话，和气地用一种明白无误的英语问道，他是不是在寻找什么。

“确实是，”卡尔说，“我在这儿什么也买不到。”

“那你跟我来吧，小鬼。”她说，然后与她的熟人道别。那个人摘下帽子，在这种地方用这种礼节真是难以置信。那妇人牵了卡尔的手到柜台边，把一个客人往旁边一推，打开柜台的一扇翻板门，接着小心躲闪着那些不知疲倦来回奔波的侍者，穿过柜台后面的走廊，先后打开两扇裱糊的门，来到一间宽大凉爽的储藏室。“要办事，还是得先把程序搞清楚。”卡尔心想。

“行啦，您想要什么呢？”她问道，同时向他躬身，预备服务。她很胖，身体摇摇晃晃的，但脸型，当然是相比之下，却几近于文雅纤巧。卡尔见了这么多小心放在架子和桌子上的食物，尤其是还指望这个有点影响的妇人可以给他便宜一点，所以试图迅速想出一顿精美可口的晚餐，但一时想不到什么合适的，结果还是要了熏肉、面包和啤酒。

“还要什么？”妇人问。

“不要了，谢谢，”卡尔说，“但要给三个人吃的。”

妇人向他问起另外两个人的情况，卡尔用几句简短的话讲了讲他的同伴。若是有人向他打听点什么，他总觉得很高兴。

“可这是给犯人吃的饭呀。”妇人说，显然她期待卡尔提出更多的要求。现在卡尔倒是唯恐她白送他东西不收钱，所以缄口不语。“我们马上就把这些收拾好。”妇人说着，以一种就她的肥胖身体来说颇值得称赏的灵活劲儿走到一张桌子旁。她用一把又长又薄的锯片形刀子切了一大块满是瘦肉的熏肉，从一个架子上取下一只圆面包，又从地上拿起三瓶啤酒，然后把所有这些东西都放进一个轻巧的干草篮子里，最后递给卡尔。这中间她告诉卡尔，她之所以带他来这儿，是因为外面柜台上的食物尽管卖得很快，但总是给烟雾和臭味熏得不新鲜了。不过，对外面那些人来说，这也够好了。卡尔没有再说话，因为他不知道自己为什么能得此殊遇。他想到了两位同伴，他们虽可以说是美国通了，但恐怕也没有这个本事一直挤到储藏室来，而只得吃外面柜台上的不新鲜食物。这儿一点也听不见外面餐厅里的吵闹声，想必是为使这拱顶储藏室足够凉爽，墙壁造得很厚。篮子拿在卡尔手上已经有一会儿了，可是他既没有想到付钱，也没有动弹一下。直到后来妇人又想把一个样子像外面餐桌上摆着的那种瓶子放到他篮子里的时候，卡尔才吃了一惊，忙战战兢兢地表示感谢。

“你们还要往前赶路？”妇人问道。

“到巴特福德去。”卡尔答道。

“还很远呢。”妇人说。

“还有一天的路程。”卡尔说。

“然后不再往前走啦？”妇人问。

“哦，不了。”卡尔说。

妇人把桌子上的一些东西摆摆正；一个侍者进来，东张西望找什么东西，妇人指给他一个大碗，里面放着撒有香菜的大块沙丁鱼，他把碗高高托在手上，又去餐厅了。

“你们到底干吗要在野地里过夜呢？”妇人问道，“我们这儿有足够的地方，你们睡到我们饭店里吧。”

这对卡尔来说实在太有诱惑力了，尤其是因为他昨夜过得如此糟糕。

“我的行李还在外面呢。”卡尔犹犹豫豫又不无虚荣地说。

“那你带来好了，”妇人说，“这又不碍事。”

“可我还有同伴呀！”卡尔说，他立刻意识到碍事的正是他们。

“他们当然也可以在这儿过夜。”妇人说，“只管来好了，别那么客气。”

“我的同伴其他方面都不错，”卡尔说，“只是不太干净。”

“您没见餐厅里有多脏吗？”妇人拉下了脸，问道，“我们这儿实在是不管多脏的人都可以来。我马上就叫人准备三张床铺。当然只能睡阁楼，因为整个旅馆都住满了。我自己也搬到了阁楼上。不过，总比睡在野地里好些。”

“我不能把同伴们带来。”卡尔说。他想象得出，这两个人会在这漂亮的旅馆的走道里闹出怎样的响声。鲁滨逊会把一切搞得脏乱不堪，而德拉马歇少不了连这妇人都要调戏一番。

“我不懂为什么不能，”妇人说，“不过要是您这么想，您就把同伴丢在外面，一个人来我们这儿好了。”

“这不行，这不行，”卡尔说，“他们是我的同伴，我得和他们待在一起。”

“您真够顽固的。”妇人说着，把眼光从他身上移开，“有人待您好，一心想帮助您，您却尽力推辞。”

卡尔明白一切，可又无法可想，只好说：“您对我这么好，实在太谢谢您了。”这时，他想到还没付钱呢，于是问她多少钱。

“您给我把篮子带回来时再付钱好了，”妇人说，“最晚明天早上，我就要用篮子。”

"好的。"卡尔说。妇人打开一扇门，这扇门正好通往外面。卡尔鞠躬致谢。他走出门时，她又说："晚安！您这样做不对。"他走了几步，这时她又对他喊道："明早见！"

他刚到外面，就又听到大厅里传来的喧闹声。这种喧闹声不但没有减弱，还加上了一个铜管乐队的吹奏声。他很高兴用不着穿过餐厅走出去。这时五层楼的旅馆全都灯火通明，而且把它前面的一整条马路都照亮了。外面时续时断仍有汽车开过。汽车比白天开得快，它们迅速从远处冒出来，前面的白色光束亮亮地照着路面，但与旅馆的灯光相遇，便相形失色了；过后，汽车依旧亮着车灯驶向黑暗的远方。

卡尔发现同伴们都已熟睡了，他在外面也的确待得时间太久。他正想先把带来的食物摆在他从篮子里找到的餐纸上，一切准备好后再叫醒他们，这时他大惊失色，发现他原来锁好了放在那儿的箱子敞开着，钥匙还在他口袋里呢，箱子里的东西大都散乱地扔在周围的杂草里。

"起来，"他喊道，"你们倒在睡觉，小偷来过了。"

"丢了什么没有？"德拉马歇问道。鲁滨逊睡意蒙眬地去抓啤酒瓶子。

"我不知道，"卡尔叫道，"可是箱子给打开了。你们也实在太不小心了，只顾躺着睡觉，把箱子随随便便丢在一边。"

德拉马歇与鲁滨逊都笑起来。前者说："您不该拖这么久呀。旅馆只有十步路远，您来回却花了三个钟头。我们都饿坏了，便想您箱子里说不定有什么吃的东西，就鼓捣了好长时间的锁，终于把它打开了。箱子里什么都没有。您只管把东西收拾起来好了。”

“是这样。”卡尔说道。他盯着那只正很快地被掏空的篮子，听着鲁滨逊喝酒时发出的独特的响声——他先把酒逼到喉咙口处，然后发出一种呼哨声使它返回来，再一大口吞下去。

“你们吃够了没有？”在这两个人歇一歇喘口气的时候，卡尔问道。

“您不是已经在旅馆里吃过了吗？”德拉马歇问，他以为卡尔一定是想要他那一份呢。

“你们还想吃就赶快吃。”卡尔说着走向自己的箱子。

“他好像在发脾气呢。”德拉马歇对鲁滨逊说。

“我没发脾气，”卡尔说，“可是趁我不在的时候撬开我的箱子，把东西胡乱扔出来，这对吗？我知道，有些事情上，同伴间应互相忍让，我也做好了这样的准备，可是这件事做得太过分了。我要到旅馆去过夜，不去巴特福德了。你们快点吃，我得把篮子还回去。”

“看啊，鲁滨逊，他就是这么说话的，”德拉马歇说，“这就是优雅的言谈。他还是个德国人呢。你老早就提醒过我了，可我还是做了个好心的傻瓜，把他带上了。我们对他诚心实意，一整天都在拖着他，至少浪费了半天时间，好啦，这会儿，就因为旅馆里有什么人一勾引，他倒向我们告别了，就这么干脆告别了。他是个狡猾的德国佬，所以不公开这么干，而是拿箱子的事作借口；他又是个粗鲁的德国佬，所以，他要是不损坏我们的名誉，不把我们叫成小偷，他是不肯走的，就因为我们拿他的箱子开了个小小的玩笑。”

卡尔收拾着东西，头也不回，说：“你们尽管说好了，正好让我走得更轻松些。同伴的友情该是怎样的，我清楚得很。我在欧洲也有许多朋友，谁也不会指责我狡诈或粗鲁。我们现在当然是没有联系了，不过，我要是再回到欧洲，我就会受到大家的热烈欢迎，他们立刻就会承认我是他们的朋友。而您，德拉马歇，还有您，鲁滨逊，你们对我如此友善——这一点我绝对不会隐瞒——关心我，照顾我，并打算在巴特福德为我谋个学徒工作，我会因此而背叛你们吗？但这是另外一回事，你们一无所有，这一点也不会贬低你们在我眼中的地位，但是你们妒嫉我这一小笔财产，因此总想侮辱我，这是我不能忍受的。现在，你们撬开了我的箱子，不向我道歉，反而辱骂我，甚至还要辱骂我的同胞——你们这样干，使我无法跟你们待在一起。顺便提一下，这些话其实都不是针对您的，鲁滨逊。您的性格只有一点我不喜欢，就是您对德拉马歇太依赖了。”

“我们总算看到了，”德拉马歇说着走向卡尔，轻轻推了他一下，就像是要提醒他注意，“我们总算看到您现原形了。这一整天您都跟在我后边，扯着我的外衣，学着我的每一个动作，要不就像只小老鼠似的安静。现在倒好，您在旅馆里找到什么撑腰的了，就开始发表独立自主的长篇大论了。您是个小滑头；我还不知道，我们是不是就这样甘愿让您去呢。您这一天从我们这儿学到了许多东西，难道我们就不该收您的学费吗？喂，鲁滨逊，他说我们妒忌他的财产。在巴特福德工作上一天——更不用说在加利福尼亚——我们就可以挣到十倍于您给我们看过的和您可能还藏在上衣夹层里的钱。行了，嘴里注意放干净点！”

卡尔从箱子边站起来，看见睡意蒙眬，但酒后稍微清醒了些的鲁滨逊走上前来。“我要是再待下去，”他说，“大概还可以经历更多的意外。看来您很想揍我一顿。”

“忍耐总是有限的。”鲁滨逊说。

“您最好别出声，鲁滨逊。”卡尔说道，同时他密切注意着德拉马歇，“您内心里同意我的看法，可是外表上却不得不和德拉马歇站在一边。”

“您想收买他？”德拉马歇问道。

“我没这么想，”卡尔说，“我很高兴我要走开了。我不想再跟你们中的任何一个来往。只是有一点我还想说明，你们指责我把钱藏起来不让你们知道，就算这是真的，在刚刚认识了几个钟头的人面前，我这样做不对吗？你们现在的行为不正好证明了我这一做法十分正确吗？”

“冷静一点。”德拉马歇对鲁滨逊说，尽管后者并没有动弹。然后，他问卡尔：“既然您能如此厚颜无耻地坦白，既然我们这么舒舒服服地一块待在这儿，您能不能继续坦白下去，说说您到底为什么要到旅馆去呢？”德拉马歇越来越逼近卡尔，卡尔只得跨过箱子，退了一步。可是德拉马歇还是不放过他，他把箱子推到一边，又往前逼了一步，把一只脚踏在仍留在草地上的一件雪白的假衬衫上，同时又把问题重复了一遍。

好像是回答他的问题，一个男人照着放射强光的手电筒从路那边奔到他们这儿。他是旅馆的一个侍者。他刚一见卡尔，便说："我找您快半个小时了。路两边的斜坡我全找遍了。厨房总管夫人要我对您说，她急需借给您的那只草篮子。"

"在这儿。"卡尔说，声音因激动而有点发抖。德拉马歇与鲁滨逊虚假地表示谦逊，退到了一边，他们在有地位的陌生人前总是这样。侍者拿了篮子，又说："厨房总管夫人还叫我问您考虑过了没有，是不是愿意来旅馆过夜。如果您愿意带上另外两位先生，我们也欢迎。床铺已经准备好了。今夜挺暖和，可是在这儿，在山坡上睡觉很危险，老是有蛇出没。"

"既然厨房总管夫人如此热情好客，我愿意接受她的邀请。"卡尔说，并等同伴们表态。可是鲁滨逊站着发呆，德拉马歇则两手插在裤兜里抬着头望星星。看得出来，两个人都指望卡尔能马上带他们去。

"这样的话，"侍者说，"我的任务就是领您去旅馆，并帮您提行李。"

"请您再等一会儿。"卡尔说着弯下腰，把散乱地扔在附近的一些物品收拾到箱子里。

忽然他站了起来。照片不见了，它本来是放在箱子的最上边的，但现在哪儿都找不到了。所有的东西都齐全，就是没了照片。"我找不着照片了。"他恳切地对德拉马歇说。

"哪一张照片？"德拉马歇问道。

"我父母的照片。"卡尔说。

"我们没见到什么照片。"德拉马歇说。

“箱子里没有照片，罗斯曼先生。”鲁滨逊本人也证实道。

“可这是不可能的。”卡尔说，他求助的目光也令侍者走近了来，“照片本来放在最上面，可现在不见了。你们要是没拿箱子开玩笑就好了！”

“绝对不会出错，”德拉马歇说道，“箱子里根本就没有什么照片。”

“它比我箱子里的任何其他东西都重要。”卡尔对正在附近草丛里寻找的侍者说道，“因为只有这么一张，我再也不会有第二张了。”侍者结束了毫无希望的寻觅，卡尔还在说：“父母的照片我唯有这么一张。”

接着，侍者毫不掩饰地大声说：“我们也许可以把先生们的口袋搜一搜。”

“对！”卡尔马上说，“我必须找到这张照片。不过在我搜口袋之前，我还要说，谁要是主动把照片交给我，我就把这只装得满满的箱子送给谁。”静默片刻之后，卡尔对侍者说：“看来我的同伴们想要搜口袋了。但就算是现在，我甚至还是要答应，在谁的口袋里找到照片，就把整个箱子给谁。我只能做到这一点。”

侍者马上就着手搜查德拉马歇，他觉得这个人比鲁滨逊难对付，所以就把鲁滨逊留给卡尔。他还让卡尔注意，必须同时搜查这两个人，不然，就会有一个人乘人不备把照片藏到一边了。卡尔的手一伸进鲁滨逊的口袋便找到自己的一条领带，但他没有拿，而是冲侍者喊道：“您在德拉马歇身上要是也找到什么，就给他好了，全给他，我除了照片什么都不要，我只要照片。”

在搜查上衣的里袋时，卡尔的手触到了鲁滨逊滚热厚实的胸膛，他这时意识到可能大大冤枉了他的同伴们。他尽快搜查了一遍。这一切也都是徒劳的，照片既不在鲁滨逊身上，也不在德拉马歇身上。

“找不到。”侍者说。

“他们准是把照片撕碎扔掉了。”卡尔说，“我还把他们当朋友呢，谁知暗地里他们总想伤害我。其实也不是鲁滨逊，他大概根本就想不到这张照片对我有多大价值，而德拉马歇这样做的可能性很大。”卡尔只盯着眼前的侍者，侍者的手电筒照亮了一小圈地方，除此之外，其他的一切，包括德拉马歇与鲁滨逊，都裹在深深的黑暗之中。

这么一来，自然就根本谈不上把这两个人带到旅馆去住了。侍者提起箱子一甩，扛在肩上，卡尔拿起草篮子，两个人便走了。卡尔已经走到马路上，这时他打断思考，站住了，冲着黑暗里大声喊道：“你们听着，你们要是有谁还拿着那张照片，并给我送到旅馆里来，他照样可以得到我的箱子，而且我发誓，决不控告他。”没有真正的回答声传过来，只听到鲁滨逊刚喊了个开头就中断了，显然是被德拉马歇堵住了嘴。卡尔等了好长一会儿，看看上面的人会不会改变主意。他又喊了两次，而且中间还停了一下：“我还在这儿等着呢！”可是再也没有声音回答了，只有一块石头从斜坡上滚下来。这块石头可能是偶然掉下来的，也可能是有人扔的，但没打中。

西方旅馆

一到旅馆，卡尔就被带进一间办公室，厨房总管手里拿着记事本，正在向一位年轻的女打字员口授一封信。她准确清晰地口授，打字员熟练灵活地击着键，这和墙上的挂钟时时可闻的嘀嗒声相应和着。时间已近十一点半。“就这样！”厨房总管合上记事本，说道。女打字员猛地站起来，给打字机盖上木罩，她这样做时眼睛一直没有离开卡尔。她还是个学生模样，身上穿的围裙曾仔细熨烫过，比如肩上还熨出了波纹；她的发型做得高高的。看了这些细节，再看她那一本正经的脸，谁都会不免感到有些吃惊。她先向厨房总管，然后向卡尔躬身致意，随后就退下了。卡尔不禁用询问的目光望着厨房总管。

“您总算来了，这太好了。”厨房总管说，“您的同伴们呢？”

“我没有带他们来。”卡尔说。

“他们大概是一大早就得出发赶路吧？”厨房总管像是在给自己一个解释。

“她别是以为我也一起走吧？”卡尔想到这儿，为消除疑虑，于是说：“我们闹矛盾了。”

厨房总管似乎认为这是个好消息。“这么说，您自由了？”

“是啊，自由了。”卡尔回答，而且，他觉得没有什么比这更无价值了。

“听我说，您想不想在这旅馆里找个工作？”厨房总管问道。

“很想，”卡尔说，“可是我懂得太少，比方说打字吧，我就一窍不通。”

“这无关紧要，”厨房总管说，“我们现在暂且给您个小职位，您得兢兢业业地干，好好上进。但不管怎么说，我觉得，在一个地方安定下来，对您来说，总比这么满世界乱逛要好些。我感觉那样不适合您。”

“舅父也会这么说的。”卡尔心想，于是他点点头表示赞同。这时他才想起，他这样蒙受关怀，却忘了做自我介绍。“对不起，”他说，“我还没向您自我介绍呢。我叫卡尔·罗斯曼。”

“您是德国人，对吧？”

“对，”卡尔说，“我刚来美国不久。”

“您是从哪个地方来的呢？”

“波希米亚的布拉格。”卡尔说。

“您看，真是想不到，”厨房总管用英语腔很重的德语喊了起来，而且几乎举起了双臂，“我们还是同乡呢，我叫格蕾特·密泽巴赫，是从维也纳来的。可布拉格我也熟悉得很，我曾在瓦茨拉夫广场上的金鹅旅馆里工作过半年呢。您想想这有多巧！”

“那是什么时候的事？”卡尔问。

“已经是很多很多年前了。”

“那个老的金鹅，”卡尔说，“两年前已经拆掉了。”

“噢，当然了。”厨房总管说。她已经完全沉浸于对往事的追忆之中。

忽然她又活跃起来，拉着卡尔的手喊道：“现在，既然您是我的同乡，那您无论如何也不能离开这里。您可不能强行对我这么做。比如，您有兴趣当电梯司机吗？只要您答应一声，这工作就归您了。要是您随便走走，您就会知道这工作不是那么轻易能得到的，因为拿它做起点是再好不过了。您会与所有的顾客一起上上下下，总能在众人面前露脸，得点小差使什么的——总之，每天都会有晋升的机会。其他的事就包在我身上了。”

“我很愿意当电梯司机。”卡尔停顿了一下说。如果顾惜自己读过五年中学，因而不想做电梯司机，那可就太荒谬了。在美国这个地方，本来就该以这样的学历为耻的。再说，卡尔挺喜欢那些开电梯的小伙子，在他看来，他们是旅馆的点缀品。

“这工作对语言没有要求吗？”他又问道。

“您能讲德语，英语也挺不错，那就足够了。”

“英语我是这两个半月在美国才学的。”卡尔说，他想他不能让这唯一的优势给埋没掉。“您已经讲得够好了。”厨房总管说，“回想起来，当初讲不好英语给我造成了多大的困难。当然至今有三十年了。我昨天还刚刚提到这个事呢。对了，昨天正好是我五十岁生日。”她微笑着试图从卡尔的脸上看到他对这样的年纪肃然起敬的样子。

“那我祝您好福气了。”卡尔说。

“好福气总归是需要的。”她说着握了握卡尔的手。她忽然想起家乡德语里的这句老话，不禁又有些伤感。

“但您别说了，”她喊道，“您一定累坏了，我们白天谈岂不更好。遇上同乡，我真是高兴得昏了头了。跟我来，我领您到房间里去。”

“我还有个请求，厨房总管夫人。”卡尔瞥见了桌上的电话，便说道，“明天上午，也许是一大早，我原来的同伴可能会给我拿来一张我急需的照片。能不能劳驾您给门房打个电话，问他一声，到时是他让他们到我房里来呢，还是让我去见他们？”

“当然可以。”厨房总管说，“可是让他代您收下那张照片不就得了吗？能不能问一下，是一张什么样的照片？”

“那是我父母的照片。”卡尔说，“不行，我一定得跟那两个人说说。”厨房总管不再多说了，便打电话给门房，做了相应的吩咐，并说出卡尔的房间号码为536。

然后他们进了穿堂门，来到一个小过道里。只见电梯间里面，电梯司机正靠在那儿的栏杆上呼呼大睡。“我们自己动手得了。”厨房总管低声说，并让卡尔进了电梯，“对这么年轻的小伙子来说，十到十二小时的工作时间是太长了些，”她一边说着，一边开动电梯，“不过，这正是美国的特点。就说这个小伙吧，他是意大利人，半年前才跟父母一起来的。这会儿他面黄肌瘦，好像受不了这种活儿似的，所以尽管天生殷勤，也会在当班的时间里睡觉——不过，他只要留在这儿，或是美国别的什么地方，干上半年，就能轻轻松松应付了，过五年他会成为一个精壮汉子。像这样的事儿，几个钟头都说不完。我这样说，一点也没有指您的意思，您是个棒小伙子；您该有十七岁了吧？”

“下个月我就十六了。”卡尔答道。

“竟然才十六岁！”厨房总管说，“别怕，好好干！”

到了楼上，她把卡尔带到一间房里。这房间虽说是个阁楼，有一面墙是倾斜的，但在两盏电灯照耀下，给人以特别舒适的感觉。“见了这房间的设施您可别吃惊，”厨房总管说，“这并不是旅馆的客房，而是我三间套房中的一间，所以您一点也不会打扰我的。我把中间相通的门锁上了，您可以待得自在些。等明天您成了旅馆的新雇员，自然会有自己的房间的。本来，要是您的同伴们一起来的话，我就在客房服务员的公共卧室里给你们搭铺。不过既然您是一个人，我就想，虽说在这里您只好睡沙发，总归要舒服些。好啦，睡个好觉，明天才有力气工作。明天的工作倒也不会太紧张。”

“多谢您对我如此关怀备至。”

“等等，”她说着在门口站住了，“您过一会儿就会被吵醒的。”她走到房间的一扇侧门前，敲门喊道：“特蕾丝！”

“是，厨房总管夫人。”小打字员的声音应道。

“你早上过来喊醒我的时候，要从过道绕着走，这房间有客人睡着，他很疲劳。”她一边说，一边向卡尔笑了笑，“明白了？”

“是，厨房总管夫人。”

“那好，晚安！”

“祝您晚安！”

“这几年来，”厨房总管解释道，“我的睡眠一直很糟糕。现在我对自己的职位颇为满意，其他无须担心什么事了。可是我早年一定是疲劳过度，以致落下这失眠的毛病。如果凌晨三点能睡着，我就非常高兴。可我早上五点，最迟五点半就得上班，所以也只好叫人把我唤醒，而且必须十分小心，以免神经比睡前更为紧张。因此，我就让特蕾丝来叫醒我。好啦，现在您都明白了，我也该走了。晚安！”于是，她尽管身体沉重，却还是近乎无声地闪出了房间。

这一整天卡尔实在疲劳，现在能睡觉，他很高兴。他再不敢企望有比这更舒服的、可以如此美美地睡一个安稳觉的地方了，虽说这房间并非卧室，倒像起居室，或者更确切地说，是厨房总管的客厅；一张盥洗台是专为他才在今晚搬进来的。但他丝毫没有陌生感，反而更觉得自己被照顾得很周到。他的箱子好好放在这儿了，很久以来没有如此安全过。在一个套着大网眼羊毛罩的拉门矮橱上，放着一些装在玻璃相框里的照片，卡尔看房间的时候，便站在那里端详起来。这些照片大半都已陈旧，上面都是一个年轻姑娘。她穿着非时新的而且看上去不舒适的服装，松松地戴着小高帽，右手扶一把雨伞，脸转向观者，却又将目光回避开去。在男人的照片中，一位年轻军人特别引起了卡尔的注意。这位军人把军帽放在一张小台子上，威风凛凛地站着，一头黑发无拘无束，脸上充满了骄傲而又有分寸的微笑。他的军装扣子是事后在照片上烫了金。想来这些照片都是从欧洲带过来的，要是翻转过来看看反面，一定还可以知道得更详细些，但卡尔不想把它们拿在手上。他真想把父母的那张照片也这样放在他以后的房间里，就像这些照片如此放着一样。

卡尔从头到脚擦洗了一遍，还尽量放轻动作，以免吵着邻居。然后，他躺在长沙发上，带着入睡前的惬意感伸了伸懒腰。忽然，他仿佛听见一声轻轻的敲门声，但很难马上确定敲的到底是哪扇门，也有可能只是偶然发出的响声而已。敲门声并未立即重复，等到它再次响起时，卡尔已经快睡着了。但这回毫无疑问，是有人在敲门，而且是女打字员那扇门。卡尔踮着脚跑到门边，用轻得不至于吵醒隔壁房间睡觉的人的声音问道："您有事吗？"

马上传来了同样轻的声音："您把门打开好吗？钥匙插在您那一边。"

"可以，"卡尔说，"只是我得先穿上衣服。"

那边稍停顿了一下，说："用不着，您开门以后就躺到床上去，我等一下再进来。"

"好的。"卡尔说着就照办了，并打开了电灯。"我躺下了。"他稍稍提高了声音说。这时，小打字员已经从她那黑乎乎的房间里走出来。她跟在楼下办公室里一样，穿戴得整整齐齐。大约她直到现在还未曾想过睡觉呢。

"真对不起，"她在卡尔旁边，微微地弯下腰去说，"请您不要告诉别人。我也不想打扰您很长时间，我知道您累坏了。"

"这么糟糕倒还不至于，"卡尔说，"不过我该穿上衣服才是。”他没有睡衣，因此只得直挺挺躺着，才能把被子一直盖到脖子。

“我就待一会儿。”她说，并伸手拉过一张沙发椅，“我可以坐在长沙发边上吗？”

卡尔点了点头，她便紧挨长沙发坐了下来，卡尔要想抬头看清楚她，须得紧贴墙壁。她的脸端端正正的，只是前额特别高，不过，这或许只是因为她的发型不合适。她衣着整洁，左手里捏着一块手绢。

“您要在这里长住下去吗？”她问道。

“还说不准，”卡尔答道，“不过，我想我会待下去的。”

“要能这样就太好了，”她用手绢擦擦脸，说，“您知道，我在这儿实在太孤单了。”

“您说这话我很吃惊，”卡尔说，“厨房总管夫人待您很好呀，一点都不像对雇员的样子。我还以为您是她的亲戚呢。”

“噢，不是的，”她说，“我叫特蕾丝·贝希托尔德，是从波美拉尼亚[1]来的。”

卡尔也做了自我介绍。这时，她第一次正面打量起卡尔来，好像他一提名字就变得有些陌生了。他们沉默了一会儿，然后她说：“您别以为我是个忘恩负义的人。要是没有厨房总管夫人，我在这儿要艰难多了。我过去是这儿的厨房女佣，而且很危险，就要遭解雇了，因为我无法承担繁重的工作。这里的要求非常严

1 波美拉尼亚是欧洲东北部历史地区，如今大部分属波兰，仅最西部在德国。

格。一个月之前，有个厨房女佣因为过度紧张晕倒在地上，在医院里住了十四天。我身子有些单薄，因为小时候吃了很多苦，没有发育好——您大概绝对想不到我都已经十八岁了。不过，现在我的身体已经好多了。”

“这里的工作想必非常紧张。”卡尔说，“我在楼下就看见一个电梯司机站着睡着了。”

“开电梯的工作还算是好的，”她说，“他们能挣到数目可观的小费，也不用像厨房里那么辛苦。不过，我的确交了回好运。有一次，厨房总管夫人需要一个女佣给宴会摆餐巾，派人到下面找我们厨房女佣，这里大概有五十个这样的女佣呢，我正好在场，又因为很精通餐巾的摆法，令她非常满意。从此，她就留我在身边，慢慢地把我训练成她的秘书了。我为此学到了很多知识呢。”

“有很多东西要写吗？”卡尔问道。

“是啊，多着呢，”她答道，“您一定难以想象。可您也看到我今天一直工作到了十一点半，而今天还不是什么特别的日子。当然，我也并非总这么写呀写的，我还得到城里办很多事呢。”

“这个城市到底叫什么？”卡尔问。

“您不知道？”她说，“叫拉姆斯。”

“是个大城市？”卡尔问。

“很大，”她答道，“我不喜欢进城去。不过，您现在真的不困吗？”

“不，不，”卡尔说，“我还不知道您来有什么事呢。”

“就因为我找不到说话的人。我并不多愁善感，可是当一个人真的孤零零的时候，终于能有个听众，也是件高兴的事。我在下面餐厅里就见到您了，厨房总管夫人带您去储藏室的时候，我正好去接她。”

“这餐厅里真够可怕的。”卡尔说。

“我已经觉得它不可怕了，”她说，“可我要说的是，厨房总管夫人就像我母亲一样待我这么好。但是，我和她的地位悬殊，我没有办法与她自由交谈。在厨房女佣里面，我从前也有过好朋友，不过她们早就不在这儿了，新来的我又几乎都不认识。有时，我真觉得我现在的工作要比以前的紧张多了，觉得我从来不能像做以前的工作那样做好现在的工作，而且，我总觉得厨房总管夫人只是因为怜悯我，才让我一直干这个工作的。说到底，要当秘书，确实需要受过良好的教育才行。说这些话真是罪过，可是我越来越害怕自己会发疯。天哪！”她忽然加快了语速，而且说着就一把抓住了卡尔的肩膀，因为他的手在被子里，“这些话您可别向厨房总管夫人透露一个字，要不我真的完了。除了我工作差劲给她造成麻烦，没有比这更伤她心的了。”

“我当然不会说。”卡尔说。

“那就好，”她说，“您留下来吧，您留下来我会很高兴的。要是您乐意，我们就做个患难朋友好了。我第一眼见到您，就觉得您是个信得过的人。尽管如此——您瞧我这人有多差劲——我也害怕厨房总管夫人会解雇我，而让您当她的秘书。您在楼下办公室的时候，我一个人坐了好久，才把这事情想清楚了：其实，您要是接替了我的工作会更好，因为您干得一定比我强；您要是不愿意去城里跑腿，我还可以保留这方面的工作；另外，我在厨房里会更用得上些，尤其是现在身体也结实一点了。”

“现在都定了，”卡尔说，“我要去做电梯司机，您还是当秘书。要是您把您的打算稍稍向厨房总管夫人暗示一下，我就把您今天对我说的其他话全告诉她。再对不起您，我也要这么做。”

这样的语气令特蕾丝感动万分。她扑倒在床上，啜泣着把脸埋进床单里。

“我什么也不会说，”卡尔说，“可您也不许说。”

这会儿他再也不能这么躲在被子底下了。他轻轻地抚摸着她的手臂，也不知道该对她说些什么好，只是想，这里的生活好苦呵。她终于平静了一些，觉得不好意思了，便止了哭泣，十分感激地望着卡尔，劝他明天多睡一会儿，并答应如果走得开的话，就在八点钟左右上来叫醒他。

“您叫醒人的技术真不错呢。”卡尔说道。

“对，有些时候是这样。”她说。她用手轻柔地在他的被子上抚摸了一下，以示告别，然后跑进了自己的房间。

第二天，卡尔坚持马上开始上班，尽管厨房总管夫人想放他一天假，让他去逛逛拉姆斯城。卡尔却坦率地说，去拉姆斯有的是机会，现在最要紧的是开始工作；因为他说，他在欧洲的时候就徒劳无益，中断了一项旨在追求另一目标的工作，现在刚从电梯司机开始，而在他这样的年纪，至少是那些勤快的小伙子，都在相继争做更好的工作了。他觉得，从电梯司机干起固然很好，但同样，他必须特别地抓紧时间。他说，在这样的情况下他毫无心思去城里观光。特蕾丝也请他走一段路看看，而他却怎么也下不了决心。有一个念头总是在他脑海里飘来飘去：要是他不勤快工作，最后的下场就会和德拉马歇与鲁滨逊的一样。

他在旅馆的裁缝那里试穿了缀着金纽扣、挂着金丝绳的电梯司机制服。在穿上的时候，他不由自主地打了个寒噤，因为上衣的腋下还有一块地方湿乎乎的，又冷又硬。那是在他之前穿过这件制服的那些电梯司机留下的汗渍。现成的十件衣服没有一件能勉强合他身的，因为都是胸部太小，还得放大些。尽管需要这样的改动，尽管裁缝师傅显得十分尴尬——从他手里做出的制服又两次被扔回到裁缝室里返工——但不到五分钟，一切都又做好了。卡尔穿上很瘦的裤子和上衣，离开裁缝室，当上了电梯司机。尽管师傅下了绝对保证，但恰恰相反，卡尔的上衣依然实在太紧，这就诱使他一个劲儿地做呼吸练习，因为他要看看，他的呼吸能否一直保持下去。

然后，卡尔就去顶头上司那儿报到。他的上司是个领班，身材瘦削，大鼻子，人很英俊，大约已经四十多岁了。领班也无暇做简短的谈话，只是按铃叫来一个电梯司机。很凑巧，这个司机正好是卡尔昨夜见到的那位。领班只称他的教名，因为英语里没有他的名字的叫法，所以卡尔后来才知道，他叫贾科莫。他得到的吩咐是把一些电梯服务须知教给卡尔——其实也没什么东西，但他又羞又急，害得卡尔甚至连一点儿知识也没有学到。贾科莫一定颇为恼火，因为，显然是由于卡尔的缘故，他不得不离开电梯服务工作，被分派去给客房的女佣帮忙，而由于他某些讳莫如深的经历，这种工作他觉得是不体面的。令卡尔大失所望的是，电梯司机跟电梯机械装置的关系，仅限于轻按电钮叫其运行，而修理传动机构的事，则专门由旅馆的机械师负责；比方说贾科莫吧，他就既没见过地下室里的传动机构，也没见过电梯里的机械装置，尽管他在电梯里干了半年，并且也自称很愿意看看这些东西。这实在是一件单调的工作，而且，因为是日夜轮班，每班十二小时，所以也非常紧张。用贾科莫的话说，要是不能够站着眯会儿，是根本坚持不下去的。卡尔对此未加评论，但他很清楚，正是这门站着睡觉的本领叫贾科莫丢了饭碗。

使卡尔欣喜万分的是，他照管的那部电梯只开往最高层，这样他就无须与那些最讲究的阔佬打交道了。当然，这里也只适合新来的人，能学到的东西自然也不如别处多。

一个星期之后，卡尔就发现他已完全能胜任这个工作了。他的电梯上面，黄铜擦得锃亮，其他的三十部电梯中没有一部能与他的媲美。要是与他同开一部电梯的司机有他那么一小半勤快，而不必用卡尔的全部勤快弥补他那马马虎虎的工作，电梯还可以更亮些。他的搭档是个土生土长的美国人，名叫雷奈尔。这个人长着一双黑眼睛和一张扁平微陷的脸，是个爱慕虚荣的小伙子。他自己有一套非常时髦的西服，晚上不当班时就换上它，并洒上淡淡的香水，急急忙忙就到城里去了。他还时不时地求卡尔替他顶一个晚上的班，说是家里有事，也不管他的衣着打扮能不能和他的借口对上号。尽管如此，卡尔还是乐意忍受，也乐意看到雷奈尔在晚上出门之前，穿着他的西装，在楼下电梯门口停一停，一面戴手套，一面再向他道声歉，然后穿过走廊出去的情景。另外，卡尔也觉得，这不过是新来的人理当在一开始给老同事帮点忙而已，但不可长此下去；因为，这样在电梯里没完没了地上上下下实在很累，甚至在晚上，也几乎没有空闲的时候。

不久，卡尔也学会了电梯司机所应做到的那种短促的深鞠躬动作，而且也能接住飞过来的小费。小费会很快消失在他的马甲口袋里，至于其数目多少，他脸上绝对不会流露出来。为女士们开门的时候，他又自多一份殷勤，待她们进去后，才慢慢地一跃身进入电梯；女士们不像先生们，她们进电梯总表现出犹犹疑疑的样子，为自己的衣帽首饰而担心。电梯开动的时候，他紧贴着门——这样最不引人注目——背朝乘客，并抓住电梯的门把手，以便在到达的时候，能够迅速而又不致吓人一跳地将门朝一边推开。在电梯里，偶然会有人拍拍他的肩膀，想向他打听个事，他仿佛早有所待似的赶忙转过身，并高声给以回答。电梯虽然有这么多，却也常常拥挤不堪，特别是在剧院散场或在几班特快列车到达以后的时间里。每到这样的时间，他总是等楼上一放完客，便急急地往楼下赶，去接已在等待的客人。他还可以拉动一根穿过电梯的钢缆，让电梯比平常开得快些，当然，这样做按电梯操作规定是禁止的，也是很危险的。在载客的情况下，卡尔绝对不会这样干，可是当他在楼上放完客，楼下又有人等候时，他就没有后顾之忧了，就会像水手一样使劲而又有节奏地拉动钢缆。他知道，其他电梯司机也会这么干，因为谁也不愿把自己的乘客留给别人。个别长住的客人——这样的客人在旅馆里也很常见——时不时地以微笑向卡尔表明，他们把他当作自己的电梯司机了；卡尔虽然表情很严肃，但也很乐意接受这份好意。有时，当乘客不多的时候，他也可以干些小差事，比如替某位懒得再去自己房间的客人取一件遗忘在那里的小物件。这时，他就一个人乘着此时倍感亲切的电梯飞快地上楼，走进那个陌生的房间，那里四周和衣架上摆满的多半是他从未见过的东西，空气中弥漫着某种外国肥皂、香水或是漱口水的独特气味；尽管客人大多只给他一个大概的描述，但他总能找到那样东西，然后丝毫不做停留，匆匆回去。他经常因为无法得到更大些的差事而感到遗憾，这些差事都被骑自行车，甚至骑摩托车的服务员抢去了。卡尔所能遇上的好机会，只是在客房与餐厅或游艺室之间跑跑腿。

每当他连续上三天晚六点下班的十二小时白班，接下来又连上三天早六点下班的夜班以后，他总是累得筋疲力尽，什么也顾不上，就径直去上床睡觉了。他的床铺在公共寝室里。厨房总管夫人为了能让他有自己的房间，曾经出过力，而且或许也可以办到，但她的影响力并不像卡尔在头天晚上想象的那么大。所以，当卡尔看到事情有多难办，看到她一次次给他那位忙忙碌碌的领班上司打电话的时候，他放弃了这个要求，并说服厨房总管夫人相信他是真心放弃的，还解释说，他不想因为一桩白得的优待而遭到别的电梯司机的妒嫉。

这样的大寝室当然不会安静。在这里，每个人都以不同的方式利用自己十二小时下班的时间来吃饭、睡觉、娱乐，或是干点旁的杂活，所以总是闹哄哄的。有些人用被子蒙着耳朵睡觉，以求安宁；如果某个人被吵醒，他就会冲着吵醒他的人狂怒喊叫，害得本来还睡得好好的其他人也难以忍受。这里的小伙子几乎人人都有烟斗，这已经成了一种奢侈。卡尔也搞了一个，并且马上对它产生了浓厚兴趣。当班的时间不许吸烟，结果无论是谁一到寝室，只要不是非睡不可，便开始吞云吐雾。每张床都裹在主人自己呼出的烟雾里，而整个寝室里的一切则笼罩在一团公共烟雾之中。尽管多数人基本同意夜里只开寝室尽头的一盏灯，但这个方案实行起来却是不可能的。要是真能做到，在这个四十张床的大寝室里，想睡的就可以安安静静地在暗处好好睡，而其他人则可以在亮处掷骰子、玩牌，或是做需要灯光的其他事情。如果有人想睡而自己的床又正好在亮处，他就可以躺到暗处的某张空床上去，因为总会有床铺是空着的，再说谁也不会反对人家临时占用一下他的床。但是，这样的做法却从未有过一个晚上能够实现。寝室内总是会发生这样那样的事情，比方说吧，两个人借着黑暗睡完一觉之后，就来了兴致，在床上搁一块板，开始对坐打牌。为此，他们自然会打开一盏合适的灯，而灯光就会刺得朝向它睡觉的人跳起来。被弄醒的人辗转反侧好一阵子之后，最终发现，除了再打开一盏灯，跟邻床的难兄难弟打牌，也别无他事可做了。这么一来，所有的烟斗当然也就烟雾腾腾了。自然也有人不惜一切代价，非睡不可，卡尔常常是其中之一。他们不是把头枕在枕头上，而是用枕头压住头或干脆裹住头睡觉。但是，他们又怎能够在这样的情况下睡着呢？比方说到了后半夜，邻床的那位为了能够在上班之前再到城里去寻欢作乐一番，便起了床，然后在靠着自己床头的洗漱盆里哗哗地洗漱，弄得水花四溅；接着，他不仅大声穿靴子，还要用力跺跺脚使靴子更加跟脚——几乎所有人的靴子都不太紧，尽管美国的靴子式样并非如此；最后，他想带走的什么小玩意儿找不着了，于是便把睡觉的人脸上的枕头掀开。到了这时候，躲在枕头下面的人自然已经醒来，只准备朝他动拳头了。他们又全是些爱好运动的人，年轻精壮的小伙子，不会放过任何可以锻炼身体的机会。谁要是夜半的时候被一阵鼓噪惊破好梦，跳将起来，便能见到自己床边的地上有两位摔跤手正在角斗；而刺眼的灯光之下，周围所有床上则直直地站满了穿着衬衣衬裤的行家。有一次，在这样的夜半拳击赛中，一位拳击手倒在熟睡中的卡尔身上。卡尔睁开眼睛一看，第一眼看见的就是那小伙子的鼻血，他还未来得及采取任何措施，血已流得满床都是了。卡尔为了能睡上几个小时，常常要花上差不多十二个小时的时间，尽管他心里也痒痒的，很想参加别人的漫天胡聊。他总觉得自己比人家落后许多，须得努力工作，还要做出一点牺牲，方可赶上他们。虽说睡好觉对他，尤其是对他的工作来说极为重要，但他既不向厨房总管夫人，也不向特蕾丝抱怨寝室里乱糟糟的情况。这首先是因为总的说来，所有的小伙子也都不堪忍受，但并无怨言；另外，这寝室里的苦难生活也是使他感激不尽地从厨房总管手里接过的开电梯工作不可分割的组成部分。

每个星期，卡尔在换班的时候可以有一次二十四小时的空闲。在这期间，他就花上一部分时间去看望厨房总管一两回；另外，等特蕾丝有了一点可怜的闲暇，就随便找个地方，在角落里，在走廊上，偶尔也在她房间里，与她匆匆谈上几句。有时候，他也陪特蕾丝去城里办些事情，不过得以十万火急的速度去办。于是卡尔手里提着包，他们几乎是跑着奔向最近的地铁站。列车像是毫无阻力似的，飞快被吸向前去，一下子就到站了。他们立刻下车，因等不及电梯，便赶忙拾级而上。宽阔的广场呈现在他们面前，呈星状放射出去的街道向四周延伸开来；车流从各个方向径直拥来，这里变得一片混乱。卡尔和特蕾丝两人紧紧相随，冲向一个个办公室、洗衣店、仓库和商店，去办理在电话里无法搞清楚的，但也没有什么重大责任的订货手续，或处理有异议的问题。特蕾丝很快发现，在这方面，卡尔给她的帮助非同小可，大大加快了她的办事速度。有他在身边，她根本不用像平时那样，干等着那些忙得不可开交的商人过来听她说话。他走到柜台旁边，用手指敲着台面，直至见效为止；他隔着人墙，用他那总还是过于刺耳的、从一百个声音里都能轻易分辨出来的英语高声喊叫；他毫不犹豫地走到那些人跟前，哪怕他们已经高傲地退到了最长的营业厅深处。他这样做并不是狂妄自大，他也很赏识对方的顽固劲儿，但他感到稳固的地位使他完全有权这么做。西方旅馆也是顾客，人们不可以拿它开玩笑；再说，特蕾丝尽管有办事经验，到底还是需要帮助的。

“您真该每次都陪我来。”当他们顺利地办完一件事回来时，她偶尔会十分快活地笑着对卡尔这么说。

卡尔在拉姆斯的一个半月里，只有三次在特蕾斯的小房间里待的时间较长，每次有几个钟头。她的房间自然要比厨房总管的任何一个房间都小，房内仅有的几件东西几乎都靠窗放着。卡尔因为有了在大寝室睡觉的体验，所以深知一个属于自己的安静房间的价值。他虽然没有这么说出来，但特蕾丝还是发觉他非常喜欢她的房间。特蕾丝对他毫无秘密可言，而且在第一个晚上看望卡尔后，她也不可能再对他有隐瞒了。她是个私生女，父亲是建筑工头，他把母女俩从波美拉尼亚接了过来。可是这件事情一办完，她父亲好像就已经尽了义务，要不就是好像另有新欢，再不要他从码头上接来的操劳过度的女人和羸弱的孩子了——总之，她们到美国后不多久，他未做多少解释，就移居去了加拿大；而留在美国的母女俩从此既没有收到他的一封信，也没有得到有关他的任何消息。退一步说，这倒也并不奇怪，因为她们已流落于纽约东区的低级客栈里，无影无踪了。

有一回，特蕾丝正与卡尔一起站在窗口，卡尔俯瞰着街景，特蕾丝讲起她母亲的死。她们母女俩在一个冬夜——其时她大约五岁——各自带着小包裹奔走在大街上，寻找宿处。当时风狂雪骤，她们步履维艰。母亲起先一直拉着她的手，后来母亲的手酸软无力了，没有回头看一眼就把她放开了，特蕾丝只得自己费力地抓牢母亲的衣服。特蕾丝走路老是磕磕绊绊的，甚至有时候还会摔倒在地上，但母亲就像发了疯似的一步也不停。纽约的笔直漫长的街道上，好一场暴风雪哟！卡尔还没有在纽约过过冬天呢。若是顶风而行，风时不时地旋转着袭来，使人简直一刻也睁不开眼睛；寒风还一个劲儿地用冰冷的雪花揉搓人的脸；抬腿跑，却动弹不得——这实是一种绝望的挣扎。在这种时候，小孩就要比大人好得多，可以钻在风的底下跑，而且能从中寻到一些乐趣。所以，特蕾丝当时也无法完全理解自己母亲的行为。她深信不疑的是，要是那个晚上她明智些，好好对待母亲，母亲一定不会死得那么悲惨。但她那时毕竟还是一个那么幼小的孩子！那时候，母亲已经有两天没有找到活干了，身无分文，饥肠辘辘地在露天里过了一整天。她们吃力地拖来拖去的随身包裹里只是一些毫无用处的破布片。大约是因为迷信吧，她们一直没有将其扔掉。当时，有一个建筑工地已经答应让母亲第二天去上班，但正如她一整天都想告诉特蕾丝的那样，她怕自己再也无法利用这个好机会了。她实在是精疲力竭了。早上她在巷子里的时候，就因为咯出了很多血而令过路行人触目惊心。她唯一的企望就是找一个暖和的地方歇一歇。可在那个晚上，这恰恰是不可能的。她们走进一个可以稍避风雪的门厅里，看门人没有把她们赶出去，于是，她们从那儿急忙穿过一道道狭窄阴冷的走廊，爬上一层层的楼面，绕过一座座院落的狭长平台，漫无目的地去敲一扇扇的门，一下子却又感到畏惧，不敢与人打招呼，继而又向走过来的每个人行乞。有一两次，母亲气喘吁吁地坐在寂静无声的楼梯上，把几乎是在反抗的女儿硬是拉到身边，狠狠地一个劲儿吻她，挤得她好痛。等到她事后知道这是母亲的最后亲吻时，她实在不明白当时竟会糊涂到毫无觉察的地步，即使虫豸，想来那个时候也不至于此。她们所经过的房间中，有开了门流通空气的，房间里烟雾腾腾如同着了火一般，烟雾里依稀可见一个人影走过来，停在门框中间，以缄默或是简短的话语表示此处不可过夜。现在回想起来，特蕾丝觉得，她母亲只是在最初几个小时里确实在寻找过夜的地方，而过了半夜之后，她好像就再也没跟谁说过话，虽说她稍稍休息过几回，奔走到了天明，虽说那些大门和屋门都没有关的房子里总还是热热闹闹的，处处能碰上人。这样的奔走也无法冠之以“跑”了，她还怎么能够跑呢，她只是在做最后力所能及的挣扎而已，充其量也不过是在蹒跚而行。特蕾丝也实在搞不清楚，她们在从半夜到清晨五点的时间里，是进过二十栋房屋呢，还是只进过两栋，甚至是只进过一栋呢？这些房屋的走廊设计得都很巧妙，足以称得上是充分利用空间，却一点也没考虑能让人轻易地辨别出方向——有多少回她们穿过的是同一道走廊啊！特蕾丝还依稀记得，她们曾经一直在寻找一栋房子的大门，但最后却恰恰是又离开了它；可她同样觉得，她们好像又从巷子里掉转头，重新钻进那栋房子里去了。在一个孩子的眼中，这实在是一种莫明其妙的苦难：一会儿被母亲拉着，一会儿又自己紧拽着母亲，一句安慰的话也没有，只是不辨东南西北地被拖着走。对她来说，这一切都难以理解，她能做出的唯一解释，似乎便是母亲想要抛弃她，自己跑走。所以，她更是下了决心，即使当母亲抓着她一只手的时候，为保险起见，她还是要用另一只手拉住母亲的外衣，并不时地尖叫一声。她不想被丢弃在这里，被丢弃在这上下楼梯的人流之中。有的人在她们面前重重蹬上台阶，有的人正从看不见的楼梯拐角处走过来，有的人在门前的过道里争吵，然后相互推搡着走进房间。醉鬼们含含糊糊地哼着什么歌，在房子里到处游荡着；母女俩很幸运地从正要走拢在一起的一些醉鬼中间溜了过去。在夜深的时候，人们已丧失了警惕，也不一定再固执地维护自己的权利了。她们这个时候当然至少还可以挤进一个由企业主统一租下的公共寝室里去；这样的公共寝室她们也经过了几个，但特蕾丝不懂，而母亲这时再也不想歇息了。这是一个清朗的冬日早晨，她们倚在一栋房子的墙根上，也许是睡了一会儿，也许只是睁着眼呆望了一会儿。特蕾丝的包裹不见了，母亲见她如此粗心大意，开始打她，惩罚她，但她既未听见打她的响声，也无任何挨打的感觉。然后，她们继续向前走，母亲沿着墙边，领着她穿过重又活跃起来的马路；她们走上一座桥，母亲用手在桥栏杆的霜上划出了一条痕迹。她们终于来到母亲约好干活的那个建筑工地——特蕾丝在当时接受了这个事实，现在却无法理解了。母亲没有告诉特蕾丝是等还是走开，特蕾丝一厢情愿，把这当成让她等待的命令。因此，她坐到一堆砖头上面，看着母亲解开包裹，拿出一块彩色的破布，将戴了一整夜的头巾卷起来。特蕾丝累得连给母亲帮忙的念头都没有了。通常应当先去工棚里报到，但母亲却没有这样做，也没问什么人，而是径直爬上一架梯子，好像是自己知道所分派给她的工作。特蕾丝觉得很奇怪，因为女的小工平常都是干一些诸如卸石灰、递石头之类的简单的活。因此，她想母亲今天要干一样挣钱特别多的工作，于是睡眼惺忪地往上冲着母亲笑。这座建筑还不高，只造了一层楼，但是为继续施工而搭的、自然还没有连接好的脚手架已伸向蓝天。母亲很灵活地绕过上面那些正在砌墙的工人，不可思议的是，他们竟然也没有向她盘问一句。她小心翼翼地用柔弱的手抓住充作栏杆的板条。坐在下面迷迷糊糊的特蕾丝对母亲的这种灵巧动作不由得惊叹不已，她还相信见到了母亲投来的一丝和善的目光。然后，母亲沿路来到一小堆砖头跟前。这里，栏杆没有了，路显然也到了尽头，可是她并没有停下来，而是朝着砖头堆走过去。她好像失去了刚才的灵巧劲，撞倒了砖头堆，从上面猛地翻过去，跌向深渊。许多砖头随之滚落下来，最后又过了好一会儿，不知哪里一块沉重的木板松脱了，咔嚓一声砸向她。特蕾丝对母亲最后还能回忆起来的是，母亲穿着还是从波美拉尼亚带来的方格上衣，叉开两腿躺在那里；那块厚木板几乎盖住了她的全身；人们从四面跑拢来；工地上方有个什么人愤怒地大声往下吼叫。

特蕾丝结束了她的叙述，天色已经很晚了。她讲得很详细，这是一反她平时习惯的；而且，恰恰是在无关紧要的地方，比如在描述一根根独自伸向天空的脚手架时，她一定是忍住了眼泪。她对当时发生的每一个细节记忆犹新；如今整整十年了，母亲在那未完工的底楼上躺着的形象又映入眼帘，她将此视为对母亲一生的最后纪念，而她又未能向朋友说清楚，所以，她想在讲完故事之后，再把这一段回顾一遍。但她做不到，她把脸埋进双手中，再也说不出话来。

在特蕾丝的房间里也有过欢乐的时光。卡尔在第一次登门造访的时候，就发现了一本商务文书的教科书，并请她把这本书借给了他。他们同时还商定，卡尔要做书上的练习，并交给特蕾丝批改，因为特蕾丝为她小小的工作需要，已读完了这本书。于是，卡尔整夜整夜躺在楼下公共寝室的床上，耳朵塞上棉花，不时地变换各种姿势，一边读这本书，一边用一支钢笔在本子上草草写着作业。这支钢笔还是厨房总管夫人送给他以示奖励的呢，因为他为她制作了一份很实用的财产清单，并清清楚楚地誊写了出来。当别的小伙子来打扰他的时候，他多数能够把这种打扰变为好事：他总是没完没了地向他们请教关于英语的小问题，直至他们感到十分厌烦，随他一个人去。卡尔往往觉得惊讶不已：其他电梯司机如此安于现状，尽管电梯司机是不能上二十岁的，他们却从未感到自己现在地位的暂时性，也看不到为将来的职业做决定的必要性；而且，虽有卡尔这个榜样，他们却不读书，最多也不过是读那种传递于床铺之间、又脏又破的侦探故事书而已。到卡尔与特蕾丝相会的时候，特蕾丝过于不厌其详地批改他的作业；两人之间还经常出现争论，卡尔引证他的纽约大教授为论据，但这些就像电梯司机说的文法，拿来对特蕾丝说，就如同对牛弹琴。她从他手中夺过钢笔，画掉她相信是错误的地方，而卡尔为准确起见，凡是在这类疑惑的地方，又把特蕾丝画的道道画掉了，虽说在一般情况下，除了特蕾丝再也没有更高的权威来解释道理了。当然，有时候厨房总管也会来，然后就由她判断尚未证明的问题。厨房总管总是偏向特蕾丝，因为特蕾丝是她的秘书。但同时，她也能使他们很快达成一般的和解，因为茶煮好了，糕点拿来了，卡尔该讲欧洲的事了。他讲的时候当然常常被厨房总管打断，她不是提问题，就是对他的话表示惊叹。这使卡尔不禁想到，在这么一段相对来说还很短的时间里，欧洲有了多少翻天覆地的变化，而且自他远离故乡以来，已有好多东西改变了，并且还在继续改变着。

卡尔来拉姆斯大约有一个月了，一天晚上，雷奈尔从身边走过时顺便提到，他在旅馆外面碰上一个名叫德拉马歇的人，这个人向他打招呼，并打听起卡尔的事。雷奈尔说，他没有理由隐瞒什么，就全都照实说了。他说卡尔当了电梯司机，并且因为有厨房总管做靠山，还大有飞黄腾达的希望。卡尔注意到德拉马歇是如何小心谨慎地拉拢雷奈尔的，为了那天晚上的事，德拉马歇甚至还请他共进了一次晚餐。

“我跟德拉马歇毫无关系了，”卡尔说，“你也要对他小心些！”

“我？”雷奈尔说，同时伸了个懒腰，便跑开了。在旅馆里，他是最俊秀的小伙子；而且，在别的小伙子中间还流传着一个不知是谁制造的谣言，说他在电梯里曾被一位长住旅馆的贵妇至少是热烈地亲吻过。听到过这个谣言的人，都会产生一种强烈的愿望，想看看这位自信的、从外表看不出会有此举的夫人迈着娴静而又敏捷的步子，披着轻柔的面纱，腰身束得紧紧的，款款走过的样子。她住在二楼，雷奈尔的电梯并不是她乘的那部，不过在别的电梯正忙着的时候，当然就不能阻止这样的乘客改乘另一部电梯了。所以，这位贵妇就常乘卡尔和雷奈尔的电梯，而且事实上，总是在雷奈尔当班的时候。也许这只是巧合，可是谁也不相信。每当电梯载着这两个人开动起来的时候，整个电梯司机的圈子里就会激起一阵难以抑制的骚动，这种骚动甚至发展到了领班不得不来干预的地步。兴许是因为这位夫人，也兴许是因为流传的谣言，反正是雷奈尔变了样，他比以前更加自高自大了，并把擦擦洗洗的脏活全都丢给了卡尔，而后者正准备一有机会就与他好好商量一下此事；人们在公共寝室里再也见不着雷奈尔的人影了。没有一个人像他这样完完全全地脱离开了电梯司机的集体，因为一般来说，至少在工作的问题上，大家是紧密团结在一起的，而且，他们还有一个为旅馆的经理所承认的组织呢。

卡尔一边一如既往地好好干他的工作，一边琢磨着这样一些事情，同时还想到了德拉马歇。快到半夜的时候，他得到一次小小的休息，因为特蕾丝给他带来了一个大苹果和一块巧克力——她常给他送点小东西让他惊喜。他们几乎未受打扰地谈了好长一阵子，只是间或被电梯的运行所打断。他们的谈话也涉及德拉马歇。卡尔发现，他其实是受了特蕾丝的影响，这一段时间来才视德拉马歇为危险人物的，因为卡尔的描述使特蕾丝觉得德拉马歇这个人很危险。说实在的，卡尔只是把他看成一个在不幸之中堕落了的流浪汉，自己和他还是合得来的。特蕾丝却强烈地反对这一看法，并东拉西扯说了一通，要求卡尔做出保证，决不再与德拉马歇说一句话。卡尔没有做出这样的承诺，而是不断催促她去睡觉，因为已经过了午夜了。当她表示不肯去时，他便威胁说，他要离开岗位送她回房去。她终于准备走时，他说："你何必瞎操心呢，特蕾丝。为了让你能够睡个好觉，我很愿意答应你，不到万不得已，我决不与德拉马歇说话。"在这以后，来了很多工作，因为旁边一部电梯的司机被叫去帮什么忙了，卡尔得同时照管两部电梯。这时，有的顾客抱怨这儿混乱不堪，还有位陪伴女士的先生，为敦促卡尔加快速度，甚至用散步的拐杖轻轻点了卡尔一下，但这样的提醒毫无必要。要是客人发现电梯里没有司机后，至少能进卡尔的电梯就好多了，可是他们不这么做，而是走向那部电梯，待在那里，手扶着门把手，或者干脆自己走进电梯里去——根据服务章程的严格规定，电梯司机无论如何应坚决防止发生这样的事。这样一来，卡尔简直无暇弄清该怎样好好履行他的职责，只知道疲惫不堪地东奔西跑了。到了大约凌晨三点钟的时候，还来了一个跟他有点交情的老人。这个老人提着行李，希望能得到他的帮助，但他实在没有办法，因为两部电梯前都站着客人。他必须沉着果断，方能立即选好一部，大步跨过去。因此，当另一位电梯司机回来的时候，他欣喜万分，并为那人离开如此之久而喊了两句不满的话，虽说这又不能怪那个人。

到凌晨四点以后，稍稍空了下来，此时卡尔已经在急切地期待这一安静时刻了。他重重地靠在电梯附近的栏杆上，慢慢吃着一口下去便芳香四溢的大苹果，同时往采光井里看下去。采光井周围是储藏室的一扇扇大窗户，窗户里面挂着的大串香蕉在黑暗中微微发亮，依稀可辨。

鲁滨逊事件

有人拍了拍卡尔的肩膀。他自然以为那是一位电梯乘客。于是，他赶快把苹果塞进口袋里，看也没看对方，就忙向电梯走去。

“晚上好，罗斯曼先生，”那个男人说道，“是我，鲁滨逊。”

“您变样了！”卡尔边说边摇了摇头。

“是啊，我过得很好。”鲁滨逊说，同时上下看了看自己的衣服。他的衣服也许是用上好的料子做的，但被弄得皱皱巴巴的，因此，看上去简直破烂不堪。他浑身上下最显眼的，是一件显然初次才穿的白色马甲，马甲上还有四个镶着黑边的小口袋。鲁滨逊还挺着胸膛，好让人注意他的马甲。

“您的衣服好贵呀。”卡尔说道。他马上想到自己那件朴素而漂亮的衣服，穿上它，他觉得甚至可以和雷奈尔比试比试了。但这两个人太不够朋友，硬是把它给卖掉了。

“是啊，”鲁滨逊说道，“我几乎每天都给自己买点儿什么。您觉得这件马甲怎么样？”

“非常漂亮。”卡尔回答说。

“这些口袋不是真的，只是做做样子而已。”鲁滨逊说，同时拉起卡尔的手叫他摸摸，让他相信这一点。但卡尔向后退了退，因为鲁滨逊嘴里呼出一股令人难以忍受的烈酒味儿。

“您又喝了很多。”卡尔说，然后又回到了栏杆旁边。

“没有，”鲁滨逊说，“没喝多少。”他一反刚才得意扬扬的样子，补充说：“不然，人活在世上干什么呢？”有客人要乘电梯，这才打断了他们的谈话。卡尔刚下来，就接到一个电话，要他去把旅馆医生找来，因为八楼有位女士晕倒了。在找医生的路上，卡尔暗暗盼望鲁滨逊在此期间离开这里，因为他不想再见到对方，而且，他还想起特蕾丝提醒他的话，所以，他也不想听到有关德拉马歇的任何消息。然而，鲁滨逊依然等在那里，姿势僵硬，一副醉鬼的样子。这时，正好一位身穿黑色礼服、头戴宽檐礼帽的旅馆高级职员走过，幸好，他似乎并没有特别注意鲁滨逊。

“罗斯曼，难道您不想来看看我们吗？我们现在很不错呢。”鲁滨逊说道，并诱惑似的看着卡尔。

“是您还是德拉马歇邀请我呢？”卡尔问道。

“我和德拉马歇都邀请您。在这一点上我们还是一致的。”鲁滨逊说。

“那么我告诉您并请您转告德拉马歇，我们的分手，如果说这一点过去还不明朗，那现在已成定局。你们两个人给我带来的痛苦比谁带给我的都多。难道你们还不想让我过安宁日子吗？”

“我们毕竟是您的伙伴。”鲁滨逊说道，酒醉后令人作呕的泪水充满了他的眼眶，“德拉马歇让我转告您，对于以前发生的一切，他愿意补偿您。我们现在和一个出色的女歌手住在一起，她叫布鲁内尔达。”紧接着，如果不是卡尔及时“嘘”的一声制止他，他就要扯开嗓子引吭高歌了。“现在千万别唱，您不知道，您这是在哪儿吗？！”

“罗斯曼，”鲁滨逊说道，他想到刚才想大声唱歌，感到有些后怕，“我毕竟是您的伙伴，告诉我，您想要什么。现在，您在这儿有这么好的职位，能给我点儿钱吗？”

“您又会喝酒把钱喝光的，”卡尔说，“我在您的口袋里甚至还看到个酒瓶，您肯定趁我不在时又喝了，开始的时候您还挺清醒呢。”

“我只是为了在路上增加点力气。”鲁滨逊表示歉意。

“我也不指望让您改正了。”卡尔说道。

“可是钱！”鲁滨逊睁大眼睛说。

“一定是德拉马歇叫您来要钱的吧。好，我给您钱，但是有一个条件：您立即离开这里，再也不要来这儿找我。如果您有什么事要通知我的话，就写封信给我。‘卡尔·罗斯曼，电梯司机，西方旅馆’——这个地址就行了。我再重复一遍，不许您再到这儿来找我。我在这儿上班，没有时间接待您。您愿意接受这个条件拿钱吗？”卡尔问道，并把手伸进马甲口袋，他已决定牺牲今晚的小费了。鲁滨逊喘着粗气，针对他这问题点点头。卡尔不明白他的意思，便又问了一遍：“同意，还是不同意？”

这时，鲁滨逊示意卡尔到他身边来，他喉头明显蠕动着，有气无力地说：“罗斯曼，我很难受。”

“真是见鬼！”卡尔脱口而出，双手把他拖到栏杆旁边。鲁滨逊已经开始朝采光井里呕吐了。恶心呕吐一停，他就无可奈何地向卡尔乱抓。“您真是个好小伙。”然后他说。也许他还说：“不吐了。”然而，他还是吐了很长时间。他还会说：“这帮狗杂种，他们给我灌的是什么马尿！”卡尔再也不能忍受内心的不安与反感，开始焦急地走来走去。他把鲁滨逊勉强掩藏在电梯旁边的角落里；但是，如果有人发现了他，怎么办呢？比方说，那些神经质的阔佬，他们专门等着向路过的旅馆管理人员发牢骚，管理人员听后就会为此在整个旅馆大发雷霆；要是被这样的一位阔佬发现，怎么办呢？或者，那些经常调换的旅馆侦探，除了旅馆管理层，谁也不认识他们，人们常常会以为，每一个用审视的眼光——也许纯是因为眼睛近视——打量别人的人都是侦探。要是被侦探发现，怎么办呢？采光井下方，餐厅部门彻夜不休，只要有人去储藏室，惊愕地发现呕吐在采光井里的东西，然后打电话质问卡尔，上面到底发生了什么事，事情就败露了。卡尔能不承认自己认识鲁滨逊吗？如果他不承认，愚蠢而绝望的鲁滨逊会不会毫不表示任何歉意，反而证明他认识卡尔呢？在旅馆庞杂的职员等级中，电梯司机的地位最低下，他们是可有可无的人，这样一个人的朋友弄脏了旅馆，吓着了或者全部赶跑了旅客，发生这样一件前所未有的丑闻，难道卡尔不会立刻遭解雇吗？难道人们还能继续容忍一位上班时允许这种朋友来拜访的电梯司机吗？难道人们不会认为，这样的一位电梯司机本身就是一个酒鬼，或是什么更令人恶心的家伙吗？他肯定是用旅馆里储藏的食物喂饱了他的朋友们，使他们就像现在鲁滨逊这样，在窗明几净的旅馆里随意做出这种恶心的事情，难道这种猜测还不清楚吗？难道这样的年轻人会仅仅满足于偷盗食物吗？偷窃的机会有的是，比方说旅客疏忽大意，橱柜到处敞开着；珍贵物品随便放在桌子上，放金银首饰的小匣子也敞开着；钥匙随意乱扔；等等。难道他在这种情况下不会偷吗？

恰好这时，卡尔看见远处一群客人从地下酒吧间走上来，那儿的一场游艺演出刚刚结束。卡尔站在电梯旁，根本不敢转身看鲁滨逊，他怕看到可能看见的情景。他没有听到鲁滨逊发出任何声响，也没有听到他的一声叹息，这使他镇定了一些。虽然他在为客人服务，和他们一起上上下下，但他还是不能完全掩饰他心不在焉的样子。每次下来的时候，他都十分恐惧，害怕在下面看到令人难堪的情景。

终于，他有时间看看鲁滨逊了。鲁滨逊还蜷缩在那个角落里，脸压在膝盖上，浆硬的圆顶礼帽被他远远推到了脑后。

“现在您可以走了，”卡尔轻声但又肯定地说，“这钱给您。如果您急的话，我可以给您指条近路。”

“我不能走了，”鲁滨逊边说边用一块小手帕擦擦额头，“我会死在这儿的。您无法想象，我多么糟糕。德拉马歇总是带我到高级酒吧去。但我受不了这种束手束脚的衣服。我天天都对他这么说。”

“您不能在这儿待下去，”卡尔说，“您要想想，您这是在哪儿。如果人们在这儿发现了您，您会受到惩罚的，我也会丢掉饭碗。您希望如此吗？”

“我不能走了，”鲁滨逊说，“我宁可从这儿跳下去。”他从栏杆之间指了指采光井。“如果就这样坐在这儿，我还能够忍受，但我站不起来。您不在的时候，我已经试过了。”

“那么我去叫辆车，您坐车去医院吧。”卡尔边说边摇着鲁滨逊的腿，他的腿每时每刻都有软下去的危险。然而，鲁滨逊刚听到“医院”这个似乎使他产生恐惧感的词时，便开始放声大哭起来，并向卡尔伸出双手，请求宽恕。

“安静些。”卡尔说着把他的手轻轻地打了下去，然后跑到一个电梯司机面前，晚上卡尔曾替他值过班，现在卡尔同样也请他帮忙。随后，卡尔赶快回到鲁滨逊身边，用尽全力把这个还在抽泣的人拉起来，悄悄地对他说：“鲁滨逊，如果您还要我照顾的话，您就尽量站起来走一小段路。我带您到我的床上去，您可以在那儿一直待到身体舒服起来。您会惊奇地发现，您一会儿就会好的。但是现在您要再理智点，因为通道里到处都是人，而且我的床也在公共寝室里。如果有人稍稍注意到您的话，我就什么忙也帮不上了。您一定要睁开眼，我不能像带垂死的病人那样把您带来带去。”

“我都听您的，您认为怎么合适就怎么做，”鲁滨逊说道，“但是您一个人肯定没法带我走。您不能把雷奈尔叫来吗？”

“雷奈尔不在这儿。”卡尔说道。

“啊，是啊，”鲁滨逊说，“雷奈尔和德拉马歇在一起。是他们两个派我到您这儿来的。我把一切都搞混了。”卡尔随他嘟哝些诸如此类让人听不懂的话，推着他往前走。幸好他们走到了一个拐角处，那儿有条灯光暗淡的过道，直通电梯司机们的大寝室。这时，一个电梯司机急匆匆地向他们跑来，接着从他们身边跑过去。到现在为止，他们只碰到一些无关紧要的人；四点到五点最为安静，卡尔非常清楚，如果他现在不能把鲁滨逊送走的话，那么等到天一亮，白天的活动忙起来的时候，就别想再送走他了。

在寝室的另一端好像是在打群架，或者是在举行什么活动。人们可以听到有节奏的鼓掌声、激动的踏步声和有力的叫喊声。在寝室的靠近门的那半边，床上只有几个人在一心睡觉，而大多数人是仰面而卧，呆呆地盯着天花板，有时会有某个人不管是否穿着衣服，从床上跳起来，看那边发生的事情。因此，卡尔把已经有些适应走路的鲁滨逊偷偷带到雷奈尔的床上，因为雷奈尔的床离门很近，而且上面没人；他从远处就看到，他自己的床上静静地睡着一个他根本不认识的小伙子。鲁滨逊刚躺到床上就睡着了，一条腿还在床外耷拉着。卡尔把被子盖到他脸上。他想，至少在接下去一段时间内不必担心了，因为鲁滨逊在清晨六点之前是肯定不会醒来的。到那时候，他就又回来了，也许还能和雷奈尔一起想个办法，把鲁滨逊送走。另外，只有在特殊情况下，上级管理部门才会来检查寝室。由于电梯司机们反对，一般性查房几年前就废除了，所以，这方面没有什么可害怕的。

当卡尔又回到他的电梯时，看到他的电梯和旁边的那部电梯正好都开上去了。他心神不安地等待着，看看到底是怎么回事。他的电梯下来得早些，从里面走出来的正好是刚才那个跑过通道的小伙子。

“喂，您刚才在哪儿，罗斯曼？”这个小伙子问道，“您为什么离开岗位？您为什么没有请假？”

“但我跟他说过了，请他替我值会儿班。”卡尔回答道，同时指着刚刚走出旁边电梯的那个小伙子，“在最繁忙的时候我也替他值了两小时的班。”

“情况确实如此，”对方说道，“但这还是不够的。难道你不知道上班的时候即使离开一秒钟也要向领班的办公室请假吗？那儿有电话，你也可以打电话嘛。我非常乐意替你值班，但是你知道，这也不是件容易的事。刚才正巧在这两部电梯前都有新到的客人，他们刚下四点半的特快列车。我不可能先开你的电梯，让我的客人等着，因此我先把我的电梯开上去了！”

“然后呢？”卡尔紧张地问道，因为这两个小伙子谁都不说话了。

“然后，”旁边电梯的司机说，“正巧领班经过，看到你电梯前的客人没人管，便勃然大怒。那时我马上跑过来，他问我，你在哪儿。我什么也不知道，因为你根本没有对我说你去哪儿。因此，他立刻往寝室打电话，让另一个司机马上来。”

“我还在通道里碰到你了呢。”代替卡尔的那个人说。卡尔点了点头。

“当然，”另一个小伙子郑重其事地说，“我已经说过，你请我替你值会儿班，但他能听得进这样的理由吗？你可能还不了解他。他让我们转告你，叫你马上到他的办公室去一趟。因此，不要再耽搁时间了，快去吧。也许他还会原谅你，你真的只是离开了两分钟。你尽可放心说，你是请我替你值班的。我劝你，关于你曾替我值班的事，你最好不要说。我不会有什么问题，因为我是得到允许的。不过，谈论这样一件事情，并把它与这件毫不相关的事掺和在一起，这总归不大好。”

“这是我第一次离开岗位。”卡尔说道。

“是这样的，只是没人相信。”那个小伙子说完便跑回到他的电梯那里，因为有客人来了。

代替卡尔的人，一个大约十四岁的少年，显然很同情卡尔。他说：“已经发生过许多类似的事了。在这种事情上，人们总是会原谅的。通常是调换个工作。据我所知，由于这种事情而被解雇的只有一个人。你一定要想个合情合理的理由。千万不要说你突然感觉不舒服，他会嘲笑你的。你就说，一位客人让你赶快去为另一位客人办件事，而你搞不清楚第一位客人是谁了，而第二位客人你又没能找到，这样说比较好。”

“嗯，”卡尔随便说道，“情况不会这么糟的。”但根据他听说过的各种事情，他相信这次不会再有好结果了。即使失职这件事得到谅解，寝室里还躺着鲁滨逊这个活罪证呢。从领班暴躁的性格来看，他很可能不会满足于只调查事情的表面，最终会把鲁滨逊找出来的。也许没有明令禁止把陌生人带到寝室里，但之所以没有，是因为不能禁止根本就不会发生的事情。

卡尔走进领班的办公室时，领班正坐着喝咖啡、吃早点。他喝一口咖啡，然后又看一份表格。门房总管也在场，这份表格显然是他带来的。门房总管是个高个子，他那件带有许多饰品的华丽制服——肩上和胳膊上挂满了金色链条和金色缎带——使他的肩膀显得更加宽阔。一撮亮闪闪的黑色小胡子，就像匈牙利人留的胡子似的，尖尖地高高翘起来；即使他很快摆动脑袋，他那撮小胡子也不会飘动。此外，由于衣服太重，所以，他活动笨拙，站立时为了平衡重量，两腿只能向两旁叉开。

卡尔没有敲门就匆匆地走了进来，在旅馆里他已经习惯这样做了。因为从容和慎重对个人来说是有礼貌的表现，但若是电梯司机这样，人们就会认为这是懒惰。另外，也不能让人在他一进门的时候就看出他有负疚感。领班瞥了一眼打开的门，就又回到他的咖啡和表格上来，并未理会卡尔。但门房总管觉得卡尔在这儿妨碍了他，兴许他有什么秘密事情要报告，或者要提什么请求。他死死低着头，而且一直恶狠狠地盯着卡尔，待到两人的目光相遇后——这显然实现了他的意图——他才又转向领班。卡尔觉得，既然他已经进来了，没有得到领班的命令就离开办公室，似乎不好。领班却继续研究着那份表格，时不时地咬一口点心，偶尔还把点心上的糖粉抖掉，但从不停止看表格。有一次，一张表格掉在地上，门房总管根本就没想去捡，因为他知道自己理不好，而且也没有这个必要了，卡尔已经把它捡起来，递给了领班。领班扬手一抓，仿佛它是自己从地上飞起来似的。这小小的效劳并没有起什么作用，因为门房总管还是恶狠狠地盯着他。

尽管如此，卡尔还是比先前镇静了。他的事对领班来说显得这么无关紧要，这也许是个好征兆。说到底，这也是可以理解的。当然，电梯司机不值一文，因此不许他们擅自行动；但是，也正因为他们不值一文，所以他们也做不出任何出轨的事情。这位领班毕竟在年轻的时候也做过电梯司机——现在这一代电梯司机还引以为豪呢——而且也正是他第一次把电梯司机组织起来的。他肯定也有过未经允许就离开岗位的时候，虽然现在没人强迫他回忆往事，但人们也不能忽视，恰恰因为他做过电梯司机，他才觉得自己的职责是，暂时用毫不容情的严厉手段维持这种状况。另外，卡尔希望时间快点过去。办公室的钟已经是六点一刻了。雷奈尔随时都可能回来，也许他已经回来了，因为鲁滨逊还没有回去，这一定引起了他的注意。此外，卡尔现在想起来了，德拉马歇和雷奈尔根本不可能待在离西方旅馆很远的地方，不然，鲁滨逊醉得这么厉害，是无法找到来这儿的路的。如果雷奈尔在自己床上发现了鲁滨逊，事情也一定会这样，那么一切都好了。雷奈尔是个很实际的人，尤其牵涉到自己的切身利益时；不管怎样，他都会立刻把鲁滨逊送出旅馆，这要比鲁滨逊自己恢复一点体力后，到旅馆前等德拉马歇来接他容易得多。如果鲁滨逊已经被送走的话，卡尔就会更加冷静地面对领班了，他也许还能逃过这次严厉的训斥呢。然后，他要和特蕾丝商量一下，是否把事情的真相告诉厨房总管——他觉得这方面没有任何障碍——如果一切顺利的话，这件事不会带来什么特别损失，而且很快就会过去的。

卡尔这样思考着，心里踏实了一些，开始偷偷地数夜晚得到的小费，感觉今天收获特别大。这时，领班把表格往桌子上一放，说了一句："请您再等一会儿，费奥多。"然后他灵活地跳起来，朝卡尔大声嚷着；卡尔起初吓坏了，只是呆呆地瞪着领班那个黑乎乎的大嘴洞。

"你未经允许就离开岗位。你知道这意味着什么吗？这意味着被解雇。我不想听任何理由，收起你那些骗人的借口吧。对我来说，你不在岗位上，这就足够了。如果我这次容忍，并原谅这件事，那么今后所有四十个电梯司机都会在上班的时候擅离岗位，我就只好让五千位客人自己爬楼梯了。"

卡尔没有说话。门房总管走过来，把卡尔有些起皱的衣服往下拉了拉。毫无疑问，他这样做是要领班特别注意卡尔的制服实在太不整洁了。

"你突然身体不舒服了？"领班狡黠地问道。

卡尔用审视的目光看看他，回答说："没有。"

"一次也没有不舒服过！"领班提高声音喊道，"那你一定是编了一个大谎。你有什么理由？说出来吧。"

"我以前不知道必须打电话请假。"卡尔说道。

"这真是滑稽。"领班说。他抓住卡尔的衣领，几乎是把他提了起来，然后带他到钉在墙上的电梯服务规则前面。门房总管也跟着他们走到墙边。"念念吧！"领班指着其中一条说道。卡尔以为领班要他默念。"大声念！"领班命令道。

卡尔没有大声念，他希望能让领班冷静一些，于是说道：

“我晓得这一段，我也有一份服务规则，并且也认真地读过了。但正是这样一项规定，因为从来不用，所以忘了。我已经干了两个月，从来没有离开过岗位。”

“因此你现在就可以离开岗位了？”领班说着就走到桌子前面，拿起那份表格，似乎想继续读下去，接着却又把它扔在桌子上，好像它成了毫无用处的破纸片；他的额头和脸颊涨得通红，他开始在房间里胡乱走动起来。“为了这样一个臭小子有必要这样吗！值夜班的时候还生这么大的气！”他激动地说了一遍又一遍。“您知道，这个卡尔离开电梯的时候，是谁想上去吗？”他转向门房总管问道。然后他说了一个名字。门房总管认识所有的客人，并且能说出每个客人的情况，但他听到这个名字后，深感不寒而栗。他瞥了卡尔一眼，似乎卡尔的存在证明了一个事实——叫那个名字的客人，在电梯司机走开后，肯定是白白地等了很长时间。

“太可怕了！”门房总管说，同时他内心极不平静，对着卡尔慢慢地摇了摇头。卡尔凄然地看着他，心想，即使从这个人的惊疑态度看，他也要遭殃了。

“我也认出你来了。”门房总管说着，伸出他那又粗又长的僵硬食指，“你是唯一一个不跟我打招呼的家伙。你有什么可骄傲的！经过门房的每个人都得跟我打招呼。至于对其他的门房人员，那随你的便，但我却要求你跟我打招呼。有时，我虽然装作毫不介意的样子，但是你要知道，我心里很清楚，谁跟我打招呼了，而谁没有。你这个小无赖！”接着，他转过身，昂首阔步地向领班走去。领班没有就他说的事发表意见，而是吃完他的早餐，浏览起侍者刚送进房间的一份晨报。

“门房总管先生，”卡尔说道，他想趁领班没有注意的时候和门房总管澄清这件事，因为他知道，门房总管的斥责可能不会给他带来伤害，但是其敌意态度会对他不利，“我肯定会跟您打招呼。我在美国待的时间还不长。我是从欧洲来的。众所周知，在欧洲，即使没有必要，人们也总是互相问候。这个习惯我当然还没完全去掉。两个月以前，我在纽约，偶然步入高层社交圈。人们总是劝我赶快取消我那过分的礼节。照他们的话来讲，我就不该问候您！但我每天都问候您好几次。当然，我不是每次看到您都问候，因为我每天都要上百次从您面前走过呢。”

“你每次都得问候我，每一次，不能有一回例外。你每次跟我说话的时候，都必须自始至终把帽子拿在手上，必须称呼我‘门房总管’，不许说‘您’，每一次都要这样。”

“每一次？”卡尔重复道，声音很轻，又像是在反问。现在他想起来了，自从他来到这里，门房总管就总是用严厉的、带强烈谴责的目光看着他，而且从第一天早晨就开始了。那天早晨，他还没有完全适应侍从地位，毫无顾忌、随随便便而且迫不及待地逼问这个门房总管，是否有两个人打听过他并给他留下了一张照片。

“现在你看看，这种不礼貌的行为导致了什么后果。”门房总管说着便又走近卡尔，然后指了指仍在看表格的领班，似乎领班是他复仇的代言人，“在你以后的工作岗位上，你就懂得随时问候门房总管了，哪怕是在下等酒吧间里。”

卡尔终于明白了，其实，他已经失去了自己的职位。因为领班已经说过这个决定，门房总管只是把它作为既成事实重复了一遍而已。旅馆管理部门为一个电梯司机开具解雇证明，这似乎没有必要。事情发生得比他想象的快得多，因为他毕竟尽忠尽职地工作了两个月，而且肯定比其他人还卖力。可是，在世界的任何一个地方，欧洲也好，美国也好，在关键时候，显然不会考虑这种因素；一件事往往是一个人开始大发雷霆的时候随口做出判断而决定下来的。也许现在最好是马上告辞，然后就走。厨房总管和特蕾丝可能还在睡觉，要是向她们告别，至少避免不了会看到她们对其行为感到失望和悲伤的样子，因此，他还是写信与她们告别为好；他最好赶快收拾箱子，偷偷离开。如果他再待一天，他当然可以睡一小会儿，但是这样的话，等待他的只能是获悉他的事被夸大成一件丑闻，只能是遭到来自四面八方的谴责，只能是看到特蕾丝，或许还有厨房总管泪流满面、令人难以忍受的样子，也许还会遭受严厉惩罚。另一方面，他感到困惑不解的是，他在这儿面对着两个敌人，他说的每一句话不是被这个就是被那个大加指责，说成胡言乱语。因此，他默不作声，享受房间里暂时的宁静——领班还在看报纸，门房总管在按照页码整理那份散了一桌的表格，很明显，由于眼睛近视，所以他做这件事很吃力。

终于，领班打了个哈欠，放下报纸，瞥了卡尔一眼，看看他是否还在。然后，他摇了摇桌子上的电话机手柄，喊了好几声“喂！”却没有人接电话。“没人接。”他对门房总管说。卡尔觉得，门房总管在兴致勃勃地看领班打电话。门房总管说：“现在已经五点三刻了。她肯定醒了，您再使劲摇摇铃。”这时，没等领班再摇铃，电话铃响了。“我是领班伊斯巴利。”领班说道，“早上好，厨房总管夫人，我的电话没有吵醒您吧？非常抱歉。是的，是的，现在已经五点三刻了。真是很抱歉，把您吓了一跳。您睡觉时该把电话拔掉。不，不，实际上不是为了我而打搅您，而是一件小事，我想和您谈谈。我当然有时间，没关系。若您可以，我就在电话机旁等候。”

“她一定是穿着睡衣跑到电话机前的。”领班微笑着对门房总管说，后者自始至终神情紧张地弯腰对着电话机，“我真的把她给吵醒了，一向是那个为她打字的小女孩叫醒她的。小女孩今天一定是忘了。我很抱歉，把她吓着了。她很紧张。”

“为什么她不说下去？”

“她要去看看那个女孩是怎么回事。”领班一边回答一边拿起听筒，因为电话铃又响了。“会找到她的，”他对着电话说，“您不能为一切事都这么惊慌。您确实需要好好休息。是这样，我有个小问题，有个电梯司机名叫——”他转向卡尔，询问性看着他，卡尔一直在留心听着，因此，他马上告诉了领班他的名字——“名叫卡尔·罗斯曼。如果我没记错的话，您挺关心他的。可惜，他用坏事回报您的好心。他未经允许擅自离开工作岗位，给我带来了严重的、现在还无法估计的麻烦，因此，我刚才解雇了他。我希望，您不要把这事看得太严重。您觉得怎样？解雇了，是的，解雇了。但我已经跟您说了，他擅自离开工作岗位。不，我真的不能听您的，亲爱的厨房总管夫人，这关系到我的威信问题。如果许多事情都如同儿戏，那么，这样一个人就会毁了整个的一群人。对电梯司机要特别当心。不行，不行，这件事上我不能帮您忙，尽管我总是愿意为您效劳。如果我不顾一切让他留下来，那么，除了我自找气生，没别的目的了；为了您的缘故，是的，为了您的缘故，厨房总管夫人，他不能待在这儿。您非常关心他，而他根本就不值得您关心。正因为我不仅了解他，而且也了解您，我才清楚地知道，他会使您大失所望的。不管怎样，我要让您避免这种失望。虽然这个顽固不化的小子就站在我面前几步远，我还是开诚布公地道出这一切。他被解雇了；不，不，厨房总管夫人，他完全被解雇了；不，不，不会给他调换工作，他毫无用处了。此外，还有人对他不满呢，比方说门房总管，是的，什么？费奥多，是的，费奥多抱怨他没有礼貌，还说他混账。什么，这还不够？亲爱的厨房总管夫人，为了这小子，您违背了自己的个性。不，您不能逼我。”

此时，门房总管弯腰对领班耳语了一阵。起先领班惊讶地看了看他，然后语速飞快地朝电话机里讲起来，以至于卡尔开始时听不太懂，于是他踮起脚走近了两步。

“亲爱的厨房总管夫人，”他说，“老实说，我都不敢相信，您识别人的能力太差了。刚才我听到一些关于您的天使少年的传闻，这会彻底改变您对他的看法的。非常遗憾，偏偏是我对您说这些。这位被您称作典范的优秀少年，每次都不会白白度过轮休的夜晚，他总要到城里去，第二天早晨才回来。是的，是的，厨房总管夫人，有目击者可以做证，而且是无可指摘的目击者。您能告诉我他用来玩乐的钱是从哪儿来的吗？他怎么可能对他的工作兢兢业业呢？您是否还想让我给您描述一下，他在城里都干了些什么？我要赶快甩掉这小子。我也请您把这作为警钟，对这类来路不明的家伙要多加防备。”

“但是，领班先生，”卡尔叫道，看来这方面出现的误会反而使他轻松起来，也许会使不利情况出人意料地好转过来，“一定是搞错了。我想，一定是门房总管先生告诉您，说我每天晚上都出去。绝对不是这么回事。相反，我每天晚上都在寝室里，这一点所有的电梯司机都可以证明。不睡觉的时候，我学习商务文书。但是，没有一个晚上我不在寝室里。这很容易证明。门房总管先生显然把我和另一个人搞混了。我现在才知道，为什么他会认为我不问候他。”

“你快闭嘴。”门房总管叫道，同时挥挥拳头，而在这种情况下，别人最多是晃晃手指，“你竟然说我把你和另一个人搞混了！如果我把人都搞错的话，我就不能再当门房总管了。您听着，伊斯巴利先生，那样的话，是啊，如果我把人都搞错的话，我就不能再当门房总管了。我干了三十年，还没有发生过搞错人的事呢。自从有了领班先生以来，先后好几百位领班都可以为我做证。但是到了你这儿，你这可恶的小崽子，我竟开始搞错人了。你那张光溜溜的脸，多么寻乎异常，哪里会认错呢！你一定是每天晚上趁我不注意的时候溜到城里去，从你那副面孔我就可以断定，你是一个不折不扣的流氓。”

“别说了，费奥多！”领班说道。他和厨房总管夫人的电话谈话似乎中断了。“这件事非常简单。他晚上的玩乐并不是最重要的。他想在他滚走之前还让我们大动干戈调查一下他晚上都干了些什么呢。可以想象，这样做正中他下怀。那样的话，也许要把四十个电梯司机都叫来，作为证人审问一番。当然，他们都会把他搞错。因此，为了确证，还得把所有人员都叫来，这样，整个旅馆业务自然也就要一时停顿下来。如果最终他还是要被开除，他至少拿大家开了个玩笑。所以，我们最好不要这么做。厨房总管夫人这位好心的女士被他捉弄了，这已经够了。我什么也不想再听了。由于你渎职，应该立即解雇你。我给出纳开张支付通知，你的工资发到今天。顺便说一声，就你这种行为，这实在是——我们只是私下说说——白白送你的，这还是我看在厨房总管夫人的面子上呢。”

电话铃响了。这使领班不能马上在支付通知上签字。他刚听几句话就喊道：“这些电梯司机今天净给我找麻烦。”过了一会儿他又叫道：“真是闻所未闻！”然后，他转向门房总管，说：“费奥多，请抓住这小子，我们还有话要和他谈。”然后，他朝电话里发出命令：“立刻上来！”

门房总管这下子总算可以发泄一下了，他说那席话的时候就想这么做，但没成功。他紧紧抓住卡尔的上臂，但不是安稳地抓着，如果是那样，毕竟还能忍受；他先是放松一下，然后猛地用力握，他身强力壮，力气好像用不完似的，就这样反反复复，使卡尔痛得眼前发黑。另外，他不是单单抓着卡尔，而是似乎得到命令，同时要让他挺直身子，还时不时地把他拎起来，摇撼着，一面像是发问，不断对领班说："现在我是不是把他认错了，现在我是不是把他认错了。"

电梯司机的头儿，那个常常吼叫不停的名叫贝斯的胖小伙子走进来，把门房总管的一些注意力转移过去了，这对卡尔来说，简直是一种解脱。卡尔太疲乏了，当他惊讶地看到，特蕾丝在贝斯身后悄悄地跟进来时，几乎无力打招呼。特蕾丝面色苍白，衣着不整，头发蓬乱。眨眼间，她来到他身边，悄悄说："厨房总管知道这件事了吗？"

"领班打电话告诉她了。"卡尔回答。

"那就好，那就好。"她很快说道，一双眼睛显得异常活跃。

"不。"卡尔说，"你不知道，他们为什么对我这么不满。我只好走了，这一点连厨房总管都被说服了。请别待在这儿，你去吧，我会向你告别的。"

"但是，罗斯曼，你究竟在想些什么呀。只要你愿意，你会好好待在我们这儿的。领班会按照厨房总管的意愿做的，他爱她，我也是最近才知道这个秘密的。你尽管放心。"

"特蕾丝，请你走吧。你在这儿，我没法很好进行自我辩护。我必须好好为自己辩护，因为有人造我的谣。我越是留心，越是为自己辩解，我留下来的希望就越大。因此，特蕾丝——"可惜一阵突然的疼痛使他只好小声地说，"门房总管放开我该有多好！我根本不知道他是我的仇敌。他总是一会儿捏我，一会儿把我拎起来！”“我为什么要说这些！”他马上心里又这样想，“没有一个女人听到这些事情之后还能保持冷静。”卡尔还没来得及用他另一只手阻止特蕾丝，她已转向门房总管，说：“门房总管先生，请您马上放开罗斯曼，您弄痛他了。厨房总管夫人马上就会亲自驾到，到时就会搞清楚，他是无辜的。您放开他！您折磨他，对您又有什么可开心的呢！”她甚至去抓门房总管的手。“命令，小姑娘，这是命令。”门房总管边说边用闲着的那只手把特蕾丝拉到自己身边来，同时用另一只手死命地捏着卡尔，仿佛不仅要弄痛他，而且要利用捏在自己手中的这只胳膊达到一个长久以来没有达到的特殊目的。

特蕾丝为了挣脱门房总管的拥抱着实费了些时间。领班还在听贝斯唠唠叨叨地讲话。特蕾丝正想到他那儿为卡尔说理，这时，厨房总管快步走了进来。

“谢天谢地！”特蕾丝叫道。在这一刹那，除了这句话在房间里回响，别人的声音都听不见了。

“您亲自来了，厨房总管夫人！就为了这件小事？我们通过电话之后，我就猜想您要来，但我其实不相信您真的会来。您这一来，被保护人的事情就变得越来越严重了。我真担心，我实际上不必开除他，而应让人把他关押起来。您自己听听吧。”他挥手让贝斯过来。

“我想先和罗斯曼说几句话。”厨房总管说。在领班一再劝请下，她坐在一张沙发椅上。

“卡尔，请你走近一点儿。”她说。卡尔走近了几步，或者说，他是被门房总管拎近了几步。“您放开他，”厨房总管生气地说，“他不是杀人抢劫犯！”门房总管松开了他，松手之前还使劲地捏了他一下，由于用劲太大，自己的眼泪都快挤出来了。

“卡尔，”厨房总管说，她把双手安安稳稳地放在怀里，脸朝向卡尔，看着他——这压根儿就不像是审问——“首先我要告诉你，我还是完全信任你的。领班先生也是个讲公正的人，这我可以担保。我们两个都想让你留下来。”——她瞥了领班一眼，仿佛在请求他不要插话。事实上领班也没有插话。“忘掉他们先前对你说的话吧。尤其是门房总管对你说的话，你不要看得太重。虽说他是一个爱激动的人，做他这种工作这并不奇怪，但他也有妻子和孩子，他知道，不能折磨一个独自谋生的孩子，而是应该更多地照顾他。”

房间里寂静无声。门房总管看着领班，要求解释一下厨房总管的话，领班看着厨房总管，摇了摇头。电梯司机贝斯在领班背后无缘无故地冷笑着。特蕾丝由于高兴，同时也由于悲伤而抽抽噎噎的，但她尽量抑制自己，不让别人听到。

但卡尔没有看着厨房总管，虽然这会被人看成没有礼貌；厨房总管当然希望他看着她，可他一直盯着脚下的地板。他胳膊上的疼痛感向全身扩散着，衬衫牢牢地贴在伤痕上；他其实真想脱掉外衣，查看一下伤势。厨房总管所说的话当然非常亲切，但不幸的是，他觉得，厨房总管的行为举止似乎更加表明他不值得领受别人的善心善意，而他却白白地蒙受厨房总管的关照达两个月之久，是啊，除了落到门房总管之手外，他还能得到什么呢？

“我说这些，”厨房总管继续说道，“是为了让你该怎么回答就怎么回答。你还做了些什么，出乎我对你的了解呢？”

“请问，我可以去叫医生吗，那个人会流血死掉的。”电梯司机贝斯突然插话说，他虽有礼貌，但够打扰人的。

“去吧。”领班对贝斯说，贝斯拔腿就走。领班接着对厨房总管说：“事情是这样的。门房总管并不是为了好玩才抓住这小子。楼下，电梯司机的寝室里，人们在一张床上发现了一个喝得烂醉、盖得严严实实的陌生人。当然，人们把他弄醒了，并要把他赶走。但这个人却开始大吵大闹，一直叫喊，说寝室的主人是卡尔·罗斯曼，而他是卡尔的客人，是卡尔把他带到那儿去的，谁胆敢碰他一下，卡尔定会惩罚谁。他还说，他必须等卡尔回来，因为卡尔答应给他钱，而且去取了。请您注意，厨房总管夫人：答应给钱，而且去取了。你也听着，罗斯曼。”领班顺便对卡尔说。卡尔正好转向特蕾丝，而特蕾丝目瞪口呆地看着领班，一再地把一缕头发掠到耳后，或者只是无意识地做着这个动作。“也许我可以提醒你注意某些事情。楼下那个人还说，等你回来后，你们两个准备深夜去拜访某位女歌手，女歌手的名字当然谁也听不懂，因为那个人只有通过唱才能说出那个名字来。”

说到这儿，领班停住了，因为厨房总管的面色明显变得苍白了。她从沙发椅上站起来，并把椅子往后推了推。

“我不往下说了，省得您难受。”领班说道。

“不，不，请您说下去，”厨房总管说着抓住他的手，“您尽管说下去吧，我要听完，我也正是为了这个才来这儿的。”

门房总管走上前，响亮地拍着胸脯，以此表示他一开始就看透了一切。领班马上说了一句：“您完全正确，费奥多！”这才使他镇静下来，并退了回去。

“再没什么可说的了。”领班说，“就像小伙子们所干的，他们先是把那个人嘲笑了一番，然后又和他争吵起来，那儿总归有优秀拳击手，他们三拳两脚便把他打倒在地上。我压根儿就没敢问他什么地方出了血，伤口又有多少，因为这些小伙子都是些可怕的拳击手，一个醉鬼对他们来说简直是小菜一碟！”

“原来是这样。”厨房总管说道。她扶着沙发椅的靠背，看了看刚刚离开的座位。“所以，你倒是说句话呀，罗斯曼！”她接着说。特蕾丝从自己站的位置跑到厨房总管身边，挽起她的胳膊，卡尔还从来没见过她这样做呢。领班紧紧站在厨房总管身后，慢慢抚平她那微微卷起的朴素的小尖衣领。站在卡尔身边的门房总管说：“行吗！”他说这话是要让人看看，他朝卡尔背上给了一拳。

“是这么回事，”卡尔说，由于那一拳，他的口气不像他预先想象的那样肯定了，“是我把那个人带到寝室的。”

“我们不想知道更多的东西了。”门房总管以大家的名义说道。厨房总管一声不吭，先是转向领班，然后又转向特蕾丝。

“我这是没有法子，”卡尔继续说道，“那个人是我以前的一个伙伴，我们两个月没有见面了，他到这儿来看望我，但已喝得烂醉，一个人没法走了。”

领班在厨房总管身边低声细语说：“他来看望，此后喝得烂醉，不能走了。”厨房总管扭过头来对领班耳语了一阵，领班露出显然与此事无关的微笑，似乎表示异议。特蕾丝——卡尔唯独看着她——无能为力，把脸贴在厨房总管身上，什么也不想再看了。唯一对卡尔的解释表示满意的是门房总管，他几次重复说：“说得对，必须帮助自己的酒肉朋友。”他还试着用目光和手势使在场的每个人都对他的解释产生深刻印象。

“我是有责任的。”卡尔说，他停顿了一下，似乎在等那些审判官对他讲句友好的话，使他有勇气继续辩解下去，但谁也没有说，“我的责任只是，我把那个人带到寝室里去了，他叫鲁滨逊，是爱尔兰人。他说的其他话，是喝醉酒说的，都不对。”

“你没答应给他钱吗？”领班问道。

“我答应过。”卡尔说。很遗憾，他不加思考，心不在焉，把这点忘了，竟然用肯定的言辞，说自己无辜。“我答应过给他钱，因为他向我要了，但我没想去取，而是想把我今天夜里挣到的小费给他。”为了证明这一点，他从口袋里掏出几枚硬币，放在展平的手掌上，让大家看。

“你还这么顽固。”领班说道，“谁要相信你，谁就得忘掉你先前说过的话。首先你把那个人——我不相信你说他叫鲁滨逊这个名字，自从有爱尔兰以来，就没有一个爱尔兰人叫这种名字——首先，你只是把他带到寝室里，单单你一个人就能一下子把他弄过去吗？开始时你说没有答应给他钱，可是，当人们突然问起你的时候，你又说答应过。我们不是在做问答游戏，而是想听你的辩解。开始时你不想去取钱，而是想把今天的小费给他，但你又让大家看，这笔钱还在你身上。因此很明显，你是想去取另一笔钱，这也可以说明你为什么很长时间都不在岗位上。其次，如果你想把箱子里的钱拿来给他，这也没什么特别的；而你却竭力否认，这当然就有点特别了。同样，不管你怎么想隐瞒，你都是在这儿，在旅馆里才把这个人灌醉的。这一点毋庸置疑，因为你自己承认，他是一个人来的，却不能一个人离开了；他自己也在寝室里四处叫嚷，说他是你的客人。现在只有两件事还有疑问。如果你想使事情简单化，你自己是可以回答的；不过，即使你不协助，问题也可以弄清楚：第一，你是怎样设法进入储藏室的？第二，你是怎样积攒那笔要送人的钱的？”

“若别人心无善意，你无论如何也没法为自己辩护。”卡尔自言自语道。他不再回答领班的问题，尽管特蕾丝为此非常难过。他明白，他所能说的话，到后来全都变了样，不是他所指的意思了；他也知道，是好是坏，只能看他们怎么评判了。

“他不回答。”厨房总管说。

“这是他所能采取的最理智的办法。”领班说道。

“看他还会想出什么花招。”门房总管说，同时他用先前是那么残忍的手小心翼翼地捋着他的小胡子。

“安静点，”厨房总管对特蕾丝说，因为特蕾丝在她身边开始啜泣起来，“你也看到了，他不回答问题，我还怎么帮他呢？到最后，在领班面前，我倒不公正了。你说说，特蕾丝，照你看来，我还有什么没为他做吗？”特蕾丝怎么会知道呢？厨房总管公开向一个小女孩提出这样的问题和请求，在两位先生面前也难免大失尊严，但这又有什么用呢？

“厨房总管夫人，”卡尔又一次振作起来说道，但他这样做没有别的目的，只是为了让特蕾丝避免回答，“我不认为，我使您蒙受什么羞耻；仔细调查之后，别人也会这样认为的。”

“别人，”门房总管说着，指了指领班，“这是针对您的，伊斯巴利先生。”

“好了，厨房总管夫人，”领班说，“已经六点半了，早到时候了。我想，对这件事已经做出了宽大处理，您最好还是让我最后说几句吧。”

小贾科莫进来了。他本想朝卡尔走去，但被笼罩整个房间的沉寂气氛吓住了。于是他停下脚步，等候着。

卡尔说完最后一句话后，厨房总管的目光就再也没有离开过他；也没有什么迹象可以说明她听见了领班说的话。她全神贯注地凝视着卡尔，她的眼睛大大的，呈蓝色，但由于年龄和过度操劳而显得少了几分神采。她那样站着，轻轻摇着前面的椅子。看到这幅情景，人们可能会认为，她马上要说这样的话：“卡尔，我觉得，事情还没有搞清楚。你说得对，还需要仔细调查一下。不管别人是否同意，我们现在都要进行调查，因为事情必须公正。”

然而，厨房总管并没有这样说，而是沉默了一会儿——没有人敢打破这短暂的沉默，只有钟敲响了六点半，好像是在证明领班的话。随着这座钟的敲响，人人都知道，整个旅馆所有的钟都会同时敲起来。钟声在人的耳边响起，也在人的预感中响起，如同两次打搅人们焦躁不安的心绪。——厨房总管说："不，卡尔，不，不！我们不想劝自己进行调查。公正的事情也会有它特殊的表现形式，我必须承认，你这件事却没有。我可以这么说，也必须这么说；我必须承认这一点，因为我是带着最大的偏见为你到这儿来的。你看，特蕾丝也安静了。"（但她并没有安静，而是在大声哭泣着。）

厨房总管稍一停顿，突然做出决定，说："卡尔，你过来。"当他走到她面前时——在他的背后，领班和门房总管立刻凑到一块活跃地谈起话来——她左手拉住他，和他走到房间深处，特蕾丝下意识地跟在后面。厨房总管和他们两个来来回回地走了好几趟，边走边说："你说的是可能的，卡尔，你看来还是可以信任的。否则的话，我就无法理解，为什么你说把各个细节调查一下，会发现你是对的。那为什么不调查一下呢？事实上也许你问候了门房总管。我甚至坚信这一点，我也知道自己对门房总管有什么样的看法。你看，我甚至现在还对你这么开诚布公。但是，这类小小的辩解于事无补。这些年来，我赏识领班鉴别人的能力，我非常了解他，他是最可靠的人。他明明白白地说是你的责任，我觉得，这当然是无法辩驳的。也许你未经思考就那样做了；但也许你不是我以前认为的那种人。可是，"她一时停了下来，瞥了一眼身后那两位先生，"我还是不会改变我的看法，仍然把你看作本质上十分正派的年轻人。"

"厨房总管夫人！厨房总管夫人！"领班偶然和她的目光相遇了，于是催促道。

“我们马上就好。”厨房总管说。然后她赶快劝说卡尔：“听着，卡尔，综观此事，我很高兴领班不想做调查了。要是他想调查，我是一定会为你的利益而阻止他的。不能让人知道，你是怎么样和用什么招待那个人的。再说，他也不可能像你所说的，是你以前的一个伙伴，因为分别时，你和他们还大吵了一架，你现在不可能再招待他们中的任何一个。所以，那个人也许只是你的一个熟人，是你在某个夜晚、在城里的某家酒店轻率结交的。卡尔，你怎么能对我隐瞒这些事呢？如果你觉得在寝室里不能忍受，才开始在夜里寻欢作乐，那你为什么不说一声呢？你知道，我本来就想给你一个人搞个房间，由于你的请求我才放弃了。现在看来，你更喜欢公共寝室，因为你在那儿更无拘无束。你的钱都存在我这儿，你的小费也是每星期都拿到我这儿来。天哪！孩子，你用来玩乐的钱都是从哪儿来的？现在你又想从哪儿给你的朋友取钱呢？这些事情，我至少现在不能告诉领班，否则，一场调查就不可避免了。因此，你必须离开旅馆，而且要尽快。你直接去布莱纳膳宿公寓——你和特蕾丝多次去过那儿——凭这个介绍不用花钱，他们就会接收你——”厨房总管从上衣口袋抽出一支烫金铅笔，在一张名片上写了几行字，但她并没有停止说话——“你的箱子我马上给你送来。特蕾丝，去电梯司机的衣帽间给他装箱子！”（但是特蕾丝一动未动，她在忍受了这一切痛苦之后，想亲眼看到卡尔的事情凭借厨房总管的好心帮助，向好的方向发展。）

有人打开一条门缝，但没有露脸就马上又把门关上了。一定是找贾科莫的，因为他走上前来，说："罗斯曼，我有些事情要转告你。"

"马上好。"厨房总管边说边把名片塞到卡尔的口袋里。卡尔低着头细心听她说话。"你的钱我暂时替你保管着，你也知道，你完全可以把钱托付给我。你今天就在屋里待着，想想你的事情，明天——今天我没有时间，而且我在这儿待的时间太长了——我去布莱纳膳宿公寓，看看我们还可以为你做些什么。我不会丢下你不管的，对于这一点你今天应该清楚。你不必为你的将来担心，还是想想你近来的所作所为吧。"说完，她轻轻地拍拍他的肩膀，向领班走去。卡尔抬起头，看着这个高大魁梧的女人神态自若地离他而去。

"一切都会有个好结局，"留在卡尔身边的特蕾丝说，"你一点儿也不高兴吗？"

"哦，高兴。"卡尔微笑着对她说，但是他实在搞不懂，人家把他当贼似的打发走，为什么还要他高兴呢？特蕾丝的眼睛闪烁着十分欢乐的光芒，似乎不管卡尔是否做了坏事，是否受到公正的评判，只要放他走，屈辱也罢，光荣也罢，她都无所谓。特蕾丝之所以采取这种态度，是因为她在自己的事情上也非常尴尬。几个星期以来，厨房总管说过的一句含含糊糊的话，一直盘旋在她的脑海里。卡尔故意问她："你马上去帮我装箱送走吗？"他又不得不违背意愿，惊诧地摇摇头，因为特蕾丝似乎马上领悟了这个问题的实质，更加坚信箱子里一定有什么见不得人的东西。于是，她没看卡尔一眼，也没和他握手，只是悄悄地说："当然了，卡尔，马上，我马上就去装箱子。”说着她就跑了。

贾科莫心神不安地等了很长时间，现在再也不能忍受了，大声喊道：“罗斯曼，那个人在下面过道里遍地打滚，就是不让别人把他弄走。他们想叫人把他送进医院，但他反对，并说，你决不会容忍他去医院。应该叫辆车把他送回家，车钱应由你付，愿意吗？”

“这个人倒是信任你。”领班说。卡尔耸了耸肩，往贾科莫手里数钱。“多了我也没有。”他数完时说。

“我还要问问，你想一起去吗？”贾科莫问，同时把手中的钱拨弄得叮当作响。

“他不去。”厨房总管说。

“好了，罗斯曼，”领班还没等贾科莫走出去就说道，“你现在被解雇了。”

门房总管频频点头，好像刚才的话是他说出来的，领班只不过是跟着他说而已。

“解雇你的原因我不会公布，不然，我只好叫人把你关押起来。”

门房总管极其严厉地看了看厨房总管，因为他知道，正是因为她，领班才做出了这种过分宽大的处理。

“现在你去找贝斯，换下你的制服，把它交给贝斯。马上离开，我是说马上离开这所房子。”

厨房总管闭上眼睛，想以此使卡尔平静下来。当卡尔鞠躬告别时，他看到，领班偷偷抓住了厨房总管的手，抚弄着。门房总管迈着沉重的步子陪卡尔走到门口，不让卡尔关门，而是自己把着门朝他叫道：“十五秒钟后要让我在大门口看到你，记住！”

卡尔想尽快赶在这个时间前面，省得在大门口找麻烦。但是，一切进行得比他想象的慢多了。他先是找不到贝斯，现在是早饭时间，到处都是人；然后是一个人借了他的旧裤子，他要找到它，就必须翻遍所有床边的衣架。就这样，当他来到大门口的时候，时间已经超过了五分钟。正好在他前面，一位女士走在四位男士中间。他们向一辆大型汽车走去，汽车显然是在等他们，一名男仆正右手把着敞开的车门，空闲的左臂僵直地向一旁平举着等候呢。这一切看上去十分隆重。卡尔想跟在这群体面人物身后偷偷走出去，但他的希望落空了。门房总管突然一把抓住他的手，把他从两位男士中间拽出来，并向那两位男士连声道歉。

“跟你说过是十五秒钟。”他说话时从侧面看着卡尔，就像在观察一座走得不准的钟。然后，他说：“到这儿来。”他带卡尔去了宽敞的门房；卡尔早就想看看这间门房，但是现在他却满腹狐疑地被门房总管推着走进去。他已经站在门边了，却又转过身，试图推开门房总管，离开这里。

“不，不，进去。”门房总管说着又把卡尔扭转过身。

“我已经被解雇了。”卡尔说，意思是旅馆里再没有人可以命令他了。

“只要我还抓着你，你就没有被解雇。”门房总管说，他的话当然也对。

卡尔毕竟找不出理由说明他为什么要反抗门房总管。说到底，人家还能把他怎么样呢？此外，门房四壁都是由大块玻璃组成的，通过玻璃，他可以清清楚楚看到大厅里熙来攘往的人流，仿佛是身在其中。是啊，在整个门房里似乎没有一个角落可以隐匿起来，不让人看见。外面的人看上去行色匆匆，有的伸着胳膊，有的低着头，有的双眼四下张望着，有的高举着行李，无不寻找着自己的路；尽管如此，经过门房的时候，几乎没有一个人不向里面看一眼，因为玻璃后面经常挂着各种通知和告示，它们不仅对旅客，而且对旅馆人员都很重要。此外，门房和大厅之间还有着直接联系，因为在两扇巨大的移动玻璃窗旁边坐着两位门房助理。他们不停地忙碌着，回答有关各种事情的问题。他们的负担太重了，而卡尔以自己对门房总管的了解，敢断言他在自己的职业生涯中肯定是绕过了这种工作。在窗户的开口处，就是说在这两个回答问讯的门房助理面前——在外面简直不能想象——一直是至少挤着十张面孔争相提问。十个人不断调换，乱七八糟讲着不同的语言，似乎他们都是从不同国家来的。有几个人总是同时提问，其他人又在互相交谈着。大多数人是想从门房里取什么东西，或者交给门房一些什么东西，因此，人们总是可以看到，拥挤的人群中高高举起的一只只手不耐烦地挥动着。有一次，一个人要一张报纸，报纸在空中突然铺展开，刹那间，把所有人的脸都蒙住了。这两个门房助理不得不忍受这一切。他们单单讲话还不足以完成任务。他们一直喋喋不休，特别是那个长着络腮胡子、面容忧郁的人，更是一刻不停地回答着每一个问题。他不停在桌子上忙着什么，但他既不看桌面，也不看任何提问者的脸，而只是呆呆地看着前方，显然是为了节省和积蓄体力。此外，他的胡子使他说出来的话有些含混不清，卡尔在他身边站了一会儿，就没听懂几句，尽管他讲的可能是带英语腔调的其他语言。还有，有时真叫人莫明其妙，他回答完一个问题，紧接着就转入下一个问题，前一个提问的人还在紧张地、仔细地听着，因为他认为在说的还是他的事情，过了一会儿才发现不对头，原来他的问题早已回答完了。提问的人还必须注意：门房助理从来不请他们把问题重复一遍，不管问题表达得清楚还是不清楚，门房助理只要略微摇摇头——不注意是觉察不出来的——就表明他根本不打算回答这个问题；搞清楚自己的错误，把问题表达清楚，这是提问者的事。正因为如此，有些人在窗口白白地逗留了很长时间。为了辅助门房助理的工作，旅馆给他们每个人都派了一个跑腿的小帮手。这些人跑来跑去，从书架上或各种不同的箱子里拿来门房助理恰好需要的东西。这份工作的报酬最优厚，虽说它在旅馆里是年轻人干得最辛苦的工作；从某种意义上讲，这份工作比门房助理的工作烦琐得多，因为门房助理只需略微思考一下，解答问题就行了，而这些跑腿的必须在思考的同时，还要跑腿。要是他们有时拿错了东西，门房助理在百忙之中当然不可能再耽误时间来教训他们，而是把他们放在桌子上的东西猛地扔到地上。最有趣的是门房助理换班。卡尔走进门房不久正好碰上他们换班。当然，班是要经常换的，至少是在白天，因为几乎没有一个人能够在窗口忍耐一个多小时。到了换班的时候，铃声响起，同时从侧门走出两个轮到值班的门房助理，每人身后都跟着一个跑腿的。他们先站在窗口，什么也不干，观察一会儿外面的人，了解清楚眼下的问题回答到了什么程度。如果他们觉得该上场了，他们就拍拍即将换下的门房助理的肩膀，下岗的门房助理虽说先前未理会身后发生的事，但立刻就领悟到要换班了，于是便一闪让出座位。整个过程进行得很快，常常使外面的人感到突如其来，被突然出现在他们面前的新面孔吓一大跳。那两个下了班的人伸伸腰，然后就着两个备好的洗脸盆用水冲冲昏热的头。那两个下了班的跑腿的却不能立刻舒展舒展身子休息，他们还得花点时间捡起上班时被扔在地上的东西并放到原先的地方。

在短短一会儿时间内，卡尔聚精会神，把这一切看了个透。他感到有些头痛，静静地跟着门房总管往前走。显然，门房总管也注意到，这种问答方式给卡尔留下了深刻印象；他突然抓住卡尔的手说："你看到了吧，这里就是这样工作的。"当然，卡尔在这旅馆里还没有偷过懒，但他并不知道竟然还有这样苦的活；他这时几乎忘了门房总管是他的头号仇敌，看看对方，默默地点点头，而且表示非常钦佩。但是，门房总管又觉得这是过高评价门房助理，也许还意味着对他本人的无礼藐视；他好像是在捉弄卡尔，于是毫不顾忌别人是否听见，喊道："这儿的工作自然是整个旅馆里最简单愚蠢的；如果在旁边听上一个小时，谁都会对提出的许多问题了如指掌，其余的可以避而不答。要是你不捣蛋，有教养，要是你不撒谎，不放荡，不喝酒，不偷东西，我也许可以安排你在这样的窗口工作，因为我只需要笨蛋来干这种工作。"

卡尔全然不理会针对他的谩骂；他感到极为愤慨的是，门房助理的真诚而又繁重的工作非但没有受到称赞，反而遭到嘲笑，而且还是被这样一个人嘲笑，这个人要是坐在这样的窗口工作，可以肯定，不消几分钟，就会在所有提问者的哗然大笑下迫不得已地退下去。

“放开我，”卡尔说，他不再对门房感到好奇了，“我再不想和您有任何关系了。”

“要走还不行呢。”门房总管说着便用力握住卡尔的胳膊，使他动弹不得。他简直是硬把卡尔拎到了门房的另一头。外面的人看不到门房总管的这种强迫行为吗？假若他们看到了，却没有一个人对此加以指摘，也没有一个人至少可以敲敲窗玻璃，告诉门房总管，人们在注意他了，他不能这样随意对待卡尔，那么，他们对这种强迫行为有何感想呢？

但不久，卡尔也不再抱希望了；从大厅里他是得不到帮助的，因为门房总管抓住一根绳子，很快拉上了严严实实遮住门房一半玻璃的黑色窗帘。其实，在门房的这一边也有人，但是他们都全力以赴低头工作，对和他们的工作毫不相关的事一概不闻不问。再说，他们都掌握在门房总管手中，因此，他们不会帮助卡尔，而是协助门房总管，不管他想做什么，他们都会帮他隐瞒起来的。比方说吧，在六部电话机旁坐着六个门房助理。人们很快就会发现，他们的工作方式是这样的：一个人只接电话，他旁边的人把记录下来的任务用电话传达下去。这些电话机都是最新式的，不需要电话亭，因为电话铃声不比蟋蟀的叫声大。对准话筒轻轻说话，声音经特殊的电子放大器传到另一头，会变得雷鸣般响。因此，人们几乎听不到那三个在电话机旁的人的说话声，总以为他们喃喃自语，正在听筒里“注视”一件事情的经过；另外三人则像是被向自己袭来而周围的人无法听到的噪声震聋了。他们把头垂在记录纸上，将听到的记下来，这就是他们的任务。那三位送话者每人身边还站着一个小助手；小助手的任务是，不断把头伸到自己前面的送话者身边仔细听着，然后仿佛被蜇了一下似的，急匆匆地在很大一本黄封面的书里——翻书的响声远远盖过了电话机里的声音——把电话号码找出来。

门房总管坐下后，揪住卡尔，把他拖到面前；尽管如此，卡尔实际上还是不能抑制自己，仍仔细观察着这一切。

“我的职责是，”门房总管说，摇了摇卡尔，似乎想让他把脸转过来，“以旅馆管理者的名义，把领班不知出于什么原因而没有做的事情至少补救一点。在这儿总是这样，人人相互支援。这么大的一家企业，做不到这一点，是难以想象的。你也许想说，这不是你的顶头上司。其实，我现在管这件不然就会没人管的事，那就更说明我好。此外，从某种意义上讲，我作为门房总管，凌驾于一切之上，因为旅馆的所有的门，就是说这扇大门、三扇中门和十扇偏门，都在我的领导之下，那些数不清的小门和没有门的出口更是不在话下。所有的服务人员当然都必须服从我。另一方面，面对这至高无上的荣誉，我对旅馆管理部门负责，坚决不让那些有丝毫嫌疑的人溜出去。我很喜欢怀疑人，在我看来，恰恰是你有重大嫌疑。”他对此乐不可支，高高举起双手，接着又重重地拍下去，只听啪的一声，拍得卡尔疼痛难当。“有可能，”他补充道，并尽兴谈下去，“你是从另一个出口偷偷溜出去的，因为你当然不值得我专门下达特别指示。但是既然你来了，我就要拿你好好享受一番。此外，我丝毫不怀疑，你也会遵守我们在大门口见面的约定，因为捣蛋鬼和不听话的人，只有在自己受到损害的时候才能去掉自己的各种恶习，这是规律。这一点，你肯定可以常常从你自己身上看到。”

“您不要以为，”卡尔说，他闻到一股从门房总管身上散发出来的奇怪的霉味儿，而他竟然在这儿靠近对方站了这么长时间才闻到这股味儿，“您不要以为，”他说，“我完全被握在您的手心里，我还可以叫喊。”

“我可以堵住你的嘴巴。”门房总管镇静而又迅速地说，好像必要时他真想这么做，“你真的以为，若是有人为你进来，他会在我面前，在门房总管面前说你对吗？你应看到你的希望是多么荒谬。你知道，在你还穿着制服的时候，你看上去确实还有点值得尊敬的样子，但你现在穿着这种西服，只有在欧洲才有可能叫人尊敬！”——他周身扯扯卡尔的西服。卡尔的西服虽说五个月以前还是崭新的，但现在已经穿旧了，皱巴巴的，特别是还布满了点点污斑。这主要是电梯司机们随心所欲造成的。按照规定，他们必须保持寝室地板光滑、亮洁，为此，他们每天都得打扫卫生，但由于懒惰，他们从来不正儿八经地清扫，而是往地板上喷一种油，结果同时把衣架上所有的衣服也喷脏了。于是，他们便把衣服收起来，想保存到哪儿就保存到哪儿。不过，总是有人因为自己的衣服恰好不在手边，却很容易找到别人藏起来的衣服，所以就借来穿。借衣服的这个人也许正好在这一天值日，打扫房间，他不仅仅是用油溅湿了衣服，而简直是从上到下把衣服浇了个遍。只有雷奈尔把自己的宝贵衣服藏到了秘密的地方，从来就没有人找得到。其实，他们并不是为了玩恶作剧或者出于贪心才借别人的衣服，而是纯粹由于匆忙和漫不经心，迫不得已在哪儿找到一件，就顺手拿走的。其实，即便是在雷奈尔的衣服上，后背中央也有一个圆圆的粉红色油斑；在城里，明眼人从这块油斑就可以断定，这个衣着时髦的年轻人是个电梯司机。

卡尔一边回忆，一边自言自语，作为电梯司机他已经受够了，他的一切努力也都是徒劳无益的，因为电梯司机的活儿并非像他希望的那样，是获得更好职位的预备阶段，相反，他被欺压到了最底层，甚至差点儿锒铛入狱。而且门房总管现在还紧紧地抓着他，一定在考虑还能怎样羞辱他。卡尔完全忘了，门房总管绝对不是那种可以轻易被说服的人。他一边用刚刚获得自由的那只手拍了几下前额，一边喊道："就算我真的没有问候您，一个成年人怎么能够因为别人没问候一声就如此报复人呢！"

"我不是报复，"门房总管说道，"我只是想搜搜你的口袋。我相信什么也找不到，因为你一定非常谨慎，让你的朋友每天拿走一点，渐渐地就把所有的东西都拿走了；但是，我还是必须搜搜你。"说着他把手强行伸进卡尔的上衣口袋里，把衣服侧缝都撕开了。"什么也没有。"他说，同时把从这个口袋掏出的东西一件件分开来：一份旅馆广告日历，一页商务文书习题，几粒衣裤纽扣，厨房总管的名片，一位客人装箱时扔给他的一个磨指甲用品，雷奈尔为答谢他替自己值了大约十次班而送给他的一面旧的小镜子，另外还有一些小东西。"什么也没有。"门房总管重复了一遍，然后他把所有的东西统统扔在凳子下面，好像卡尔的这些东西只要不是他偷来的，就理所当然要扔到凳子下面去。

“现在我真受够了。”卡尔自言自语道。他肯定气得满脸通红——当门房总管由于贪婪而不小心把手伸进卡尔的第二个口袋时，卡尔猛地从袖子里挣脱出来，突然一跳，失去了控制，碰到一个门房助理，使对方重重撞在电话机上。卡尔穿过闷热的空气，向门口跑去，但跑得并不像他想的那么快；而门房总管的手还伸在卡尔那件沉重的衣服里，等他站起来时，卡尔已经跑到外面了。旅馆的门卫组织工作也不是十全十美，虽说从几个方向响起了铃声，但上帝知道是为了什么目的！旅馆的许多工作人员在大门口穿梭，人们可能以为，他们要暗中把住出口，因为实在难以想象他们这样做还有其他什么意义。但不管怎样，卡尔还是跑了出去，不过，他还得沿着旅馆的人行道跑，因为来往的汽车一辆接一辆几乎堵住了大门口，他还无法一下子跑到大街上。这些汽车为了尽快地赶到主人面前，一辆紧挨着一辆，后面的像是推着前面的，缓慢向前移动着。那些急着要到街上去的步行者，千回百转绕过一辆又一辆汽车，好像面前有条公共通道似的，他们才不管车里是坐着司机和客人呢，还是坐着什么高贵的人物。在卡尔看来，这种行为有点过分；要冒这样的险，必须先熟悉周围情况。他很容易撞上一辆汽车，乘客会非常气愤，他们会把他打倒在地上，这样一来就又会引出一桩丑闻。作为一名逃跑的、只穿着衬衫的旅馆可疑职员，他也没什么可害怕的了。说到底，这一辆辆汽车总不至于永远这样没完没了地缓慢爬行，还有，只要他站在旅馆旁边，至少不会被人怀疑。事实上，卡尔总算来到一个地方，虽说这儿一辆辆汽车仍然不断，但它们都从这儿开上马路，而且车流越来越稀了。他正想钻到街上流动着的车辆和人群中去，融入比他神色更可疑的人流，这时，他听到附近有人喊他的名字。他转过身去，看到两个他很熟悉的电梯司机从一扇看上去像墓穴入口似的低矮小门里吃力地拉出一副担架。卡尔现在认出来，担架上躺着鲁滨逊，只见他头上、脸上、胳膊上缠着各种各样的绷带；鲁滨逊抬起胳膊，用绷带擦去泪水。他这副模样让人看着实在恶心。他的眼泪也许是由于疼痛，也许是由于别的苦楚，甚至也许是由于见到卡尔喜悦万分而涌流出来的。

“罗斯曼，”鲁滨逊用责备的口吻叫道，“你为什么让我等那么长时间！我为了在你回来之前不被他们赶走，和他们斗了一个小时。这帮家伙”——他说着朝一个电梯司机的头打了一拳，而他缠着绷带好像是防备挨打似的——“真的是一群魔鬼。哎哟，罗斯曼，拜访你真是让我大吃苦头了。”

“他们把你怎么样了？”卡尔说着走到担架旁，两个电梯司机微笑着放下担架休息。

“你还问呢，”鲁滨逊呻吟着说，“你看看我都成什么样子了。你想想，很可能我这辈子从此就成了残废。我从这儿到这儿都疼得要死，”——他先指了指头，后又指了指脚趾——“我真希望你能看见，我的鼻子流了多少血。我的马甲全被撕破了，我干脆把它扔在那儿了；我的裤子也被撕破了，我现在穿的是衬裤。”——他撩起毯子的一角，请卡尔朝里面看看，“我会成什么样子啊！我至少得躺几个月。我刚想跟你说，除了你，没有人可以照顾我，德拉马歇太没耐心了。罗斯曼，小罗斯曼！”鲁滨逊伸出手去抓稍稍后退了一下的卡尔，想通过抚摸来赢得卡尔对自己的同情，“我为什么偏偏来看你呢！”这句话他重复了好多次，为的是不让卡尔忘记他也有责任，正是卡尔才使他倒这个大霉的——现在，卡尔马上意识到，鲁滨逊不是在抱怨他的伤口，而是在抱怨他酒醉后极度难受，醉醺醺地刚睡着就被人叫醒了，莫明其妙地被打得鲜血直流；于是，他虽说头脑清醒却无法再分辨东南西北了。伤口无关紧要，这一点从用旧布片撕成的非正式绷带上就可以看出来，电梯司机们显然是为了取乐才用这种绷带给他裹起来的。站在担架两头的两个电梯司机也时不时地扑哧扑哧发笑。但现在，这儿不是让鲁滨逊恢复理智的地方，因为行人匆匆忙忙从这儿走过去，根本不管担架旁边的人，还常常有人真像体操运动员一样从鲁滨逊身上跃过去。卡尔的钱已经付给汽车司机了，这时司机喊道：“快点，快点！”电梯司机使出最后的力气抬起担架，鲁滨逊抓着卡尔的手，哄劝道：“来呀，你也来呀。”以卡尔目前这个样子，他在黑乎乎的汽车里不是比在自己的电梯里更好吗？因此，他坐到鲁滨逊身旁，鲁滨逊把头靠在他身上。留下来的两个电梯司机真心实意地把手伸进车窗和他们昔日的同事卡尔握手告别。汽车猛地一个急转弯驶上马路，似乎一场车祸肯定就要发生了，但是，无所不包的繁忙交通马上接纳了它。这辆汽车笔直地向前驶去。

避难

车停在一条马路上，这肯定是一条偏僻的市郊马路，因为周围非常安静，一群小孩子蹲在人行道边玩耍。有个男人肩上扛着一大捆旧衣服，抬眼望着大楼的窗口，大声叫卖着。卡尔已经非常疲倦，他下车踏在被中午的太阳照得又亮又热的柏油路面上，感觉很不舒服。

“你真的住在这儿？”他大声朝车里喊道。

一路上鲁滨逊都在安安稳稳地睡觉，现在他咕哝着不清不楚说了个“是”，似乎在等卡尔把他背出汽车。

“那我在这儿没事干了，再见！”卡尔说着就准备顺着略带下坡的马路走去。

“卡尔，你想干吗？”鲁滨逊喊道，他纯粹是由于为自己担忧，就要在车里站起来，只是膝盖还有些发抖。

“我必须走了。”卡尔说，他已经看到鲁滨逊很快恢复过来了。

“你只穿着件衬衫？”鲁滨逊问。

“我会挣钱再买一件外衣。”卡尔回答，并满怀信心地向鲁滨逊点点头，然后举起一只手示意；要是司机不说“先生，再耐心等一下！”，卡尔真的就走开了。

事情真有点尴尬，司机要求再付一点钱，因为在旅馆前等候的时间还没付费。

“噢，对，”鲁滨逊从汽车里大声说，证实司机的要求是合理的，“我在那儿等了你很长时间。你再付给他一点。”

“对，当然。”司机说。

“是啊，如果我还有的话。”卡尔说，他把手伸进裤兜，尽管他知道这样做也摸不出钱来。

“我只好找您要，”司机叉开两腿说，“我不能和那位病人要。”

一个长着个酒糟鼻子的年轻人从大门那儿走来，站在几步远的地方听他们说话。恰好这时，一名警察在马路上巡逻，低着头看见了这个只穿衬衫的人。警察停住了脚步。

鲁滨逊也发现了警察，他很蠢，竟然从另外一个车窗向警察喊道：“没事，没事！”仿佛可以像轰走苍蝇那样把警察赶走。孩子们同样看到了警察，由于警察停下了脚步，他们也注意起卡尔和司机，而且跑了过来。在对面门洞里站着一位老年妇女，她也凝视着这边。

“罗斯曼！”一个声音从高处喊道。是德拉马歇，他是从顶层的阳台上喊的。由于他背对着发白的蓝色天空，所以卡尔看不清楚他。他显然是穿着睡衣，用观剧望远镜朝马路看的。他旁边支着一顶红色太阳伞，伞下好像坐着个女人。“哈啰！”他为了让人听清自己的话，扯开嗓子喊道，“鲁滨逊也在吗？”

“在。”卡尔回答道。紧接着，鲁滨逊从汽车里几乎同时用响得多的声音也喊道：“在！”这就大大增强了卡尔的喊声。

“哈啰！”上面回喊道，“我马上下来！”

鲁滨逊从车里探出身。“这是个男子汉。”他说，这句称赞德拉马歇的话是对卡尔、对司机和对警察说的。虽然德拉马歇已经离开阳台，但人们还是心不在焉地朝上望着。这时，高处阳台上确实有个强壮的女人在太阳伞下站起身来，她穿着红色的无腰身连衣裙，拿起观剧望远镜，站在阳台栏杆边朝下看，下边的人渐渐移开了视线。卡尔急切地等待德拉马歇下来，他一直看着大楼门口和大院；商店的搬运工接连不断穿过大院，他们每个人肩上扛着一只看上去很沉重的小箱子。司机回到自己的汽车那儿，利用这个时间拿抹布擦车灯。鲁滨逊摸摸自己的腿，吃惊地发现，尽管他检查得非常认真，但似乎觉得不太痛了，于是他深深低着头，开始小心翼翼地解去腿上一根很厚的绷带。那位警察把自己的黑色警棍横握在身前，静静地耐心等候着；凡是警察，无论处理一般公务，还是暗中侦察，都必须有极大的耐心。那个长着酒糟鼻子的年轻人坐在门边的一块石头上，双腿伸展着。那群孩子迈着小步渐渐靠近卡尔，因为他们觉得虽然卡尔不看他们，但他是所有人中最为重要的人物。

用德拉马歇下来所花的时间衡量，这座楼非常高。德拉马歇甚至来得十分仓促，只急匆匆穿了件睡袍。“好啊，你们都来了！”他高兴地说，同时他又很严肃。德拉马歇若是大步走路，他那花色内裤还会不时地露出来。卡尔不明白，在这儿，在这座城市里，在这栋高大的出租公寓里，在这开阔的街道上，德拉马歇竟然像是在私人别墅，穿着这样的衣服到处乱走。和鲁滨逊一样，德拉马歇也大大变样了。他的脸皮肤黝黑，胡子刮得光光的，整张脸干净得有点过分，脸上的肌肉让人一看便知是干粗活锻炼出来的——他的这张脸此时显得非常自豪和令人起敬。他一直皱着眉头，目光炯炯，使人感到惊异。他那紫色睡袍已经穿旧了，布满了污斑，而且他穿也太大，尽管如此，他还系着根领带，黑色厚丝绸大领带从这件难看的睡袍上方鼓鼓地凸出来。

“什么事？”他向大家问道。警察走近一点，靠在车头旁边。卡尔做了简单的解释。

“鲁滨逊很累了，但如果他努力坚持，他还能上楼梯；车费我付过了，司机要求再补交一点。我现在就走。再见。”

“你别走。”德拉马歇说。

“我已经对他说过了。”鲁滨逊在车里说。

“我要走。”卡尔说着走了几步。但德拉马歇赶上去，又拼命把他推回来。

“我说了，你留下！”他喊道。

“你们让我走！”卡尔说，而且若有必要，他准备动用拳头为自己争得自由，尽管在德拉马歇这样的人面前他很少有获胜的希望。但这儿有警察，有司机，有时还有三五成群的工人从这条一般很安静的马路上走过；难道人们会容忍德拉马歇对他无理吗？若是在房间里，他不会和德拉马歇待在一起，但在这儿呢？现在，德拉马歇放心地付钱给司机，司机不断躬腰以示谢意，把不该得的那么一大笔钱放进口袋。为了表示感谢，他走到鲁滨逊那儿，显然和他说怎样把他从汽车里扶出来。卡尔见无人注意自己，德拉马歇也许更容易容忍他默默走开；为了尽快离开，卡尔径直走上了车行道。孩子争先恐后跑到德拉马歇那儿，告诉他卡尔逃走了，但根本不需他干预，因为警察已伸出警棍，说："站住！"

"你叫什么名字？"警察问，他把警棍放在腋下，慢慢拿出个本子。卡尔现在仔细看着他，发现他很强壮，但头发已全部花白了。

"卡尔·罗斯曼。"他说。

"罗斯曼。"警察重复说。他毫无疑问，因为他是个冷静认真的人，而卡尔在这儿第一次和美国官方接触，把警察重复说话看成表示某种怀疑。实际上卡尔的情况不妙，因为甚至鲁滨逊都为他非常担心，从汽车里默默地反复用手势请求德拉马歇帮助卡尔。但德拉马歇匆忙摇摇头，拒绝了他的请求；德拉马歇双手插在宽大的口袋里，站在一边无动于衷地看着。坐在门边石头上的那位年轻人，向刚从门内走出来的一位妇女从头讲了整个事情的经过。孩子们在卡尔身后围成个半圆，静静地仰头望着警察。

"出示证件。"警察说。这兴许是个纯形式的问题，因为，如果一个人未穿外衣，那肯定他也没带什么证件。所以，卡尔默不作声，准备把下个问题回答详细点，而把没有证件这个问题掩盖过去。

但下一个问题是："那就是说，你没有证件？"卡尔只得回答："身边没有。"

"这可就糟糕了。"警察说。他若有所思地四下看看在场的人，用两根手指敲着本子的封面。"你是干什么工作的？"警察终于又问道。

"我开过电梯。"卡尔说。

"你开过电梯，那你现在不开了；你现在靠什么生活？"

"现在我正在找新的工作。"

"你是被解雇的？"

"是的，在一个小时之前。"

"突然被解雇了？"

"是的。"卡尔说，他抬起一只手，像是请求原谅。他在这儿无法讲述整个事情；即使能够讲述，看来也无法指望通过讲述遭受的一种不公正的待遇，来阻止另一种不公正的待遇的威胁。他没有从善良的女厨房总管和明智的领班那儿获得公正的待遇，从马路上的这伙人这儿他肯定也得不到公正的待遇。

"你没有穿外衣就被解雇了？"警察问。

"是啊。"卡尔说。在美国，官方也是这种情况，明明是看得见的东西却偏偏还要问。（他父亲过去在办旅行护照时对官方没完没了的提问是多么气愤啊！）卡尔真想马上跑走，躲藏到什么地方，不要再听任何问题。而现在，警察甚至要提卡尔最最害怕的那个问题，卡尔忐忑不安地预先猜想到了这个问题，他应该小心行事，但他到现在显然还没有做好准备。

"哪家旅馆雇过你？"

卡尔低着头不回答，他无论如何不想回答这个问题。不能出现这样一些情况：他由警察护送着再回到西方旅馆；在那儿进行审讯，朋友与仇敌都参加；厨房总管看到他——她本以为他会在布莱纳公寓——由警察押着，只穿件衬衫，而且没带她的名片，又回来了，从而完全打消她对他最后仅有的一点好感，而领班也许只是点点头表示理解，门房总管则会说，这是上帝的手又把这个小流浪汉找到了。

“西方旅馆雇过他。”德拉马歇说，他同时走到警察身边。

“不是，”卡尔边说边跺着脚，“不对！”德拉马歇嘲讽似的撮起嘴，好像他还可以把所有其他事情说出来。卡尔突如其来的不安动作使小孩子们活跃了起来，他们拥向德拉马歇，想从那儿再好好看看卡尔。鲁滨逊从车里完全伸出头来，面对紧张气氛表现出很冷静的样子，他的唯一动作就是有时眨眨眼。坐在门边的那位年轻人，高兴得拍起手；他旁边的那位妇女用胳膊肘推推他，使他安静下来。搬运工们恰好到早饭时间，也全都来了，端着大杯未放牛奶的咖啡，同时在咖啡里搅拌着长棍面包。有几个人坐在人行道边，他们都在大声地喝着咖啡。

“他们认识这个小鬼？”警察问德拉马歇。

“宁可不认识。”德拉马歇说，“我原来待他很好，但他恩将仇报。这一点，我想您简短审问过他之后很容易理解。”

“是的，”警察说，“看来他很固执。”

“是这样，”德拉马歇说，“但这还不是他最坏的一面。”

“真的？”警察问。

“是的，”德拉马歇边说边用放在口袋里的手拼命抖动整件睡袍，“他是个狡猾鬼。我和车里的那位朋友在他陷入困境时帮助了他。他当时对美国的情况一无所知，他刚从欧洲来，在那里可能也是个无用的人；于是，我们拖着他，让他和我们一起生活，跟他讲各种情况，还打算给他找份工作；我们不顾别人说各种反对的话，想把他变成个有用的人。可是在一天夜里他不见了，干脆跑了，我在这儿不想说是由于什么其他原因。是不是这样？”德拉马歇问，并扯扯卡尔的衬衫。

“往后退退，你们这些孩子！”警察喊道，因为他们挤得太靠前，德拉马歇几乎被一个孩子绊倒。在此期间，本来觉得这种审问没意思的搬运工也开始注意起来。他们紧紧围在卡尔身后，卡尔几乎无法再后退一步，耳朵里不断嗡嗡响着他们乱哄哄的说话声——也许不是说话，而是用夹杂着斯拉夫语的英语胡乱喧嚷，因此卡尔一点也听不懂。

“谢谢您提供的情况。”警察说，并向德拉马歇行了个礼，“反正我要把他带走，让他回西方旅馆。”但德拉马歇说：“我可不可以提个请求：暂时把这个小家伙交给我？有些事情我想和他一起弄弄清楚。我保证，弄清后把他带回旅馆。”

“我不能这样做。”警察说。

德拉马歇说：“这是我的名片。”他说着递给警察一张。

警察看了名片，表示很钦佩，但他友好地微笑着说：“不行，这不管用。”

尽管卡尔先前一直提防着德拉马歇，但他现在却把对方看成唯一可以搭救自己的人。德拉马歇要求警察把卡尔交给他，这虽然叫卡尔起疑心，但不管怎么说，德拉马歇不像警察，不会带他回旅馆。即使德拉马歇把卡尔拉回旅馆，这也总比警察押着他回旅馆好得多。但卡尔当然暂时不能让人看出他实际上想跟德拉马歇走，不然的话，一切都完了。他心神不安地看着警察的手，因为那手随时都有可能抬起来抓住他。

“我至少要弄清楚，他为什么突然被解雇。”警察说，而德拉马歇带着怏怏不乐的样子在一边看着，手指把那张名片捏成一团。

“他根本没有被解雇。”鲁滨逊出乎大家意料地喊道，他手撑着司机从车内远远伸出头来，“相反，他的职位很好。他是集体寝室的室长，想让谁进去，就可以把谁带进去。只是他很忙，谁要有事找他，必须等很长时间。他常常待在领班和女厨房总管那里，深得他们的信任。他绝对不会被解雇。我不知道，他为什么说自己被解雇了。他怎么可以被解雇了呢？我在旅馆受了重伤，这时，人们叫他把我送回家；因为他正好没有穿外衣，所以他就这样一起乘车来了。我当时无法再等他去拿外衣。”

“听到了吧。”德拉马歇伸出双臂说，他的声调听起来像是指责警察不懂人之常情；这话似乎使鲁滨逊的陈述变得十分明确、无可争辩了。

“他说的也是真的？”警察问，他的语气比较缓和了，“如果是真的，那这个年轻人为什么说自己被解雇了？”

“这得你来回答。”德拉马歇对卡尔说。

卡尔看着警察；警察只想着要在陌生人中间维持秩序，他在某种程度上也为卡尔担心。卡尔不想扯谎，把紧握的双手放在背后。

一位监工出现在大门口，拍拍手，招呼搬运工该上班了。搬运工们把咖啡杯底部的沉渣泼在地上，一声不吭，摇摇摆摆，走进大楼。

“我们不能就此结束。”警察说，他伸手想抓卡尔的手臂。卡尔不由自主往后稍微退了退。他感到搬运工走后身后空了出来，于是突然回过身，说时迟那时快，几个大步就跑走了。孩子们大叫起来，甩开手臂，跟着跑了几步。

“抓住他！”警察朝长长的、几乎空无行人的马路叫喊。他同时追赶卡尔。看得出警察跑步是经过训练的，他虽在拼命跑，却没有发出响声。对卡尔来说，幸运的是警察的追赶是在工人居住区。工人对官方没有好感。卡尔跑上车行道，在车行道上他至少还可以把一些车辆作为阻挡警察的障碍物。他有时看到人行道上有几个工人，但是，尽管警察大声喊“抓住他！”，他们却只是一动不动地站着看。警察很聪明，一直跑在平整的人行道上，警棍不断指向卡尔。卡尔逃脱的希望不大，而且几乎要失去希望，因为他们离几条横向小街不远了，那儿肯定也有警察巡逻，这时追赶的警察吹起了响亮的哨声。卡尔的优越性只是他衣服穿得少，跑得飞快，说得更确切点，简直是在下坡路上往前冲；问题是，他很困倦，思想不集中，而且跑的时候往往跳得太高，这只能浪费时间，没有用处。另外，警察目的明确，无须东想西想，而对卡尔来说，逃跑其实只是次要的事情，他还必须考虑在许多可能性中选哪一个最好，从而不断做出新的决定。他的不大能实现的计划是暂时避开那几条横向小街，因为看不到那些街上隐藏着什么，也许他反而会一直跑到警察局；因此，只要有可能，他就想顺着这条可以望到远处的马路朝前跑。这条路在很远很远的前方才消失在一座桥下，那座桥不久会隐匿在刚要升腾起来的烟雾之中。他刚要按照这个决定鼓足力气尽快跑过第一条横向小街，这时，他看见前面不远的地方有个警察，正躲在树荫下一座房屋的阴暗墙脚处，准备在最适当的时刻扑向卡尔。现在，这条横向小街成了唯一可以躲避的地方；这时，他正好从这条小街听到有人和善地呼喊他的名字——起初，他觉得这是一种错觉，因为他耳朵里一直在嗡嗡作响——他也没有时间再犹疑不决，于是，为使警察措手不及，他一只脚一摆，急转弯拐入这条小街。

他还未跨两步远——他又忘了有人喊过他的名字——第二名警察也吹起了口哨，这名警察还没有消耗多少力气，因此，哨子吹得很响，连这条街上远处的行人也惊了一跳。——这时有人从一扇小房门里伸出手抓住卡尔，说着“别出声！”，把他拉进一条昏暗的走廊。这个人是德拉马歇，他上气不接下气，脸上冒着汗，头发都贴在上面了；他只穿着衬衫和内裤，睡衣搭在胳膊上。这扇门不是房屋大门，只是不显眼的旁门。德拉马歇立刻把门关上锁了起来。

“稍等一下。”他说，高高抬起头靠在墙上，深深呼吸着。卡尔倒在他怀里，脸贴在他胸前，像失去知觉似的。

“两个人追来了。”德拉马歇说，他同时伸出食指指向门，细心听着。现在，两名警察确实跑过去了，他们在空荡小街上的跑步声像是铁块击在石头上发出的声音。

“你真是拼命跑到这儿来了。”德拉马歇对卡尔说，卡尔还喘不过气来，一句话都说不出。德拉马歇小心翼翼地把卡尔放倒在地上，然后跪在他旁边，多次用手抚摸他的前额，同时仔细观察着他。

“现在行了。”卡尔说，并吃力地站起来。

“那就走。”德拉马歇说，他再把睡衣穿起来，向前推着依然有气无力地垂着头的卡尔。他还不时地摇摇卡尔，使他精神一点。

“你累啥呀？”他说，“你在外面可以像匹野马一样奔跑，而我只得在这些讨厌的走廊和院子里钻来钻去。幸运的是，我也是赛跑运动员。”他骄傲地扬起手朝卡尔背上用力拍了一记。“有时和警察这样赛赛跑也是一种很好的锻炼。”

“我开始跑时，已经很累了。”卡尔说。

“跑不快是没有什么理由可原谅的。”德拉马歇说，“要不是我，你早被抓住了。”

“我觉得也是，”卡尔说，“非常感谢你。”

“那还用说。”德拉马歇说。

他们穿过一条狭长的过道，过道的地上铺着光滑的深色石子，左右两侧有时有阶梯通上去，有时会看到一条更大的过道。这儿几乎看不到大人，只有小孩子在空空的阶梯上玩耍。有个小女孩在靠着栏杆哭，泪水把整个脸弄得亮晶晶的。她刚一看到德拉马歇，就张着嘴喘着气朝阶梯上跑，还常常回过头看有没有人追她或想追她，跑到高处时才放下心来。

“我刚才跑过来的时候把她撞倒了。”德拉马歇笑着说，并用拳头威胁女孩，女孩吓得哭叫着继续往上跑。

他们穿过的院落也给人以孤寂感。只是偶尔有一名商店的搬运工推着一辆双轮小车走过，一位妇女用抽水机往一个木桶里灌水，一名邮递员不慌不忙穿过院子，一位蓄着花白大髭须的老人坐在玻璃门前，跷着二郎腿在抽烟斗；在一家运输公司门前，许多板条箱正卸下来，空闲无事的马懒洋洋地回过头来，一个身着劳动服的人手里拿着一张纸，监视着整个工作；办公室的窗敞开着，坐在写字台前的一位职员转过脸，若有所思地朝外望着卡尔和德拉马歇正好走过的地方。

“不可能找到更安静的地方了。”德拉马歇说，“晚上这个地方有几个小时噪声很大，但白天非常好。”卡尔点点头，但他觉得这儿太安静了。“我根本不能到其他地方居住，”德拉马歇说，“因为布鲁内尔达一点嘈杂声也无法忍受。你认识布鲁内尔达吗？现在你就要看到她了。不管怎样，我建议你尽可能安静点。”

当他们来到通向德拉马歇家的楼梯时，汽车已经开走了。那位长着酒糟鼻子的年轻人对卡尔再次出现并不感到怎么惊奇，他说他把鲁滨逊背上了楼。德拉马歇对他只是点点头，仿佛这年轻人是他的仆人，做了理所当然应做的事。德拉马歇拉着卡尔跟自己上楼，卡尔有点犹豫，望着阳光普照的马路。“我们很快就可以到楼上。”登楼梯时德拉马歇曾几次这样说，但他的预言却实现不了，一道楼梯接一道楼梯，方向也总是一样，觉察不出变化。有一次，卡尔甚至站住了，这倒不是因为疲倦，而是他觉得在这样高的楼梯面前无可奈何了。“房子确实很高，”他们继续向上走时，德拉马歇说，“这也有它的优点。我们很少出门，整天穿着睡衣，觉得很舒适。当然，也没有客人到高处来。”

从什么地方来客人呢？卡尔心想。鲁滨逊终于出现在一道楼梯的平台上，站在关着的房门前；他们终于到了。楼梯到此还没有结束，而是在半明半暗的光线下继续通向高处，而且好像没有什么东西可以暗示出它不久就会到顶。

“这我早就想到了。”鲁滨逊轻声说，好像他还感到疼痛，“德拉马歇会把你带来的！罗斯曼，若是没有德拉马歇，你会怎么样啊！”鲁滨逊穿着内衣站在这儿，只要有可能，他真想裹进人们从西方旅馆带给他的毯子里；他不到房间里去，看不出这是为什么，相反，他待在这儿，让上下楼梯的人看到自己多么可笑。

“她在睡觉吗？”德拉马歇问。

“我想没有，”鲁滨逊说，“但我宁愿等你回来。”

“我们必须先看看她是不是在睡觉。”德拉马歇说，然后他弯身对着钥匙孔往里看。他的头变换各种不同姿势，朝里看了好长时间之后，他站起身说：“看不清楚，门的卷帘是放下来的。她坐在长沙发上，但也许在睡觉。”

“她病了？”卡尔问，因为德拉马歇的样子好像是请大家出出主意。但他现在却尖声尖气地反问：“病了？”

“他根本不认识她。”鲁滨逊以请求原谅的口吻说。

隔着几扇门，有两个女人来到走廊上，她们用围裙擦干净手，看着德拉马歇和鲁滨逊，好像在议论他俩。从一扇门里又突然跳出一个非常年轻的姑娘，她的金黄色头发闪着光亮。她挽起前面两个女人的胳膊，舒舒服服地走在她们中间。

“这些令人作呕的女人，”德拉马歇轻声说，但他只是照顾到正在睡觉的布鲁内尔达，“下次我要去警察局控告她们，我也要在她们面前过几年安静日子。不要看她们。”他轻轻对卡尔说。他们在走廊上等布鲁内尔达醒过来，卡尔觉得看看那些女人也没有什么不好。所以，他不高兴地摇了摇头，好像他不接受德拉马歇的劝告，而且想把自己的想法表达得清楚些，于是朝那些女人走去。这时，鲁滨逊拉住他的衣袖，说：“罗斯曼，当心点！”德拉马歇此时已被卡尔激起来，他对那位姑娘的大声说笑怒不可遏，于是抡起拳头，飞快冲向那些女人，而她们一溜烟钻到自己房间里去了。

“在这儿，我只得这样经常清扫走廊。”德拉马歇慢步回转过来说。这时，他想到了卡尔的反抗情绪，说：“我希望你的举止完全变个样，不然的话，你在我这儿会遇到麻烦的。”

这时，一个温和无力的声音从房间内传出来：“是德拉马歇？”

“对，”德拉马歇答道，他同时亲切地看着门，“我们可以进来吗？”

“哦，可以啊。”里面应声说。德拉马歇对等在后边的两个人又扫视了一眼，然后慢慢地打开门。

他们走进一个漆黑的房间。房间没有窗；阳台门的卷帘一直垂到地板上，那儿仅透着一点儿光亮。另外，房间里摆满了家具，四处挂满了衣服，这也是房间变黑暗的原因。空气很污浊；人们还能闻到尘土散发出的气味，凡是手不触到的角落显然都积满了尘土。卡尔走进房间时首先发现的东西是紧紧排在一起的三个箱子。

那个先前从阳台上往楼下看的女人躺在长沙发上。她那红色连衣裙底边有点变了样，一个大衣角拖在地板上；她的腿可以看到膝部，不过腿上穿着厚厚的白色毛织长统袜；脚上没有穿鞋。

“太热啦，德拉马歇。”她说着把脸转离墙壁，然后懒洋洋地扬起一只手伸向德拉马歇，德拉马歇抓住她的手吻了吻。卡尔一个劲儿看她的双下巴，她的头转动时，双下巴也跟着一起滚动。

“要不要把门帘卷起来？”德拉马歇问。

“不要，”她闭着眼睛，像是绝望的样子，说，“那样就更糟糕了。”

卡尔走到长沙发的一头，仔细看那个女人；他对她的抱怨感到惊异，因为根本就不热。

“等一下，我使你舒服一点。”德拉马歇胆怯地说。他解开她脖子上的几个纽扣，把衣服拉开一点，这样，她的脖子和胸脯上部露了出来，衬衣上的精致的淡黄色齿形镶边也露了出来。

“这是谁？”女人突然问，并用手指指着卡尔，“为什么他死死盯着我看？”

“你待会儿要帮助做点事。”德拉马歇说着把卡尔推到一边。

他同时安慰自己的女人："我带他来是要让他伺候你的。"

"我不需要什么人！"她喊道，"为什么你把陌生人给我带到家里来呢？"

"但你一直希望有人服侍你。"德拉马歇说着跪在地板上；沙发虽然很大，但布鲁内尔达坐在上面，就不剩多少地方了。

"哎呀，德拉马歇，"她说，"你不理解我，你不理解我。"

"那我现在真的不理解你了。"德拉马歇说，用双手捧起她的脸，"不过事情还没有做，要是你愿意，他马上就走。"

"既然他已经来了，就叫他留下吧。"她现在又这样说。卡尔已是十分疲倦了，因此对她这种不太友好的话还表示非常感谢。于是，虽然他一直在想着那道高无尽头、也许他马上又得下去的楼梯，虽然他对躺在毯子上安安稳稳睡着的鲁滨逊不予理睬，虽然德拉马歇生气地挥舞着拳头，但他还是说："不管怎样，我感谢您让我在这里再待一会儿。我一天一夜没睡觉了，同时干了不少活，还遇到各种叫人惶恐不安的事。我累得要死。我简直不知道自己这是在哪儿。我睡过几个小时后，您可以毫无顾忌地把我送走。我会乐意走的。"

"你尽可以在这儿待下去。"她说。接着她又用讽刺的口吻说："你看，地方有的是。"

"那你只好走，"德拉马歇说，"我们不可能需要你。"

"不，让他留下。"这个女人又严肃地说。德拉马歇像是要让这一愿望付诸实现似的，对卡尔说："那么你就躺在什么地方睡吧。"

"他可以躺在窗帘布上，但他必须把靴子脱掉，以免踩坏什么。"

德拉马歇告诉卡尔她指的是什么地方。在门和三个箱子之间扔着一大堆各种各样的窗帘布。若是理理好，把最重的放在底下，然后依次将轻的放在上面，再把插在这一堆东西里的木板木圈抽出来，就是个可以睡觉的床铺；而现在只是一堆摇晃滑动的东西，尽管如此，卡尔还是很快躺了上去，因为他实在太累，无法再为睡觉做特殊准备，再说，他还得为主人着想，不能造成许多麻烦。

他几乎已经真正睡着了，这时突然听到一声喊叫。他猛地坐起来，看见布鲁内尔达在沙发上坐着，伸开双臂拥抱着跪在她面前的德拉马歇。卡尔看见这种情景感到很尴尬，忙躺倒在窗帘布上继续睡觉。他现在心里更清楚，在这儿即使只待两天他也不能忍受，正因为如此，就更有必要先好好睡个够，然后才能在特别理智的情况下，很快地而且静心地做出决定。

但布鲁内尔达已经看到卡尔那两只睁得大大的眼睛，它们已经使她吃惊过一次，她喊道："我热得不能忍受了，我要热死了，我得脱掉衣服，洗个澡。让这两个人从房间出去，随便你让他们到哪里，到走廊上，到阳台上，我不能再看到他们！我在自己房间里还总是受打扰。要是我和你一个人在房间里多好啊，德拉马歇！啊，天哪，他们还在这里！这个鲁滨逊当着女人的面只穿条内裤，真不知羞耻！还有这个陌生的年轻人，刚才放肆地盯着我看，现在又躺下了，想来欺骗我！让他们出去，德拉马歇，我感到他们是一副沉重的担子，重重地压在我胸脯上了，我现在要是死掉，全是他们害的。”

“他们立刻就到外面，你只管脱衣。”德拉马歇说。他走到鲁滨逊那儿，把一只脚踏在他胸脯上摇摇他。同时，他向卡尔喊道：“罗斯曼，起来！你们两个都到阳台上去！不叫你们，不许进来，不然就要吃苦头的！动作快点，鲁滨逊！”他同时更用力地摇鲁滨逊，“还有你，罗斯曼，你要注意，不要让我也治治你。”他说着大声拍了两下手。

“要等多长时间呢！”布鲁内尔达坐在沙发上喊叫。她把两条腿大大分开，为她过分肥胖的身体多占点地方；她只有费好大劲，不断喘着气，还要常常停下来休息一下，才能把腰弯得低一点，用手够到长统袜的尖端，慢慢脱下一点儿来，但无法把它全部脱下来，要脱就得靠德拉马歇来帮忙，现在她不耐烦地等待着他。

卡尔由于疲劳而显得非常迟钝，他从那堆东西上爬下来，慢慢朝阳台门走去，一块窗帘布还缠在他脚上，他无所谓地拖着它。他走过布鲁内尔达时，甚至还心不在焉地说：“祝您晚安！”接着，他从德拉马歇身边走过，出去到阳台上，德拉马歇还特地将阳台门的门帘往上卷了一点。鲁滨逊紧跟在卡尔身后，他依然是昏昏欲睡的样子，嘴里还哼哼着：“总是要虐待人！如果布鲁内尔达不来，我是不会到阳台上去的。”尽管他这样说，他还是不做任何反对，走了出去；因为卡尔已经倒在沙发椅上了，他只好一下子躺在阳台的石板地上。

卡尔醒来时，已是夜晚了，星星已布满天空，月光已从马路对面高大房屋的背后升起来。在这个陌生的地方四下看看，呼吸几口凉爽、清新的空气之后，卡尔才意识到他在什么地方。他多么粗心啊，厨房总管的一切建议、特蕾丝的一切告诫和自己原来的一切恐惧心情，他全都疏忽了。在这儿，他安安稳稳地坐在德拉马歇的阳台上，而且已经睡了半天，好像他的仇敌——德拉马歇不在门帘背后似的。懒惰的鲁滨逊在地上翻个身，开始拉卡尔的脚，卡尔觉得自己好像是这样被唤醒的，因为鲁滨逊说："你真能睡，罗斯曼！年轻人就是无忧无虑。你还想睡多久？我本来是想让你继续睡的，但是，第一，我躺在地上太无聊；第二，我饿得发慌。请你稍微站起来一点，我在这儿底下，在沙发椅里面保存着一点吃的，我很想把它拿出来。你也吃一点。"卡尔站起来，看着依然躺着的鲁滨逊怎样翻个身趴在地上，伸出双手，在沙发椅底下取出一个可以用来放名片的镀银碟子。碟子里放着半根黑香肠，几支细香烟，一个已经打开但仍然满满的、溢出油来的沙丁鱼罐头，还有一些多半已经压坏并结成了块的糖果。接着拿出来的是一大块面包和一个香水瓶，香水瓶里装的似乎不是香水，因为鲁滨逊指指它，觉得特别满意，而且还向卡尔咂咂舌。

"瞧，罗斯曼，"鲁滨逊一边说，一边吞食一块一块沙丁鱼，还不时地用布鲁内尔达忘在阳台上的一条羊毛披肩擦沾满油的双手，"瞧，罗斯曼，要想不饿死，就得这样保存自己的饭菜。喂，我完全被撇在一边了。如果一个人总是被当成狗，那么到头来他会觉得自己真的成了狗。很好，你在这里，罗斯曼，我至少可以和人说说话。在屋里没人和我说话。我们都是仇人。一切都是因为布鲁内尔达。她当然是个了不起的女人。喂——”他招呼卡尔凑近自己，低声说，“我有次看见她光着身子。啊！”在他回忆起那件乐事时，他开始用手掐和敲打卡尔的腿，直到卡尔痛得叫喊：“鲁滨逊，你疯啦？”卡尔抓住鲁滨逊的手，把他推开。

“你还是个孩子，罗斯曼。”鲁滨逊说，并将用绳子挂在脖子上的一把匕首从衬衣下拿出来，摘掉匕首套，然后用它将那根硬香肠切成小块，“你还得学很多东西。你来我们这里算是找对地方了。你坐下呀！你不想吃点？现在，你在一边看着，也许会来胃口的。你也不想喝一点？你什么都不想吃。你也不怎么健谈。不过都无所谓，只要阳台上有人，和谁在一起都行。因为我经常在阳台上，这使布鲁内尔达很高兴。她只要想起什么事情——有一次她觉得太冷，有一次她觉得太热，有一次她想睡觉，有一次她想梳头，有一次她想解开紧身胸衣，有一次她想穿衣——这时，她总是叫我到阳台上。有时候她确实做她所说的事情，但在多数情况下，她如同以往一动不动在沙发上躺着。过去，我常常把门帘拉开一点小缝往里看。但有一次我往里看时，德拉马歇朝我脸上抽了几鞭子。你看得出鞭痕吧？我很清楚，德拉马歇不想拿鞭子抽我，他是应布鲁内尔达的请求才这样做的。从那以后，我再也不敢往里看了。因此，我躺在这阳台上，除了吃没有其他乐趣了。前天晚上，我一个人也是这么躺着，当时我还穿着一身时髦衣裳，很可惜，这身衣裳我在旅馆弄丢了——这些狗，竟然把一个人的贵重衣服从身上撕走！就在前天晚上，我一个人这么躺着，通过栏杆往楼下看，觉得一切都是这么叫人悲伤，开始号哭起来。这时，我没有立刻发现，布鲁内尔达突然出来了。她穿着一件红色连衣裙——这件衣服她穿着最合身——走到我身边，稍微看了看我，然后说：'鲁滨逊，你为什么哭？'接着，她撩起裙子，用镶边给我擦眼泪。要不是德拉马歇喊她，要不是她必须马上回到房间里去，谁知道她还会做什么。当然我想过，现在事情轮到我做了；我通过门帘问过，我是不是可以进去。你猜，布鲁内尔达说什么？她说：'不行！'她还说：'你突然想到什么啦？'"

"他们这么对待你，你为什么还待在这儿？"卡尔问。

"对不起，罗斯曼，你这样问可不大对头。"鲁滨逊回答，"他们待你再坏，你也得留在这里。再说呢，他们待我并不怎么太坏。"

"不，"卡尔说，"我一定要离开，有可能就在今天晚上。我不和你们待在这儿。"

"比如说吧，你想今晚怎么离开呢？"鲁滨逊问，他从面包旁边切下一块，小心地浸在沙丁鱼罐头盒的油里，"不许你进房间，你想怎么走？"

"究竟为什么不许我们进去呢？"

"现在，只要铃不响，就不许我们进去。"鲁滨逊说。然后，他尽量张大嘴，把一大块浸满油的面包吃下去，一面还用另一只手接住从面包上滴下的油，他偶尔把其余的面包放到这只备用的空手里。"这儿一切变得更严厉了。起初，只挂一面很薄的门帘，虽然看不到里面，但晚上可以辨认出人影来。布鲁内尔达对此很不高兴。这时，我只得将她的一件戏装改成门帘，取代原来的门帘挂起来。现在什么也看不见了。因此，我过去可以问，我是不是可以进去，她根据情况回答‘可以’或‘不可以’；但很可能是我常这样做，问得太多了，布鲁内尔达忍受不了——她虽然很胖，但体质很弱，常头痛，腿上几乎总是痛风——于是决定不许我再问了，改成要是我可以进去，她就摁桌上的铃。这种铃声一响，甚至可以使我从睡梦中惊醒——为了消遣，我养过一只猫，这只猫由于害怕这样响的铃声而跑掉了，再也没有回来。今天还没响过铃，要是响了，我不单单是可以进去，而且是必须进去。这么长时间没响铃，那就要等很久了。”

“是啊，”卡尔说，“但适用于你的事情，不一定就适用于我。再说，这类事情只适用于愿意这样做的人。”

“哎呀，”鲁滨逊喊道，“为什么这就不适用于你呢？当然也适用于你。你就安安静静地和我在这儿等吧，等到铃响，然后你再试着逃脱吧。”

“你到底为什么不从这儿离开呢？就因为德拉马歇现在是，或说得确切点，曾经是你的朋友？这也是生活？要是在巴特福德不好，你们想去哪儿呢？去你有朋友的加利福尼亚吗？”

“对，”鲁滨逊说，“但谁也无法预见以后的事。”在就这件事继续说下去之前，他说了句：“为你的幸福干杯，亲爱的罗斯曼！”他说着从香水瓶里喝了一大口。“我们那时很糟糕，你待我们又是如此恶劣。起初一段时间，我们找不到工作；再说德拉马歇也不想工作，不然他早就有工作了，他总是让我去找，我也不走运。他只是到处浪荡，快到晚上了，只带回一个女用皮夹。这个皮夹很漂亮，装饰着珍珠，现在被他送给布鲁内尔达了，但里面什么也没有。然后他说，我们应该去上门乞讨。这样做当然可以找到某些需要的东西，于是我们去行乞；为了好看一点，我在人家门前唱歌。德拉马歇总是运气很好，我们刚站到第二家的门前——这是底楼的一个富有人家——给厨娘和男仆唱了些什么，这时，这家的女主人，正是布鲁内尔达，走上台阶来。她也许把腰束得太紧，几个台阶就上不来。但她看上去真漂亮，罗斯曼！她穿一身洁白的衣服，拿着一把红色太阳伞。她雪肤花貌！她秀色可餐！啊，天哪，啊，天哪，她真漂亮！竟然有如此诱人的女人！不，请告诉我，怎么会有这样的女人！女仆和男仆当然立刻迎上前去，几乎是把她抬了上来。我们站在门的左右两侧向她致敬，这儿人们总是这么做。她稍停了一下脚步，因为她还没有完全喘过气来。接着，我不知道怎么回事，当时我饿得头脑有点不正常。在近处看，她显得更漂亮，而且，她是真胖，由于紧紧束着特种围腰，全身都绷得紧紧的——我以后可以让你看看木箱子里的特种围腰。简单地说吧，我稍微摸了摸她的身后，非常轻，你知道，只是这么轻轻地摸了一下。当然谁也不能容忍一个乞丐触摸一位富有女士的身体。其实，这还谈不上触摸，但毕竟是一种触摸。要不是德拉马歇立刻狠狠给了我个耳光，谁晓得事情会有多么糟糕，而且他这样来一记耳光，我立刻用双手捂住了脸。”

“你们在干些什么哟！”卡尔坐到地上，但他也完全被他们的事情迷住了，“这就是布鲁内尔达？”

“是啊，”鲁滨逊说，“这就是布鲁内尔达。”

“你不是说过她是位歌手吗？”卡尔问。

“她当然是位歌手，而且是个大歌唱家呢。”鲁滨逊回答。他嘴里噙着一大块糖果，用舌头上下翻动着，有时会从嘴里挤出个小碎块，这时他就用手指再把它塞回去。“不过，这一点我们那时当然不知道，我们只知道她是位富有、高贵的女士。她装得好像什么也没发生似的，也许她什么也没感觉到，因为我实际上只是用指尖碰了碰她。而她总是盯着德拉马歇；德拉马歇已经发觉了，回过头来也一再看她的眼睛。接着，她对他说：‘你进去一下。’她说着用阳伞指指房间，叫德拉马歇走在她前面，仆人们在他们身后把门关了起来。他们把我忘在了外面，我心想，时间不会太长，于是我坐在台阶上等德拉马歇。但出来的不是德拉马歇，而是男仆，他端给我一大碗汤。这肯定是德拉马歇提醒他的，我自言自语道。在我喝汤的时候，男仆还在我旁边站了一会儿，跟我讲了布鲁内尔达的一些情况，这时我才明白，拜访布鲁内尔达对我们有着什么样的意义，因为布鲁内尔达是个离了婚的女人，有一大笔财产，而且是完全独立的！她原来的丈夫是个可可工厂主，虽然还一直爱着她，但她丝毫不想再听到有关他的情况。他常常到她家来，衣着总是那么时髦，像是参加婚礼似的——这话一字一句都不假，我认识他本人——仆人虽然收到大笔贿赂金，但不敢问布鲁内尔达是否想接待他。因为，他问过几次，而布鲁内尔达一听，不管手里拿着什么，就立刻朝他脸上砸去。有一次，她甚至把一个灌满开水的热水瓶向他扔去，打掉他一颗门牙。是啊，罗斯曼，你明白了吧！”

“你怎么会认识这个人？”卡尔问。

“他有时也上楼来。”鲁滨逊说。

“上楼来？”卡尔惊异地用手轻轻拍拍地板。

“你尽可表示惊讶，”鲁滨逊继续说，“当时男仆对我说起这件事，甚至连我也感到惊讶。你只要想想就知道了，布鲁内尔达不在家，他让仆人带他进入她的房间，他总要拿走个小玩意儿做个纪念，也总要给布鲁内尔达留下点贵重、精致的东西，而且还严禁仆人说是谁送的。但有一次——仆人这么说，我也相信——他带来一件瓷器，这是个无价之宝，不知怎的，布鲁内尔达准是认出来了，立刻把它摔到地上，在上面踩了几脚，还往上面啐唾沫什么的，仆人就恶心得几乎无法把碎片拿出去。”

“他做过什么对不起她的事吗？”卡尔问道。

“这我其实不知道，”鲁滨逊说，“但我觉得，没有什么特殊的事情，至少他本人也不知道。有时，我和他谈起这事。他每天在马路拐角处等我，我到了，就必须给他讲点新鲜事；如果我不能去，他在那儿等半个小时就走了。对我来说，这是很大一笔额外收入，因为我提供了消息，他给的报酬很高；但自从德拉马歇知道后，我就得把一切统统交给他，因此我就很少再去了。”

“他想得到什么呢？”卡尔问，“他究竟想得到什么呢？他听说了她不想见他呀。”

“是啊。”鲁滨逊叹口气。他点燃一根香烟，手臂大大一挥，接着把烟雾吹向高处。然后，他似乎另有决定，说："这和我有什么关系？我只知道，要是他可以像我们这样躺在这儿的阳台上，他得付出许多钱。"

卡尔站起来，靠在栏杆边上，望着下面的马路。月亮已经看得见了，但月光还没有照进深深的小巷。马路上白天空空的，现在挤满了人，特别是在门口。所有的人都慢慢腾腾地移动着，黑暗隐隐约约衬托出男人们的衬衫衣袖和女人们的浅色连衣裙，头上都没戴帽子或是头巾。周围许多阳台上这时都有了人，一家一家的人坐在那儿的电灯光下，他们按照阳台的大小，有的围着一张小台子坐着，有的并排坐在沙发椅上，还有的至少是把头从房间里伸出来。男人们有的坐着把腿叉开，两只脚从栏杆的立柱之间伸出来，手里拿着报纸在看，有的在玩牌；他们好像不说话，但手不时地用力拍打桌子；女人们怀里一堆针线活，她们只是有时朝周围或是马路上看一眼。隔壁邻居的阳台上有个身体虚弱的金发女人，她不断打哈欠，还常常用正在缝补的一件衣服把嘴捂起来，同时还翻着白眼看人。孩子们即使在最小的阳台上也知道怎样追逐玩耍，这使父母觉得很讨厌。在许多房间里开着留声机，传出歌声或是交响乐声，但人们并不特别注意听音乐，只是做父亲的有时示意一下，接着就会有人赶紧到屋里换一张唱片。在某些窗口可以看到一对对纹丝不动的情侣，在卡尔对面的一个窗口就站着一对恋人，小伙子用一只胳臂搂着姑娘，手紧紧捂在姑娘的胸上。

"你认识旁边阳台上的什么人吗？"卡尔问鲁滨逊。鲁滨逊也站了起来，因为他冷得有点发抖，不仅把自己的床单，而且还把布鲁内尔达的披肩裹在身上了。

“几乎谁也不认识，这正是我的地位的糟糕之处。”鲁滨逊说。他把卡尔拉近一点，对着他的耳朵低声说：“不然，我眼下也就不会抱怨什么了。布鲁内尔达为了德拉马歇把她拥有的一切全部变卖了，然后带着剩下的财富搬到这郊区来，为的是全身心用在德拉马歇身上，也是为了不让别人打扰她，另外，这也是德拉马歇的愿望。”

“她把仆人们全辞退啦？”卡尔问。

“说得完全正确。”鲁滨逊说，“在这儿把仆人安顿在什么地方呢？这些仆人都是要求很高的人。有一次，德拉马歇在布鲁内尔达那里把一个男仆打了几个耳光后赶出了房门，其他仆人一个接一个跑开了，他们和这个男仆自然联合起来，在门前大吵大闹。这时，德拉马歇出来——当时我不是仆人，只是这家的常客，不过我和仆人们站在一边——问：‘你们想干什么？’年龄最大的男仆叫伊西多，他说：‘您没资格和我们说话，我们的主人是仁慈的夫人。’你也许已发现，他们非常尊重布鲁内尔达。但是，布鲁内尔达不问仆人们长短，而是跑到德拉马歇身边——她当时还不像现在这么胖——立刻紧紧拥抱他，亲啊吻的，还一个劲儿称他为‘最最亲爱的德拉马歇’。‘把这些猴子给我打发走。’她终于说。猴子——这是指仆人们；你想象一下仆人们在当时摆出的一副副面孔吧。然后，这个布鲁内尔达把德拉马歇的手拉到她系在腰带上的钱包那儿，德拉马歇把手伸进去，就这样开始付清仆人们的工钱；这个布鲁内尔达在付工钱时的作用只是站在那儿用手把腰带上的钱包打开。德拉马歇分发钱的时候不数，也不审查仆人提出的要求，所以，他不得不多次把手伸进钱包。最后他说：‘由于你们不想和我说话，所以，我只是以布鲁内尔达的名义对你们说：你们给我滚开，立刻滚开！’就这样，他们被解雇了，接着有几起诉讼案，德拉马歇甚至还出过一次庭，但这件事我不太清楚。只是在仆人们离开之后，德拉马歇立刻问布鲁内尔达：‘现在你没仆人啦？’她说：‘但鲁滨逊在。’德拉马歇接着说，同时用手在我肩膀上重重拍了一记：‘那好，你就做我们的仆人。’布鲁内尔达然后用手拍拍我的面颊。如果有机会，罗斯曼，你也让她拍拍你的面颊。你会感到惊讶，那是多么舒服啊。”

“那你现在是德拉马歇的仆人啦？”卡尔归纳起来说。

鲁滨逊从这句问话中听出了卡尔表示遗憾的语气，他答道：“我是仆人，但只有少数人发觉了。你看，你在我们这儿待了一段时间，但你就不知道这件事。你看到了，晚上我在你们旅馆穿得怎么样，我穿着最好的衣服。仆人们穿这么好吗？问题只是不许我经常走开，我必须随叫随到，总有什么家务要做。这么多事情，一个仆人太少了。你看到了，房间里乱摆着许多东西；大搬家时不能卖掉的东西，我们都拿来了。当然可以把一些东西送给别人，但布鲁内尔达什么也不送。你想象一下，走楼梯把这些东西搬上来，要花多少力气啊。”

“鲁滨逊，所有这些东西都是你搬上来的？”卡尔问。

“不是我是谁呢？”鲁滨逊说，“有个帮手，但这个帮手又懒又滑头；大部分工作只得我一个人干。布鲁内尔达在楼下看着汽车，德拉马歇在楼上指挥我把东西放在哪儿，我一直跑上跑下的。搬了两天家，时间很长，对不？但你根本不知道，这儿房间里有多少东西，所有的箱子都塞得满满的，箱子后面也塞满了，一直堆到了天花板。如果雇几个人负责搬运，事情很快就能做完，但布鲁内尔达除了我谁也信不过。这自然很好，但我损害了一生的健康，而除了健康，我还有什么呢？现在，我只要稍微吃力一点，就浑身刺痛。旅馆里这些年轻人，这些混账鬼——他们不是混账鬼是什么？——我要是身体健康，他们就无法制服我，你相信吗？我什么地方有病，我不告诉德拉马歇和布鲁内尔达。只要行，我就干活；如果不能干了，我就躺倒死去。这时当然太晚了，他们会看到，尽管我身体有病，我还坚持干活，继续干活，为他们效劳，我干活干死了。啊，罗斯曼——”他最后说，并用卡尔的衬衫衣袖擦干自己的眼泪。过了一会儿，他说：“你只穿件衬衫，难道不冷吗？”

“没事，鲁滨逊，”卡尔说，“你总是哭。我不认为你病得这么厉害。你看上去很健康，但你一直躺在阳台上，所以就瞎动脑筋，想东想西的。也许你有时候觉得胸部有刺痛感，这种情况我也有，每个人都有。如果大家都像你这样，有点小病就成天哭，那么，所有在阳台上的人就都得哭了。”

“我比你更清楚。”鲁滨逊说，他同时用床单角擦擦眼泪，“隔壁的女房东替我们烧饭，上次我把餐具拿过去，这时，住在她家的那个大学生对我说：‘您听我说，鲁滨逊，您不会是病了吧？’他们禁止我和这些人说话，所以，我放下餐具后就想走开。他这时走到我身边，说：‘您听我说，喂，您不要老是没命地干，您病了。’‘是啊，那么请问，我该怎么办呢？’我问道。‘这是您的事情。’他说，然后转过身走了。坐在那儿桌边的其他人哈哈大笑，我们在这儿到处有仇敌，因此我宁愿走开。”

“你相信把你当成傻瓜的人，不相信对你心善的人。”

“但我得知道我的身体怎么样了。”鲁滨逊跳起来，但他立刻又哭了。

“你不知道你身体怎么样，你应该给自己找份像样的工作，不要在这儿给德拉马歇当仆人。根据你所说的，根据我自己所看到的，我可以说，你在这儿不是打工，而是在受奴役。这是谁也无法忍受的，我相信你也无法忍受。但你觉得，你是德拉马歇的朋友，你不能离开他。这种想法是大错特错了。如果他看不到你过着苦难生活，你对他就不再有任何义务了。”

“那你真的认为，罗斯曼，要是我放弃这儿的活儿，我会恢复过来？”

“肯定！”卡尔说。

“肯定？”鲁滨逊再次问道。

“绝对肯定。”卡尔微笑着说。

“那我就立刻开始恢复健康。”鲁滨逊边说边凝视着卡尔。

“为什么呢？”卡尔问。

“喏，因为要你把我在这儿的活儿接过去。”鲁滨逊答道。

“这是谁对你说的？”卡尔问。

“这是原来的一个打算。几天来一直在说这件事。事情是这样开始的：因为我将房间打扫得不够干净，所以布鲁内尔达就叱责我。当然我做过保证，要把一切都理得整整齐齐的。可是，这太难了。比如，我这种样子怎么能到处爬着抹尘土？我在房屋中间就很难动弹，还怎么能在家具之间和各样东西之间打扫呢？要想把一切打扫得干干净净的，就得挪动家具，这叫我一个人做吗？还有，不管做什么还得轻手轻脚的，因为，要是布鲁内尔达还没有离开房间，就丝毫不能打扰她。我虽然做过保证，要把样样东西都打扫干净，但实际上我都没有做到。布鲁内尔达发现后，对德拉马歇说，不能再这样下去了，必须再雇个助手。‘德拉马歇，’她说，‘我不想让你指责我，说我没把家管好。我本人用不上什么劲儿，这你清楚，而鲁滨逊一个人也不够。开始时，他精神抖擞的，到处能照顾到，但现在，他总是很疲倦的样子，多半时间坐在角落里一动不动。像我们这个房间，有这么多东西，它不会自己整洁起来的。’德拉马歇随后在想，到底怎么办，因为不能随便把一个人雇到这个家里来，就是试用也不行，我们得处处留心。我是你的好朋友，而且从雷奈尔那里也听说，你在旅馆够累的，所以我提了个建议叫你来。虽然你那时对德拉马歇很鲁莽，但他这时立刻表示同意；我能够这样帮帮你，自然感到很高兴。因为对你来说，这个位子太合适了，你年纪轻轻的，身体强壮，人又很机灵，而我不值一文了。我只想告诉你，你还没有被正式雇用；若是布鲁内尔达不喜欢你，我们就无法用你。因此，你要手脚勤快点，博得她的欢心，其他事情我会帮着办的。”

“如果我在这儿当仆人，那你干什么呢？”卡尔问。他感到自己现在非常自在，鲁滨逊说的话起初给他造成的恐惧心理过去了。德拉马歇对他没有更坏的意图，只是想让他做他的仆人——假若他有更坏的意图，这个喋喋不休的鲁滨逊肯定会透露给他的——但如果情况是这样，那么，卡尔就敢在今天夜里和他们告别。谁也不能强迫一个人接受某个职位。卡尔过去还担心，被旅馆解雇后，为了不至于挨饿，能不能很快找到个合适的，而且尽可能体面点的工作；现在他觉得，与这儿为他考虑的使他反感的职位相比，其他任何一种工作都好，甚至他宁可受失业的苦难生活的折磨，也决不接受这个职位。但是，现在，特别是因为鲁滨逊一心希望通过他卡尔减轻自己的负担，所以他根本不想让鲁滨逊知道他的这种想法。

“因此我要，”鲁滨逊——他已把两个臂肘支撑在阳台栏杆上——边说边愉快地打着手势，“先把各种事情对你讲讲，让你看看所有的东西。你读过书，字肯定写得很漂亮，可以立刻把我们现有的东西列个清单。布鲁内尔达早就想这么做了。假如明天上午天好，我们就请布鲁内尔达坐到阳台上，我们则可以静心地在房间里干活，而且不打扰她。罗斯曼，你必须对此特别留心。只是绝对不能打扰布鲁内尔达。她什么都能听见，很可能是她作为歌手耳朵特别敏感。比如，你要把箱子后面的酒桶滚出来，可是因为桶很重，到处还摆着其他东西，你不可能一下子就把桶滚出来，所以就会有嘈杂声。又比如，布鲁内尔达安安静静地躺在沙发上，一心捕捉烦扰她的苍蝇，因此，你以为她不会注意到你，就继续滚动酒桶，而她呢，还在安安静静地躺着捕捉苍蝇。但是，当你毫不留心时，当你至少搞出点声响时，她会猛地坐起来，用双手往沙发上狠狠地一拍，尘土顿时飞扬起来，几乎就看不见她了——我们搬到这儿来后，我还没有拍打过沙发；我也无法拍，因为她一直躺在上面——这时，她开始像个男子汉一样大声喊叫起来，真叫人害怕，这样一喊就是几个钟头。邻居们不许她唱歌，但谁也不能禁止她叫喊，因此，她只好叫喊；另外，现在她叫喊也很少了，因为我和德拉马歇都非常小心谨慎。这对她也很不好。有一次，她昏迷过去了，德拉马歇正好不在，我只好把隔壁的那个大学生叫来。他用一个大瓶子往她脸上喷洒一种液体，倒是很管用。但这种液体有一种叫人难以忍受的味儿，现在要是鼻子凑近沙发还会闻到。这位大学生，和这儿所有的人一样，肯定也是我们的仇敌，你也要特别当心，不要和任何人交往。”

“喂，鲁滨逊，”卡尔说，“这种活儿可真难做。你还真是给我推荐了一桩美差！”

“你不用担心。”鲁滨逊说，他为了打消卡尔所有的顾虑，闭着眼摇了摇头，“这个职位也有很多优点，这些优点其他任何一种职位都没有。你总是在布鲁内尔达这样一位女士的身边，有时还可以和她睡在同一个房间里，你可以想象得出，这就会使你产生各种各样的舒适感觉。你会领到优厚的工钱。钱这儿有的是。我作为德拉马歇的朋友什么也没得到；但是我出去的时候，布鲁内尔达总是给我点钱。你就像任何别的仆人一样，当然要付给你工钱。你也没有什么其他的身份嘛。但对你来说，最重要的是，我会大大减轻你的工作。开始时我当然什么也不能做，我先恢复身体，稍微恢复一点后，你就可以指望我了。另外，真正服侍布鲁内尔达的活，这是指理发和穿衣，只要德拉马歇不做，还是由我做。你只管打扫房间、采购东西和比较重的家务活。"

"不！鲁滨逊，"卡尔说，"这些都吸引不了我。"

"别傻了，罗斯曼，"鲁滨逊凑近卡尔的脸说，"你可不要错失这个好机会。你在什么地方能够马上找到工作呢？谁认识你？你又认识谁呢？我们两个男子汉经历过许多事，有很多经验，东跑西跑，两个星期都找不到工作。找工作不容易，甚至可以说很难。"

卡尔点点头，他对鲁滨逊说话这么理智感到惊奇。对他来说，这些建议当然不算数，他可以不留下来；在这座大城市会找到他的安身之处的，他知道，所有的旅馆通宵达旦一直挤满了客人，这就需要有人招待，而他在这方面已经得到训练。他也许会很快地悄悄适应某一种活动。对面大楼的底层就有一家小旅馆，响亮的音乐声不停地从里面传出来。正门挂着一个黄颜色的大门帘，有时一阵风吹来，门帘就哗啦啦朝马路这边飘起来。除此之外，小巷里当然安静多了。绝大部分阳台已是黑乎乎的，只有远处还有零星灯光。但不一会儿，那里的人也都站起身来，在他们回房间时，留在阳台上的最后一个人，拉住电灯开关，再看一眼马路，就把灯关掉了。

"现在黑夜开始了，"卡尔暗自思忖，"要是我在这儿再久待下去，我就真成他们的人了。”他转过身想拉开挂在门上的门帘。“你想干什么？”鲁滨逊说，他忙站到卡尔和门帘之间。

“我想走，”卡尔说，“让我走！让我走！”

“你不要打扰她，”鲁滨逊喊道，“你想干什么！”他抱住卡尔的脖子，整个身子的重量全部挂在卡尔身上了，他还用双腿紧紧夹住卡尔的两条腿，一下子把卡尔掼倒在地上。但卡尔从开电梯的小伙子们那儿也学到了一点打架本领，所以他用一只拳头朝鲁滨逊的下巴打去，但打得很轻，因为他的心肠非常软。说时迟那时快，鲁滨逊毫不留情，用膝盖使尽力气猛撞卡尔的腹部，但他接着却用双手捂住下巴，开始号叫起来，叫声很响，以至隔壁邻居阳台上有个人拼命拍手命令说：“安静！”卡尔在地上躺了一会儿，熬过被鲁滨逊撞的疼痛劲儿。他随后只是把脸转向门帘，门帘依然沉甸甸地稳稳挂在门上，房间里很可能是黑洞洞的，好像根本就没有人，德拉马歇也许和布鲁内尔达出去了。卡尔完全获得了自由。鲁滨逊的举动确实像条看门狗，现在终于被甩脱了。

这时，从马路的远处传来阵阵鼓声和喇叭声。许多人先是零零星星地喊叫什么，不一会儿，零星的喊叫声汇聚成齐声呐喊。卡尔转过头，看见所有的阳台上又活跃了起来。他慢慢站起身，但还无法站直，只能重重地靠在栏杆上。许多年轻人行进在人行道上，他们迈着大步，甩着手臂，一只手还高高举着帽子挥舞，不时地回过脸看。车道上尚无车辆行驶。还有部分人举着木棍，木棍上挑着灯笼，灯笼周围是一圈淡黄色烟雾。鼓手和喇叭手正列队走进灯光中。卡尔对人数之多感到惊讶；这时他听到背后有说话声，转回身，看见德拉马歇把沉甸甸的门帘掀开了，随后，布鲁内尔达从黑乎乎的房间里出来。她穿着红色连衣裙，肩上搭着带尖形花饰的披肩，头上戴顶深色小帽，小帽遮着显然未修剪和梳理的头发，有的头发末端高高翘起来。她手里拿着一把打开着的扇子，但并没有扇动，而是把它紧紧贴在胸前。

卡尔沿栏杆移到一边，给这一对儿空出位置来。他认为肯定谁也不会强迫他留在这儿。即使德拉马歇设法让他留下来，布鲁内尔达也会根据他的请求放他走。她压根儿无法忍受他，他的眼睛使她感到害怕。但当他刚朝门迈出一步时，她发现了，立刻说："去哪儿，小鬼？"在德拉马歇投来的严厉目光下，他站住了；布鲁内尔达把他拉到自己身边。"你不想看下面的游行队伍吗？"她说着，把他推到她前面的栏杆边。"你知道这是怎么回事吗？"卡尔听见她在他身后问，同时他下意识地做了个动作，想躲开她的身子对他的压力，但躲不开。他悲伤地看着下面的马路，好像他悲伤的原因可以在那儿寻找似的。

德拉马歇双臂交叉在胸前，他先是站在布鲁内尔达身后，后来跑进屋里把看戏用的望远镜拿出来递给布鲁内尔达。楼下，紧跟在乐队后面的是游行队伍的主体部分。在一个身材魁梧的男人肩上坐着位先生，从这儿高处，人们只看到他那不太光亮的秃顶，他还一直把他的大礼帽举在秃顶上方挥舞致意。走在他周围的人显然举着标语牌，从阳台上看，这些牌子雪白雪白的；它们的排列是从四面八方围靠在他的周围，而他突出地坐在正中央。

由于一切都在向前移动，所以标语牌组成的这堵围墙常常会断开，但很快又会接起来。再远一点，是空出来的宽阔马路，两边挤满了他的支持者，尽管在黑暗中估计，路两边的支持者排列得还不够长。所有拥护他的人都拼命鼓着掌，而且庄严地喊唱着，很可能是欢呼这位先生的名字。他的名字虽然很短，但人们总也听不清楚。巧妙地分散在人群中的一些人举着汽车上用的那种灯，慢慢地上下移动，照射着，灯光特别强烈。这种光到卡尔站的高度已经不影响什么了，但它扫射到下面阳台上时，可以看到那里的人赶忙用手把眼捂起来。

应布鲁内尔达请求，德拉马歇向邻居阳台上的人打听下面的人为什么游行。卡尔对那边的人是不是回答和怎么回答感到有点好奇。实际上，德拉马歇问了三次都没有人应声。他从栏杆上探出身子再问，这样很危险；布鲁内尔达被邻居气得直跺脚，卡尔感到她的膝盖碰到了他。终于传来一声回答，但同时，满满地挤在那个阳台上的人哈哈大笑起来。德拉马歇随即向那儿喊叫了些什么，叫得很响，要不是此时整个马路上嘈杂声此起彼伏，周围的人都会惊讶地听他喊叫的。不管怎么说，他的喊叫起到了作用，那儿阳台上哈哈大笑的声音不自然地很快平静下来了。

“明天我们要选一位法官，下面背着的那位先生是候选人。”德拉马歇回过头平心静气地对布鲁内尔达说。“不是！”他随后又叫道，同时十分亲热地拍拍布鲁内尔达的背，“我们压根儿就不知道，世界上在发生什么事情。”

“德拉马歇，”布鲁内尔达说，她又回到邻居的行为举止上来，“如果不费劲儿，我多想搬个家！但很可惜，这件事我是无法指望的。”她大声叹着气，一副心神不安、魂不守舍的样子，不断摆弄着卡尔的衬衫；卡尔尽可能不让她觉察出来，一再试图把她这双胖乎乎的小手推开，而他也轻易地做到了，因为布鲁内尔达此时想的不是他，她在考虑别的事情。

不过，卡尔不一会儿也忘了布鲁内尔达，容忍她那双臂的重量压在他肩上，因为马路上的情景完全把他吸引了过去。有几个人可能是重要人物，他们做着各种手势走在候选人的前面，他们的谈话肯定具有特殊意义，因为周围的人都向他们扭过身，脸上还带着倾心静听的表情；按照这几个人的安排，队伍在小旅馆前出人意料地停了下来。这几个人当中的一个举起手发出个信号，这个信号不仅是针对大家，而且也针对候选人。这时群众都安静了下来；那位候选人多次想在背他的人的肩上站起来，但每次都迫不得已又倒在座椅上，他做了个简短讲演，讲话时还常常飞快地挥舞大礼帽。他的一举一动人们看得清清楚楚，因为他讲话时所有灯光都对着他，他像是处在一颗明亮星球的中央。

现在，人们也已发现整条街对这个事件的兴趣。在候选人的党派占领的阳台上，人们一起喊唱起候选人的名字，并把手远远伸出阳台，热烈地用力鼓掌。在其他的，甚至是占多数的阳台上，响起唱反调的洪亮歌声，但这种声音并不完全一致，因为这些人是不同候选人的支持者。不过，眼前这位候选人的敌对者却继续紧密联合起来，拼命吹口哨起哄，甚至还动用了许多留声机。各个阳台之间的政治争论在夜晚显得更为激烈。大多数男人穿着睡衣，只是在外面又披了件上衣；女人们裹在深色大毛巾毯里；无人照看的孩子们在阳台边缘上爬来爬去，非常叫人担心，而且，越来越多的小孩子从黑乎乎的房间里跑出来，他们本来在屋里已经睡着了。有时，那些特别激进的人朝敌对者的方向零零星星抛出一些不明之物，这些东西有时会击中目标，但大多数掉在马路上，在那里引起人们的愤怒喊叫。如果楼下的那些领导者觉得嘈杂声太响，鼓手和喇叭手就开始干预。他们全力以赴敲起的咚咚声和吹出的嘟嘟声没完没了，最后盖过从楼下到楼顶所有人的声音。这种震天响的声音总是会突然——人们简直不能相信——停下来，随即，马路上显然经过训练的人群利用这个一时寂静的机会，又高声唱起自己的党歌——在车灯的强光照耀下，人们看得清清楚楚，每个唱歌的人都把嘴张得大大的——直到在此期间清醒过来的敌对者从所有阳台和窗口发出比原先强十倍的喊叫声，并使下面那个暂时获胜的党派在这种喊叫声冲击下完全沉默下来为止。

“你高兴吗，小鬼？”布鲁内尔达问道，她紧紧贴在卡尔背后转来转去，为的是尽可能用望远镜眺望到所发生的一切。卡尔只是点点头表示回答。另外，他发现，鲁滨逊一个劲儿地对德拉马歇说话，很可能是讲卡尔的行为举止问题，但德拉马歇好像并不重视鲁滨逊的话，因为他用右手搂着布鲁内尔达，而总想用左手把鲁滨逊推到一边去。“你不想用望远镜看看吗？”布鲁内尔达问，她同时拍拍卡尔的胸，以此表明她在问他。

“我看得够多了。”卡尔说。

“你试试，”她说，“你会看得更清楚。”

“我眼睛很好，”卡尔回答，“一切我都看得清清楚楚。”布鲁内尔达把望远镜凑近他的眼，卡尔觉得她这样做并不是表明她亲切，而是在打扰他；实际上，她现在只不过是对他说了一句“喂！”，而这句一个字的话从语调上听起来却是一种威胁。卡尔已将望远镜放到自己眼前，但实际上什么也看不见。

“我什么也看不见。”卡尔说，他想把望远镜扔掉，但它紧紧拿在她手里，再说他的头也紧紧挤在她胸前，既不能往后移，也不能往一边移。

“现在看到了吧？”她边说边转动望远镜的调节旋钮。

“看不到，还是什么也看不到。”卡尔说。他这时想到，他现在事实上已经在无意之中减轻了鲁滨逊的负担，因为布鲁内尔达把她那令人无法忍受的情绪全发泄到了他身上。

“你什么时候才能看到啊？”她边说边继续调整望远镜，她长长地呼出的气喷在他整个脸上。“现在呢？”她问。

“不行，不行，不行！”卡尔喊叫着。尽管他现在事实上能够看到一切，只是很不清楚，但他还是这么说。但恰好这时布鲁内尔达和德拉马歇在说什么话，她顾不到再把望远镜紧紧放在卡尔眼前，所以卡尔趁她不注意，从望远镜下边看马路。后来，她也不再固执己见，而是自己用望远镜观看了。

从下面的旅馆里走出一位侍者。他迈过门槛，来回匆忙走动着，接过那些领队者预订酒菜的单子。卡尔看到，这位侍者伸长脖子看向旅馆里面，尽可能把更多的侍者喊过来。在人们准备这次大型露天酒宴时，那位候选人一直不停地讲话。背着他，而且专门服侍他的那个彪形大汉，在他讲了几句话后就稍微转动一下身体，使各个方向的在场观众都能听到他的演讲。这位候选人在多数情况下是弯着腰讲话，而且急促地挥舞着那只空手和另一只手拿着的大礼帽，企图这样使自己的话尽可能具有强大的说服力。但有时，几乎是隔一段固定的时间，他会猛地伸高双臂，这时他的讲话不再针对一部分人，而是针对全体，他要对一幢幢大楼从底层到顶层的所有居民讲话。但是，非常清楚，最底层没有人能够听到他讲话；是啊，若是有可能，谁也不想再听他讲话，因为每个窗口，每个阳台，至少都被一个大声喊叫的演讲者占据了。在这期间，几位侍者从旅馆里抬出一块弹子台大小的木板，上面摆着许多玻璃杯，玻璃杯闪闪发亮，里面斟满了酒。那些领队的开始分发酒杯，大家排成像是行进时排的队伍，在旅馆门前一个接一个走过。尽管一再往木板上增加酒杯，但对大群人来说仍然不够。柜台侍者分成两排不断从木板左右两边钻进旅馆取酒来供应大批的人。那位候选人当然停止了讲话，他要利用这个间歇为自己积蓄力量。那个彪形大汉背着他在人群和强烈灯光的旁边慢慢悠悠地走来走去，只有那些最亲近的支持者陪伴着候选人，并仰着头与他说话。

“瞧这个小鬼，”布鲁内尔达说，“他只顾看，忘了自己在什么地方。”她出其不意地用双手把卡尔的脸转向她自己，然后盯着他的眼看。但这只有一刹那的工夫，因为卡尔立刻甩脱了她的双手，并且对她不让他安静一会儿感到气恼；同时，他来了浓厚兴趣，想到马路上去，在近处看看发生的一切。于是，他使足力气摆脱布鲁内尔达的压力，说：

“请您让我走！”

“你留在我们这儿。”德拉马歇说，他依然盯着马路看，只是伸出一只手阻止卡尔走开。

“别挡他，”布鲁内尔达说着把德拉马歇的手推开，“他会留下来的。”她用身子把卡尔更紧地挤在栏杆上，他要想摆脱她，就得和她打一架。可是，即使他能获胜，他又能获得什么呢！他左边站着德拉马歇，右边现在站上了鲁滨逊，他真正是处在监禁之中。

“高兴点，我们不会把你扔出去。”鲁滨逊说，并用从布鲁内尔达的胳臂下伸过来的手拍拍卡尔。

“扔出去？”德拉马歇说，“不是把一个在逃的小偷扔出去，而是交给警察。如果他不好好安静下来，明天一早就这么对付他。”

从这一刻起，卡尔对下面的景象丝毫不感兴趣了。只是由于布鲁内尔达，他直不起身来，迫不得已把腰弯在栏杆上。他内心充满着忧虑，心不在焉地望着下面的人。下面的人大约二十人分为一组，按组走到旅馆门前，抓起酒杯，转过身，朝那位顾自忙碌的候选人举起酒杯，致以党派的问候，然后干杯。他们肯定在大声说着话，只是在这样的高度听不见罢了。他们把酒杯再放到那块木板上，接着把地方让给急不可耐、吵吵闹闹的下一组。一直在旅馆里演奏的乐队受领队者的委托来到街上，他们的大型吹奏乐器在昏暗的人群中间闪着亮光，但他们的演奏声却淹没在一片嘈杂声中。马路上，至少是旅馆所在的一边，人越来越多。他们从上方，也就是卡尔早上乘车来的方向拥下来；有的从下方，即那座桥的方向跑上来；即使是幢幢大楼里的人也抵不住这种强烈的诱惑，跑出来亲自加入这种宏大场面。男人们争先恐后挤出了房门，阳台上和窗口边只剩下了女人和孩子们。现在，音乐和酒宴达到了目的，集会的规模够大了。这时，一位由两盏车灯的强光从两侧照耀着的领导者示意音乐声停下来，并用力吹了声口哨，人们接着看见背着候选人的那位有点走偏的彪形大汉穿过支持者开辟出来的通道，快步走来。

他还没有走到旅馆门口，那位候选人已经开始新的演讲了，所有的车灯紧紧围着他照射着。但现在一切都比原先艰难多了，那位彪形大汉没有一点儿活动自由，实在是太拥挤了。那些最亲近的支持者先前可以用一切可能的手段增强候选人的演讲效果，而此时要想站在候选人周围就很困难，只有二十来名竭尽全力才勉强能簇拥着背候选人的彪形大汉。但即使这个强壮的人也无法随心所欲地移动一步了；通过转动一定的方向，或是适当向前移动，或是适当向后退让，来影响群众，这无法做到，甚至想都别想。人群拥来拥去，毫无秩序；一个人简直要倒在另一个人身上，你推我搡，谁都无法站直身子。随着新听众的拥来，反对者大大增加了。那个彪形大汉在旅馆门口停留了很长时间，但现在他似乎也不做任何抵挡了，在街上任凭人们推来推去；他肩上的候选人仍在不停地演说着，但现在谁也弄不清，他是在解释自己的纲领，还是在呼救；如果没搞错的话，这里还出现了一位甚至几位反对党的候选人，因为在有的地方，人们看见在突然亮起的灯光下人群高高抬起一个人，这人脸色苍白，但紧握拳头，开始演说，他的话不断引起阵阵欢呼声。

“那儿发生什么啦？”卡尔大为迷惑不解地转向看守他的人问道。

“这小鬼多么激动！”布鲁内尔达对德拉马歇说，她抓住卡尔的下巴，把他的头拉向自己。但卡尔不愿让她这么做，再说街上发生的事情使他也好像变得肆无忌惮了，因此，他猛地用力挣脱开，布鲁内尔达不仅放开了他，而且退到后面，完全给他让开了路。“现在你看够了，”她说，卡尔的行为显然激怒了她，“到屋里去，铺好床，把夜里用的东西都准备好！”她伸出手，指向房间。这正是卡尔几个小时以来想走的方向。他没说一句话表示反对。这时，人们突然听见从街上传来玻璃杯碎裂发出的噼啪声。卡尔无法克制自己，立刻跑到阳台的栏杆边，想往下再匆匆地看上一眼。反对者的冲击，而且也许是决定性的一次冲击成功了；支持者的车灯以其强光让所有公众至少看清了事情的主要过程，并因此使一切限制在一定范围内。现在，这些车灯全部同时被打碎了，忽明忽暗的路灯此时照着那位候选人和他的彪形大汉，但路灯散发出的光突然扩散开来，仿佛显得极其昏暗。人们现在简直一时无法知道，那位候选人在什么地方。这种黑暗造成的迷惑性，由于恰好开始传来音调一致的洪亮歌声而变得更为强烈了；这歌声从下方，也就是从那座桥的方向传来，而且离这儿越来越近了。

“我不是说过叫你现在干什么吗！”布鲁内尔达说，“快一点，我累了！”她补充说，然后她把两只胳膊往高处伸伸，这样一来，她的胸脯比平时隆起得更高了。一直还在搂着她的德拉马歇把她拉到阳台的一个角落，鲁滨逊紧紧跟在他们后面，把他放在那儿的剩饭推到一边。

卡尔必须充分利用这个有利时机。现在，他没有时间往下看了，他会在楼下把马路上发生的事看个够，而且比在这儿阳台上看到的会更多。他两步跨入粉红色灯光照着的房间，但门锁了，而且钥匙也抽走了。现在必须找到钥匙，可是谁能在这乱七八糟的房间里，在他仅有的这短暂的宝贵时间里找到一把钥匙呢！不然，他早到楼梯上了，早往下跑了，拼命跑掉了。但他此时却在找钥匙！他在所有可以拉出来的抽屉里寻找，翻遍了摆满各种餐具、餐巾和刚开始的刺绣活的桌子；一把靠背椅吸引了他，上面胡乱放着一堆衣服，钥匙很可能在里面，但他并没能找到；最后，他爬到散发着臭味的长沙发上，在各个角落和折缝里摸索着找钥匙。此后，他不再找了，站在屋子中间。肯定是布鲁内尔达把钥匙拴在自己的腰带上了，上面还挂着许许多多其他东西呢，所以，在房间里无论怎么找都找不到。

他盲目地抓起两把刀子插到两个门扇之间，一把在上面，一把在下面，想以此形成两个相分离的受力点，但还没有用力撬，两把刀的刃全断了。他没想换其他办法，因为用刀子的剩余部分只会使门更紧而不易打开。他伸开双臂，两条腿也远远叉开支撑好，使尽全力，而且哼出声音助威拼命撬，同时还要仔细注意着门。门不会一直撬不开的，他明显听到了锁舌松动的声音；越慢越好，不能让锁啪嚓一声跳开，不然会引起阳台上的人注意，锁必须慢慢地分开，因此卡尔十分小心，眼睛离锁越来越近。

“你们看呀。”这时他听到德拉马歇的声音。三个人站在房间里，门帘在他们身后已经放下来了。卡尔肯定是没有听见他们进来的声音，他看着刀子垂下了双手。但他根本来不及说句话进行解释或是表示道歉，因为，德拉马歇一下子怒不可遏地跳将过来——他那解开着的睡衣束带在空中长长飘起来——扑向卡尔。卡尔在最后一刹那躲开了德拉马歇的进攻，他本应把门上的刀子拔出来进行自卫，但他没有这样做，相反，他一低腰又随即跃起，抓住德拉马歇的宽大的睡衣领，猛地向上提，再继续向上提——这件睡衣对德拉马歇来说也实在太大了——幸好抓住了德拉马歇的头，德拉马歇十分惊恐，先是盲目地胡乱挥动双手，稍后才——但还用不上劲儿——用拳头捶打卡尔的背，卡尔为保护自己的脸，挤到德拉马歇的怀里。他忍受着拳头的捶打，即使他痛得不断转动，即使拳头来得越来越重，他又怎么能不忍受呢，他眼看就要胜利了。卡尔双手抓着德拉马歇的头，大拇指就掐在他的眼睛旁边，把他推到乱七八糟放着的家具上，另外试图用脚尖把睡衣束带缠绕在德拉马歇的脚上，想以此把他摔倒在地上。

因为他必须一心对付德拉马歇，特别是因为他感到对方的反抗越来越强，而且这个仇敌越来越有力地用身体抵挡他，所以，他实际上忘了，他不是在和德拉马歇单独在一起。但他很快想到了这个问题，因为他的脚突然不管用了，原来是鲁滨逊在他身后趴在地上喊叫着，正把他的双脚分开。卡尔叹着气把德拉马歇放开，后者向后退了一步。布鲁内尔达两条腿远远叉开，屈着双膝，摇着肥胖的身体，站在房间的中央，眼睛亮闪闪地看着这场争斗。她好像亲自在参加战斗，深深吸口气，眼睛瞄准目标，慢慢地伸出两个拳头。德拉马歇拉低自己的衣领，眼睛又可以看见了；现在当然没有战斗了，剩下来的只是惩罚。德拉马歇抓住卡尔的衬衫前襟，把他几乎举离地面，而且藐视他，看都不看他一眼，用力把他抛向几步远的一个橱柜；在起初一刹那，卡尔简直觉得撞在箱子上造成的背部与头部的刺痛直接来自德拉马歇之手。“你这个流氓！”他双腿颤抖，眼前一片黑暗，但还能听见德拉马歇在大声喊叫。他精疲力竭地倒在箱子边，耳朵里隐隐约约还回响着“等着瞧吧！”这句话。

当他清醒过来时，周围一片漆黑。他想现在可能还是在深夜。一抹微弱的月光经过阳台从门帘底下挤进房间来。他听见三个酣睡者发出的从容不迫的呼吸声，其中最响的是布鲁内尔达的声音，就像她平时说话偶尔会那样似的，睡眠呼吸也气咻咻的。但现在吃不准三个睡觉的人各在什么方位，因为整个房间都充满他们咝咝呼吸的声音。他稍微检查了一下周围情况之后才想到了自己；他十分惊恐——尽管他由于疼痛而觉得身体僵硬，直不了腰，但他没有想到，他有可能受重伤流了血。现在，他头上有样东西压着，整个脸、脖子和衬衫下的胸部像是因流血而湿乎乎的。他一定要到有亮光处弄清自己的情况，也许他被打成残废了，要是这样，德拉马歇准会愿意解雇他，那他以后怎么办呢，他真的就没有别的希望了。他又想到那个坐在大门口、长着酒糟鼻子的年轻人；他双手捂着脸躺了一会儿。

卡尔下意识地转过身，面向门，边爬边摸索着，不一会儿，他用手指尖触摸到一只靴子，接着摸到一条腿。这是鲁滨逊，不然，谁会穿靴子睡觉呢？他们命令他横着身子躺在门那儿，以便防止卡尔逃跑。难道他们不知道卡尔的情况吗？他一时根本不想逃跑，只想到有亮光处。如果他不能从门口出去，那他就只好去阳台上。

他发现餐桌完全不在夜间所摆的地方；他摸到了长沙发，要接近沙发当然必须小心翼翼，但出乎他意料，沙发上空空的。相反，他在房间中央碰到压得很厉害但叠得很高的衣服、被子、靠垫、窗帘和地毯。起初他想，这只是一小堆东西滚到了地上，就像他晚上在沙发上看到的那些衣物。可是，在他继续爬时，他惊异地发现东西很多，足有一大卡车，这些东西很可能是为了过夜而从箱子里拿出来的，白天则在箱子里放着。他围着这堆东西爬，不一会儿弄清楚了，所有这些东西是一种床铺。而且在小心触摸之后确信，德拉马歇和布鲁内尔达就高高地睡在上面。

现在他知道了三个人睡在什么地方。于是，他赶紧来到阳台上。这里完全是另外一个世界，在这个世界，在门帘外面，他很快恢复过来。他呼吸着夜间的清新空气，踏着皎洁的月光，在阳台上来回走了几次。他望着马路，那儿已是寂静无声；旅馆里还放着音乐，但声音压得很低。门口有个人在打扫人行道。晚上，马路上四处是震天响的嘈杂声，竞选者的喊叫声简直无法与成千上万人的喧闹声区分开来，而现在清清楚楚听到的是扫帚扫石子路面的唰唰声。

隔壁阳台上的一张桌子引起卡尔的注意。那儿有人坐着在学习。那是个年轻人，留着小山羊胡子；他一边看书，一边捻着胡子，嘴唇还在很快动个不停。他脸朝向卡尔，坐在一张堆满书的小桌子边上。他把电灯从墙上摘了下来，夹在两本大书的中间，因此，他四周被耀眼的灯光照得通亮。

"晚上好！"卡尔说，他以为自己看见那个年轻人在朝他这边看。

但他肯定是搞错了，因为那个年轻人好像压根儿就没有看见他。只见那个年轻人把手放到眼上方遮住灯光，想看清是谁突然在向他打招呼，但他还是看不见什么，于是把电灯拿高，稍微照照隔壁的阳台。

"晚上好。"他也说，并向对方仔细看了看。随后他又补充说："有什么事吗？"

"打扰您了？"卡尔问。

"当然啦，当然啦。"那个人说，然后他把电灯又放到原来的地方。

说这样的话当然就拒绝了任何联系，尽管如此，卡尔还是没离开靠那个人最近的阳台角。他站在那儿默默地观看着那个年轻人怎样看书，怎样翻书页；有时还看到他飞快抓起另一本书查阅什么，还常常往本子里写些东西，而且写字时总是把脸朝本子压得低低的。

这个人是不是大学生？看上去好像他在钻研什么。卡尔在家里的时候，坐在父母的桌边做作业，和他没多大区别。这已是很久远的事了。那时，父亲在看报，或是为协会登记东西，写通讯报道；母亲忙着做针线活，把带线的针从布上抽出来拉得长长的。为了不打扰父亲，卡尔只把练习本和笔放在桌子上，而把必要的书放在自己左右的沙发椅上。那时是多么安静啊！陌生人是很少到那个房间的。当卡尔还是个小孩子的时候，他总是喜欢站在旁边看母亲傍晚时怎样用钥匙把家门锁起来。母亲万万没想到，卡尔现在到了这样的地步——试图用刀子撬开别人家的房门。

他的全部学习有什么用呢！他把学的东西全忘光了；要是现在让他在这儿继续学习，那他会感到非常吃力的。他回想起在家里时，有一次生了一个月的病；为了再次赶上中断了的学习，他当时费了多大劲啊！现在，除了那本英语商务文书教科书外，他已很久没看过书了。

"喂，年轻人，"卡尔突然听到有人在和他打招呼，"您能不能站到其他什么地方？您朝这边盯着看，实在太打扰我了。凌晨两点钟，总能要求在阳台上安安心心干点事吧。您想要我干什么？"

"您在学习？"卡尔问道。

"是啊，是啊。"那个人说。他利用这一小会儿不能学习的时间，把自己的书理了一理。

"那我不想打扰您，"卡尔说，"我这就回房间去。晚安！"

那个人没再做回答；在消除这种干扰后，他突然又下决心学习，只见他把前额重重地支撑在右手上。

卡尔走到门帘边时又想到，他究竟是为什么而出来的，他还不知道自己的身体怎么样。头上有什么东西呢？他伸手摸摸头，感到惊奇，因为头上并没有像他在黑洞洞的房间里所担心的那样受伤流血了，而只是绕着一条缠头布似的湿绷带。从有些地方挂着的剩布条判断，这条绷带是用布鲁内尔达的刚洗的旧衣服撕成的，鲁滨逊可能是匆匆忙忙把它裹到卡尔头上了，而忘了把它拧干。因此，卡尔失去知觉后，布条上的许多水从脸上流到了衬衫里，最后使卡尔虚惊一场。

“您还在那儿站着？”那个年轻人问，并眯起眼朝卡尔这边看。

“我现在真的就要走了，”卡尔说，“我只想在这儿稍微看看，房间里很黑。”

“您到底是谁？”那个人问道，他说着把笔放到在面前打开着的书上，走到栏杆边，“您叫什么名字？您怎么到这些人这儿来了？您在这儿很久了吗？您想看什么呢？您把那儿的电灯打开，好让我看看您。”

卡尔照他说的去做。但在回答之前，卡尔又把门帘拉严实点，不让里面的人发觉什么。“请您原谅，”卡尔然后低声说，“我说话这么轻。要是里面的人听到我说话，那就又要吵闹了。”

“又要？”那个人问。

“是啊，”卡尔说，“晚上我刚和他们大吵了一顿，我头上肯定还有个可怕的肿块。”他摸摸自己的后脑勺。

“大吵什么呢？”那个人问。由于卡尔没有立刻回答，他又补充说：“您尽可放心地告诉我，您心里反对您的主人什么。因为我也恨那三个人，特别恨那位夫人。还有，我感到奇怪，他们为什么不唆使您反对我。我叫约瑟夫·门德尔，是个大学生。”

“是啊，”卡尔说，“有人向我讲起过您，但没有说您什么坏话。您给布鲁内尔达夫人治过一次病，对不对？”

“对。”大学生说着笑了起来，“沙发还有臭味吗？”

“哦，是啊。”卡尔说。

“那我很高兴。”大学生说着用手理理头发，“为什么把您打出了肿块？”

“那是因为吵架。”卡尔说。他考虑着该怎样解释给大学生听，但随后又停住了，改口问：“我不打扰您吗？”

“第一，”大学生说，“您已经打扰我了，很遗憾，我非常生气，我再静下心来需要很长时间。自从您开始在阳台上散步以来，我就什么也没有学进去。第二，三点钟我总要休息一下。您放心告诉我好了，我也很感兴趣。”

“很简单，”卡尔说，“德拉马歇想叫我当他的仆人，但我不愿意。晚上的时候我就很想立刻走。他不让我走，把门锁了起来。我想把门撬开，接着就打了起来，我很不幸，现在还在这儿。”

“您有其他工作吗？”大学生问。

“没有。”卡尔说，“只要能从这儿离开，这个我就不在乎。”

“您听着，”大学生说，“这您不在乎吗？”两个人都沉默了一会儿。“为什么您不想待在他们这儿？”大学生接着问道。

“德拉马歇人很坏，”卡尔说，“我早就认识他了。我和他一起走了一整天的路，随后我很高兴不再和他一起了。难道现在还要我在他这儿当仆人吗？”

“如果所有的仆人在选择自己的主人时都像您这么挑剔，那怎么行！”大学生说，同时他似乎在微笑，“您看，我白天是售货员，最低级的售货员，甚至可以说是在蒙特利的百货公司里充当供差遣的仆人。这个蒙特利毫无疑问是个流氓，但这我不管，我气愤的只是他给我的工钱太少。您就把我当作例子吧！”

“怎么？”卡尔问，“您白天是售货员，夜里学习？”

“是啊，”大学生说，“只好这样。一切可能性我都试过了，但这种生活方式是最好的。几年前，无论白天还是夜里，我都是个大学生，您知道，但那样我几乎要饿死，睡在脏旧的洞里，穿着当时的衣裳都不敢进教室。但这一切都过去了。”

“可您什么时候睡觉呢？”卡尔问，他吃惊地看着大学生。

“是啊，睡觉！”大学生说，“我学习完了就睡觉。我暂且喝黑咖啡。”他转过身，从书桌底下拿出一个大瓶子，从里面把黑咖啡倒进个小杯子里，然后大口喝下去，就像人们把药一口吞下去那样，尽可能不尝它的味道。

“这可是样好东西，黑咖啡。”大学生说，“很可惜，您离得太远，我无法给您递过去一杯。”

“我不喜欢喝黑咖啡。”卡尔说。

“我也不喜欢喝，”大学生说着笑了，“但是没有它我怎么办呢？如果没有黑咖啡，蒙特利一分钟也不会要我。我总是提蒙特利，尽管他当然想不到世界上有我这个人。我不知道我在商店里的行为会是个什么样子，如果我在那儿的桌子里没有准备好像这样的一大瓶咖啡——因为我还从来不敢停止喝咖啡呢。不过，您只管相信我，我很快就会躺在书桌后边睡着的。很遗憾，这一点人们预料到了，他们称我'黑咖啡'，这是个无聊的玩笑，但它已经影响了我的发展。"

"您什么时候可以结束学习呢？"卡尔问。

"进度很慢。"大学生低着头说。他离开了栏杆，又坐到书桌边，两个臂肘撑在打开的书上，双手梳理着头发。他随后说："还要一两年。"

"我也想学习。"卡尔说。仿佛这一情况使他产生了信心，这种信心比现在默默不语的大学生向他表明的信心更大。

"您还是，"大学生说；现在不知道他是真的在看书，还是仅仅心不在焉地盯着书看，"您还是为您放弃了学习而高兴吧！我本人几年来其实只是强忍着学习。我没有什么满意的心情，对未来更不抱什么希望。我还想抱什么希望呢！美国到处都是'骗人博士'。"

"我想当工程师。"卡尔又匆忙对显然已完全不注意他的大学生说。

"现在要叫您在这些人身边当仆人，"大学生说着匆匆抬头一看，"这当然使您感到痛心。"

大学生的这个结论自然是一种误解，但卡尔也许可以利用这个误解。因此，他问道："我能不能也在百货公司找个活干呢？"

这个问题使大学生完全从书本上抬起了头。他想的根本不是他能否帮助卡尔申请工作。“您试试吧，”他说，“也许还是不试为好。我从蒙特利那儿得到了一个职位，这是我一生至今最大的收获。要是让我在学习与我的职位之间选一样的话，我当然要选职位。我的努力就是为了避免出现这样一种选择的必要性。”

“在那儿找个职位这么难。”卡尔说，但主要是自言自语。

“哎呀，您在想什么啊，”大学生说，“做个区法官也比在蒙特利手下做个门童容易。”

卡尔默不作声。大学生远比他经验丰富，此人出于什么原因憎恨德拉马歇，卡尔还不知道；他当然不希望卡尔处境不好，但他又找不到话鼓励卡尔离开德拉马歇。同时，他根本不知道卡尔还受到过警察的威胁，是德拉马歇在半路上保护了他。

“您晚上看了下面的游行吧？对不对？若是人们不熟悉情况，会想，这个名叫罗伯特的候选人，会创造美好的未来，或者，人们至少会考虑他，对不？”

“我对政治一窍不通。”卡尔说。

“这不好，”大学生说，“不过，尽管如此，您还有眼睛与耳朵。这个人毫无疑问有朋友，也有仇敌。这一点您不会不知道的。现在您想想吧，我认为，这个人没有希望当选。我偶然了解到了他的一切情况，我们这儿住着个人，这人熟悉他。他并不是没有能力，从他的政治观点和从政经历看，他最适合做本区法官。但是没有一个人认为他会当选，他注定要落选，最多是为竞选花掉几个钱，这就是一切。”

卡尔和大学生默默地相互看了一会儿。大学生微笑着点点头，用一只手按按疲惫的双眼。

“现在，您还不去睡觉吗？”大学生随后问道，“我必须继续学习。您瞧，我还有多少东西要看。”他说着很快翻翻半本书，为的是给卡尔一个概念，还有多少东西在等着他学习。

“那就祝您晚安。”卡尔边说边躬躬身。

“有空来我们这儿看看，”大学生说，然后他又坐到自己的书桌边，“当然，要是您有兴趣的话。您在这儿会遇到很多人。每天晚上九点至十点，我有空与您聊天。”

“那您建议我在德拉马歇这里留下来吗？”卡尔问。

“一定得留下。”大学生说着已经低下头又在看书了。看样子，好像他压根儿就没说这句话似的；这句话，像是用一种比大学生的声音更低沉的声音说出来的，还在卡尔的耳朵里回响着。卡尔慢慢走到门帘那儿，回头又看了大学生一眼。他一动不动坐在自己的灯光下，周围一片漆黑。卡尔钻进了房间。三位睡觉者的呼吸声像是联成一气迎接他。他顺着墙找那张长沙发，摸到后，就躺在上面安安稳稳地舒展开身子睡了，好像这张沙发是他久已习惯的床铺。那位大学生熟知德拉马歇，熟知这儿的情况，而且又是个受过教育的人，既然他劝卡尔留在这儿，那么卡尔一时也就没有什么可考虑的了。他不像大学生追求这么高的目标。谁知道他在家乡能不能学习到最后；倘若在家乡都不能学习，谁还能要求他在异国他乡这么做呢？但是，如果他先在德拉马歇这里当仆人，在保证安全的情况下再等待有利时机，那么找个职位，做点什么，而且自己的成绩能得到承认，这种希望还是很大的。这条街上看来有许多中下等的办公室，这些办公室若是需要人员，挑选员工时也许不会太挑剔。迫不得已的话，他也乐意去百货公司打杂。这样的可能性也没有完全排除；他也可能被录用后纯粹做办公室工作，将来作为办公室职员坐在办公桌前，而且无忧无虑，像他今天早上穿过院落时看见的那位职员那样，朝敞开着的窗户外面望一会儿。当他闭起眼睛的时候，他宽慰地想到，他还很年轻，德拉马歇总会放他走的；这个家确实不像是能永久如此安居下去的样子。他一旦在办公室有这样一个职位，就不想再做办公室工作以外的事了，不愿学那位大学生把自己的精力分散开。若是有必要，他也愿意把夜晚时间用在工作上，开始时，由于自己受商务教育很少，人们肯定会要求他这样做的。他会只想着公司的利益，乐意承担各种工作，甚至其他职员认为有失尊严而不愿做的事情，他也愿意接过来。这些良好的愿望拥挤在他的脑海里，好像他未来的上司就站在这张长沙发前，从他脸上看出了他的心思似的。

卡尔怀着这样的想法睡着了，只是在开始半睡半醒的状态时，布鲁内尔达的重重叹气声还打扰了他。布鲁内尔达显然正在受噩梦折磨，在床上翻来滚去。

俄克拉何马露天剧院

在一条马路的拐角处，卡尔看到一则广告，上面这样写道："今天，早上六点至午夜，在克莱顿赛马场为俄克拉何马大剧院招收工作人员！俄克拉何马大剧院呼唤你们！只今天一天呼唤你们，只呼唤这一次！谁错过机会，谁就永远错过了！谁为自己的未来着想，谁就是我们中的一员！人人都受欢迎！谁想成为艺术家，就赶快来报名！我们这个剧院需要每一个人，每个人都有自己的职位！谁决定加入我们的行列，我们就立刻在这里向谁祝贺！但是你们要赶快来，午夜之前都会接待你们！在十二点，一切都将关闭，而且不再开放！谁要是不相信我们，那真是岂有此理！快来克莱顿！"

广告前虽然站着许多人，但它看来并不太受欢迎。现在有如此多的广告，可是没人再相信广告了。这则广告与其他广告相比更难叫人相信。但最重要的是，它犯了个大错，上面只字未提报酬。即使报酬很低，不值一提，广告也一定要写明；它不该把最重要的东西忘掉。没人想成为艺术家，但每个人都想为自己的工作得到报酬。

但对卡尔来说，这则广告有一种很大的诱惑力。“人人都受欢迎！”广告上这样写道。人人，那就是说也包括卡尔。他至今的所作所为都可以被忘记，谁也不想再为他的过去而指责他。他可以报名去做一种没有耻辱的工作，甚至人们可以公开邀请他去做这样一种工作！而且同样公开向他保证，会接收他。他不要求更好的待遇，只想找到一种体面的职业生涯的开端，而这个开端也许正好从这儿开始。哪怕广告上写的大话是谎言，哪怕俄克拉何马大剧院仅仅是个小小的巡回演出的马戏团，只要它想接收人，这一点就足够了。这则广告卡尔没看第二遍，但他却再次把这句话找了出来：“人人都受欢迎！”起初，他想步行去克莱顿，但若是步行，快走也得走三个小时，这样的话，他到达那儿很可能就只是为了知道所有空位子都被占了这样一个结果。当然，根据广告，接收的人数不限，但所有这类招聘广告都是这么写的。卡尔明白，他要么放弃职位，要么乘车去。他数一数自己的钱，不算这次车费，还够八天用；他在展平的手上把一枚枚小硬币推来推去计算着。一位观察他的先生拍拍他的肩膀，说：“祝您去克莱顿走运！”卡尔默默地点点头，继续数算着。但他不一会儿决定，把乘车需要花的钱分出来，然后立刻朝地铁站跑去。当他在克莱顿站下车时，立刻听见杂乱不堪的喇叭声——千真万确，一片嘈杂声，许多喇叭互不谐调，拼命乱吹。但这并不影响卡尔，反而向他证实，俄克拉何马剧院是个规模很大的企业。当他走出地铁站大厅时，通观眼前的整个场景，他看到，一切比他随便所能想象的还大；他无法理解的是，一个企业只是为了招聘工作人员，竟如此铺张浪费。在赛马场的入口前建造了一个长长的低矮平台，平台上成百名少女打扮得像是天使，穿着白色的衣服，背上是一对大翅膀，她们在任意吹着闪闪发亮的金黄色长喇叭。但是，她们不是直接站在平台上，而是每个人站在平台上的一个基座上，这些基座看不见，因为都被长长的飘摆着的白色天使服完全遮住了。那些基座最高的有两米，因此，站在上面的人显得特别高大，只是看上去小小的脑袋影响了高大的身材；还有，她们那散乱的长发垂在两个大翅膀之间或是旁边，反而显得太短，而且使人觉得有点可笑。为了避免单调，基座有高低之分；有的很低，站在上面比一般人高不了多少，但旁边的人则高高腾起，让人简直觉得只要风轻轻一吹，她们就有被吹倒的危险。现在，这些女子都在拼命吹喇叭，但听众并不多。大约有十位年轻人，与那些高大的女性形象相比显得很矮小，在平台前走来走去，同时仰望着那些女子。他们先后指指这个或是指指那个，但他们好像不想进去让剧院录用他们。只见有个年龄稍大的男子在略微靠旁边一点的地方站着，他同时把妻子也带来了，他们还用童车推着孩子。他的妻子一只手抓着小车，一只手支在丈夫的肩上。他们很欣赏整个场面，但人们也看得出，他们也感到失望。他们大概也希望找个工作，但这种喇叭声使他们迷惑不解。卡尔和他们的情况一样。他走到那个男子旁边，听了一会儿喇叭声，然后问：“这儿是俄克拉何马剧院的招聘处吧？”

“我也觉得是，”那个男子说，“可我们在这儿已经等了一个小时，听到的只是喇叭声。什么地方也看不到广告，什么地方也看不到一个招聘的人，什么地方也没有可以询问的人。”

卡尔说：“也许在等更多的人来吧。现在来的人也确实太少了。”

“也有可能。”那个男子说。他们又默默不语了。在嘈杂的喇叭声中也很难听清对方的话。后来，妻子对丈夫低声说了些什么，丈夫点点头，妻子立刻对卡尔大声说：“您能不能去跑道上问问，在什么地方招聘呢？”

“好，”卡尔说，“但我必须走过平台，从天使中间穿过去。”

“很难吗？”那女人问。

她觉得对卡尔来说很容易走过去，但她不想让自己的丈夫去。

“可以吧，”卡尔说，“我这就去。”

“您真好。”那女人说。她还有她的丈夫握握卡尔的手。

那几个年轻人一起跑过来，想从近处看看卡尔怎样登上平台。这时，女子们的喇叭好像为了迎接第一个求职者吹得更响了。但有些女子——卡尔正好从她们的基座边经过——却把喇叭从嘴边拿开，侧身弯腰，看卡尔往哪儿走。卡尔看到平台的另一边有个人，那个人不安地来回走动着，显然是在等那些想了解情况的人，他可以提供各种信息。卡尔刚要朝他走去，这时他听见有人喊他的名字。

“卡尔！”他身边的那个天使喊道。卡尔抬头一看，喜出望外，大声笑了。这是范妮。

“范妮！”卡尔叫道，他同时举手向上示意。

“你来！”范妮大声说，“你可不能就这样从我身边跑过去！”

她撩开衣裙，基座和通上去的狭小阶梯露了出来。

“让上去吗？”卡尔问。

“谁会禁止我们握握手呢！”范妮说，一边生气地看看四周是否有人带着禁令走来。可是，卡尔已经跑上了阶梯。

“慢点！”范妮大声说，“这个基座和我们两人会翻倒的！”但都没有翻倒。卡尔高兴地走到最后一个台阶上。“你瞧，”他们相互问候后，范妮说，“你瞧，我得了一份什么样的工作。”

“真好。”卡尔说着望望四周。附近的所有女子都已经看到卡尔，并哧哧地笑起来。“你最高。”卡尔说，他同时伸出手，测量其他女子的高度。

“当你走出地铁站时，”范妮说，“我立刻就看见你了，但我在这儿最后一排，你看不见我，另外，我也不能大声喊叫。我虽然拼命大声吹喇叭，但你认不出我来。”

“你们都吹得很糟糕，”卡尔说，“让我吹一吹。”

“当然行，”范妮说着把喇叭递给卡尔，“但你不要打乱合奏，不然会把我解雇的。”

卡尔开始吹起来；他本来想，这样的喇叭肯定制作得很粗糙，只是用来吹点噪声罢了，但他一吹，就发现这是件很精密的乐器，能发出任何一种微妙的音。若是所有的喇叭都具备同样的性能，那现在简直是滥用乐器！卡尔不受其他女子吹的嘈杂音的干扰，大声吹奏起他在某个小酒馆听到过的一首曲子。他很高兴在这儿遇上一位老朋友，而且在这儿，在大家面前享有特殊待遇，吹吹喇叭，同时还很有可能马上就会得到一份好工作。许多女子这时都停止吹奏了。她们倾听着卡尔吹奏；当卡尔突然中断时，吹响着的喇叭几乎不到一半了，随后才又渐渐地全部响了起来。

“你真是个艺术家。”卡尔再把喇叭递给范妮时，范妮说，“你去让他们录用你做号手。”

“男的也要？”卡尔问。

“是的，”范妮说，“我们女的吹两个钟头，然后，打扮成魔鬼的男子接替我们。他们一半人吹喇叭，一半人敲鼓。整个道具非常贵重，非常漂亮。我们的衣服不漂亮吗？翅膀不漂亮吗？”她顺着自己的身子往下打量。

“你认为，”卡尔问，“我也能得到一份工作？”

“完全可以肯定，”范妮说，“这可是世界上最大的剧院。我们又在一起了，多好啊！当然要看你得到什么工作。也有可能，我们两人虽然都被这儿聘用，但彼此却见不了面。”

“整个剧院真的这么大吗？”卡尔问。

“这是世界上最大的剧院，”范妮再次说道，“我自己虽然还没有看到，但我的一些同事早就在俄克拉何马工作了，她们说，这个剧院大得几乎是无边无际。”

“但很少有人来报名。”卡尔说。他往下指指那几个年轻人和那个小家庭。

“你说得对，”范妮说，“但你想想，我们在所有城市都招聘人，我们的招聘队经常出去。这样的招聘队还有许多呢。”

“剧院还没有开张吗？”卡尔问。

“噢，开张了，”范妮说，“这是个旧剧院，但不断在扩大。”

“我感到奇怪，”卡尔说，“没有更多的人来争先应聘。”

“是的，”范妮说，“是奇怪。”

“也许，”卡尔说，“装扮成天使和魔鬼，这样大的浪费不是把人吸引来，而是把人吓跑了。”

“你怎么想到这方面了！”范妮说，“不过也有可能。你把这一点告诉我们的队长，也许这样你对他会有所帮助。”

“他在哪儿？”卡尔问。

“在赛马场，”范妮说，“在裁判台上。”

“还使我感到惊奇的是，”卡尔说，“为什么在赛马场进行招聘？”

“哦，”范妮说，“我们在各个地方为大批拥来的应聘者做了最充足的准备。赛马场地方大。凡是比赛结束了的地方都设立了招聘办事处，据说有两百个不同的办事处。”

“不过，”卡尔叫道，“俄克拉何马剧院有这么多钱维持这样的招聘队吗？”

“这关我们什么事？”范妮说，“现在，卡尔，快去吧，免得错过机会，我也必须吹喇叭了。无论如何你要设法在这个招聘队里获得个职位，然后立刻到这儿告诉我一声。要知道，我在急着等你的消息呢。”

她握握卡尔的手，提醒他往下走时小心点，随后又把喇叭放到嘴唇边，但她没吹，而是看着卡尔往下走，直至他安全到达下面。卡尔照原来的样子再把她的长衣裙遮在阶梯上，范妮点点头表示谢意。卡尔从各个角度考虑着刚才听到的话，朝下面的一个人走去。那个人已经看到卡尔刚才高高站在范妮身边，所以，他朝范妮的基座走近了一点，等待卡尔下来。

“您想加入我们的行列吗？”那个人问，“我是这个队的人事主任，欢迎您来。”他一直像是出于礼貌稍微向前躬着身子；尽管他没有离开站着的地方，但他摆出要蹦蹦跳跳的样子，手里还摆弄着表链。

“谢谢，”卡尔说，“我看到了贵公司的广告，就照要求报名来了。”

“做得对，”那个人称赞说，“很可惜，这儿不是每个人都抱着您这样的正确态度。”

卡尔想到，他现在可以提醒这个人注意，可能正是由于这个招聘队太宏大华丽了，所以才未能吸引来很多人。但他没有这样说，因为这个人根本不是领队，再说，他还没有被录用，就立刻提什么改进建议，这是不合适的。因此，他只是说：“外面还有个人在等着，他也想报名，但叫我先来看看。我可以现在叫他来吗？”

“当然啰，”那个人说，“来的人越多越好。”

“他还带着妻子，还用童车推着个孩子呢。叫他们也来吗？”

“当然啰。”那个人说，他好像对卡尔的怀疑态度感到好笑，“无论谁，我们都需要。”

“我马上就回来。”卡尔说。他很快又跑回平台边，向那对夫妇招招手，并大声说，他们都可以来。他还帮着把童车抬到平台上，他们现在一起前去应聘。那几个年轻人看见后，彼此商量了一下。他们双手插在口袋里，慢慢地，最后还在犹犹疑疑，登上平台，跟在卡尔和那一家人的后面。刚刚从地铁大厅又走出新的一批乘客，他们面对站满天使的平台惊讶得举起了手臂。此时，申请职位的活动似乎活跃了起来。卡尔对自己来得这么早，也许是第一名，感到非常高兴；那对夫妇还有点担心，因此提了许多有关会不会要求很高的问题。卡尔说，他自己也还不清楚，但他确实得到这样一种印象，任何人毫无例外都会被录用。他认为，完全可以放心。人事主任向他们迎面走来，他很满意来了这么多人，搓搓手，身子朝每个人一躬表示欢迎。他让大家排好队。卡尔是第一名，然后是那对夫妇，再后边才是其他人。大家站好之后——那几个年轻人起初还你争我抢挤作一团，但不一会儿，他们也排好了队——所有的喇叭都静了下来。这时，人事主任说："我代表俄克拉何马剧院欢迎你们。你们来得很早，"（但马上就到中午了）"报名的人还不多，所以你们的录用手续很快就会办妥。当然，你们必须都随身带着身份证件。"

那几个年轻人立刻从口袋里拿出一些什么证件，向人事主任晃晃。丈夫推推妻子，妻子从童车的弹簧床下面拿出一大捆证件。卡尔当然没有任何证件。这对录用他会是个障碍吗？卡尔从经验得知，这样的规定只要人们稍加注意就能轻而易举地回避开。这不是不可能的。人事主任看看整个一排人，确定大家都有证件；因为卡尔也把手（当然是空手）举了起来，所以，他认为卡尔也准备好了。

“很好，”人事主任说，他同时向那几个想立刻让他检查一下自己证件的年轻人挥挥手，“现在招聘办事处要检查证件。正像你们从我们的广告上看到的，我们需要每一个人。当然，我们必须了解一下，你们以前做过什么，这样我们就能把大家分配到能运用自己知识的适当岗位。”

这只是装装样子而已，卡尔心想。他有些怀疑，但仍然聚精会神地倾听着。

“因此，我们，”人事主任继续说，“在赛马经纪人办公室设立了各个招聘处，每个招聘处专门负责某种职业的招聘工作。所以，你们每个人现在都要把自己的职业告诉我，妻子一般属丈夫的招聘处。然后，我把你们分别带到招聘处，在那里，先检查证件，接着由专业人员考查你们的专业知识，时间很短，都不必担心。在那里，你们会被聘用，人们还会告诉你们接下去做什么。我们这就开始。这儿是第一招聘处，牌子上也写明了，是招聘工程师的。你们当中有谁是工程师？”卡尔说自己是。他觉得，正是因为他没有证件，所以他必须努力尽快办好各种手续，而且，他也有一点儿小小的资格，因为他曾经想当个工程师。其他几个年轻人看到卡尔报了名，都很忌妒，所以也说自己是工程师；大家都报了名。人事主任伸长脖子问几个年轻人：“你们都是工程师吗？”这时，他们又慢慢放下了手，但卡尔坚持自己的说法。人事主任看着他，虽然表示不相信，因为他觉得卡尔的衣着太不体面，而且觉得卡尔太年轻，不可能是工程师，但是，他没有再说什么，也许是出于谢意吧，至少他认为，这么多应聘者毕竟是卡尔带过来的。他表示欢迎，指给卡尔应去的招聘处。卡尔朝那儿走去时，人事主任转身向着其他人。

在工程师招聘处，两位先生坐在一张方桌的两边，对比着放在他们面前的两大本名册。其中一个人读，另一个人在自己的名册中勾画出读到的名字。卡尔打着招呼向他们走去时，他们立刻把名册放到一边，拿出别的登记簿，然后翻开。

其中一位显然只是个记录员，他说："请把您的身份证件拿出来。"

"很遗憾，我没带来。"卡尔说。

"他没带来。"记录员对另一位先生说，同时立刻把卡尔的回答写在本子上。

"您是工程师？"另一位先生看样子是这个招聘处的主任，这时问道。

"现在还不是，"卡尔很快回答，"不过——"

"够了，"这位先生说得更快，"那您不属于我们这个招聘处。请您注意牌子上写的。"卡尔咬紧牙关，对方肯定是发现了，因为他说："不用担心。所有的人我们都需要。"他挥手把一个在栏杆之间没事干走来走去的服务员叫过来，说："您把这位先生带到技术人员招聘处！"

服务员听清楚了命令，拉起卡尔的手。他们走过许多招聘处。在其中一个招聘处，卡尔看见那几名年轻人中的一人已被录取，正和那里的先生握手表示感谢呢。在卡尔现在被带去的招聘处，卡尔预见到了，情况和在第一个招聘处一样。听说他只上过中学，所以这儿的人让他去中学生招聘处。当卡尔在那儿说他上的是欧洲的中学时，那儿的人解释说也不归他们管，让他去欧洲中学生招聘处。欧洲中学生招聘处在最边上，不仅比其他招聘处狭小，而且低矮许多。带他到这儿来的那个服务员对走这么长的路和遭到这么多的拒绝非常生气，而且认为这全是卡尔的过错。在这儿，他不再等提问，便回头走了。这个招聘处也是最后的希望。卡尔看见招聘处主任时大为吃惊，这位主任和他原来的一位老师特别相似，那位老师很有可能还在家乡的实科中学[1]教书。这种相似性实际上当然只是表现在个别方面；但架在鼻梁上的眼镜，修饰得像是展品似的金黄色大胡子，略显弯曲的脊背和突然发出的响亮的声音，好长一会儿还使卡尔惊讶不已。好在他也不必特别留神，因为这里比在其他招聘处简单得多。在这里虽然也登记上了他没有身份证件一事，而且招聘主任说忘带证件这种粗心大意的事真叫人无法理解，但是，在这儿记录员说了算，他很快把此事处理完了；主任提了几个小问题后，正要准备提个大一点的问题，这时，记录员却立刻宣布卡尔被录取了。主任对此感到震惊，表示反对记录员的决定，但记录员做了个象征结束的手势，并重复说："录取了。"接着他就立刻把这个决定登记在本子上了。记录员显然认为，作为一名欧洲中学生，已经有点不光彩了，因此，人家说自己什么，就应该毫无顾忌地相信。卡尔本人没有什么不同意见，他走到记录员那儿，想表示感谢。但当人们

1 17—18 世纪产生的一种学校，主要讲授自然科学、外语等实用科目，对学生进行普通教育和职业准备教育。

问起他的姓名时，他还有点儿犹疑。他没有立刻回答，感到不好意思说出来，并让人写下自己的真实姓名。只有他在这儿得到一份工作，哪怕是最低下的，而且能够完成好，令人满意，才能让人知道他的姓名，但现在还不能让人知道。他沉默了很长时间，心想决不能再泄露自己的真实名字。因此，他把自己以往求职用的名字说了出来："内格罗[1]。"他一时也想不起其他名字。

"内格罗？"主任问，他这时转过头做个鬼脸，好像卡尔现在到了最不令人相信的地步。记录员也盯着卡尔，审视了好长一会儿，然后重复说"内格罗"，并把这个名字登记上了。

"您没有写'内格罗'吧？"主任叱责记录员说。

"是写的'内格罗'。"记录员沉着地说。他做了个手势，好像让主任说其他的。主任也只好克制自己，站起身来说："就是说，您被俄克拉何马剧院——"他没有继续说下去，他不能违背自己的良心，于是他坐下说："他不叫内格罗。"

记录员皱起眉头，站起来说："那么，我通知您，您被俄克拉何马剧院录用了，现在把您介绍给我们的领队。"

一位服务员被叫进来。他领着卡尔去裁判台。

卡尔看见下面楼梯旁边放着那辆童车，恰好在这时，那对夫妇也从楼上下来了，妻子怀里抱着孩子。

"您被录用啦？"那位丈夫问，他比先前活跃多了，妻子也越过丈夫的肩膀笑着看卡尔。当卡尔回答说，他刚被录用，现在

1 原文为 Negro，在欧洲是个常见的名字，但在美国是对黑人的蔑称。

去做介绍时，那位丈夫说：“祝贺您。我们也被录用了。看来这家企业不错，当然不能对什么都满意，到处都是这样。”他们相互再道声“再见”，然后卡尔往上去裁判台。他走得很慢，因为上边那个小房间看来挤满了人，他不想去和其他人挤。他甚至停下脚步，看看整个赛马场，赛马场很大，四面八方连着远处的树林。他突然来了兴趣，想看看赛马，在美国他还从来没有找到过机会。在欧洲，他还是个小孩子的时候，有一次妈妈带他去看赛马，但他什么也想不起来了，只记得妈妈拉着他从许多不愿让路的人中间穿过去。因此，可以说，他还根本没有看过赛马。在他后面，一部机械装置哒哒哒响起来。他转过身，看见牌子上——赛马时，获胜者的名字就公布在这个牌子上——有这样一行字在慢慢升高：“带妻子与孩子的考夫曼·卡拉。”被录用者的名字就是在这牌子上通知各个招聘处的。

恰巧在这时，有几位先生热烈地谈笑着，手里还拿着铅笔和记事纸，从上面跑下来，卡尔躲到栏杆边，让他们过去。现在，上面有了空位子，卡尔走了上去。上面是个周围有木栏杆的平台，整个儿像是狭窄塔楼的平顶。在平台的一个角落坐着一位先生，他的双臂伸展着搭在木栏杆上，一条白色的宽丝带横挂在他的胸前。丝带上写着：“俄克拉何马剧院第十招聘队领队。”在他旁边，一张小台子上放着一部赛马时肯定也会用的电话机。领队在听取介绍前显然要用电话了解有关各个求职者的一切必要的情况，因为他根本不是先向卡尔提问题，而是对一位跷着二郎腿、一手支着下颏、靠在他旁边的先生说：“内格罗，一位欧洲中学生。”对他来说，好像向他深深鞠着躬的卡尔就这样不成问题了。他顺阶梯望下去，看还有没有人上来。由于没人上来，所以，他有时倾听另一位先生与卡尔的谈话，但他大部分时间是看着赛马跑道，并用手指敲着栏杆。他这几根柔嫩而又有力的长长手指飞快地动个不停，有时甚至把卡尔的注意力吸引过去了，尽管另一位先生的问题接连不断。

“您失业啦？”这位先生首先问道。这个问题和他后来提的几乎所有的问题都很简单，不难做出明确回答，而且他中间也不插入其他问题，盘问回答是否正确。尽管如此，他仍然瞪大眼睛表达自己的问题，躬着上身观察问题产生的作用，而且头垂在胸前倾听对方回答，有时还把卡尔的回答大声重复一遍。他善于借此使自己的问题具有一种特殊的意义，这种意义人们虽然不懂，但可以小心谨慎，并带着个人主观色彩进行猜测。常常出现这种情况：卡尔总想收回自己已做出的回答，用另外一种也许受欢迎的回答取而代之，但他又总是克制住自己，因为他知道，犹豫不决地回答问题，给人的印象不好，而且自己也很难估计回答所产生的影响。另外，看来已决定录用他，他想到这一点，便采取了克制态度。

对他是不是失业了这个问题，卡尔回答得很简单：“是。”

“您最后是在什么地方受聘的？”这位先生接着问。卡尔刚想回答，这位先生却竖起食指，重复说：“最后！”

第一次提问题卡尔就完全听懂了，他觉得最后的说明反而叫人糊涂，所以，他不由自主地摇摇头，但紧接着答道：“在一家办事处。”

他说的是实话，不过，若是这位先生要求进一步说明是什么样的办事处，那他就得撒谎。但这位先生没这样做，而是提了一个照实情很容易回答的问题：“您在那里满意吗？”

“不！”卡尔很快叫道，几乎像是打断对方的话。他往旁边瞥了一眼，发现领队带点微笑的样子。他对自己不假思索做出最后这个回答感到后悔，但是，喊出这个“不”太诱人了，因为，在他上次的整个工作期间，他的最大愿望就是有某个陌生的雇主走进来，向他提出这个问题。但他的回答也有不利的一面，因为这位先生有可能进一步问为什么不满意。但他没有这样做，而是问：“您觉得您适合做哪种工作？”这个问题很可能真的是一个圈套，因为卡尔已经被录取为演员了，为什么还提这个问题呢？卡尔虽然知道自己已经被录取为演员，但还是克制自己不说，他觉得自己特别适合做演员。因此，他回避开这个问题，宁可冒表现自己固执的危险，说：“我在市内看到广告，上面写着，无论谁都需要，于是我就来报名了。”

“这我们知道。”这位先生说。他沉默了一会儿，以此表明，他坚持自己原先提的问题。

“我已被录取为演员了。”卡尔犹犹豫豫地说，为的是让这位先生理解，最后这个问题使他陷入了困境。

“对。”这位先生说后又沉默起来。

“不，”卡尔说，已经找到一个职位的整个希望又动摇了，“我不知道我是否适合演戏。但我要尽最大努力，千方百计完成任务。”

这位先生转向领队，两个人同时点点头。卡尔觉得自己回答对了，于是又鼓起勇气，振作精神，等待下一个问题。这个问题是：“您原来想学什么？”

为了把问题表达准确些——这位先生很强调准确——他补充说：“我是指在欧洲时。”他这时把手从下颏拿开，做个轻微的手势，好像他想以此同时暗示，欧洲离这儿很远，在那里制订的计划毫无意义。

卡尔说：“我想成为工程师。”虽然他不愿说出这个答案，因为想想来美国后的经历，竟然还在这儿提过去想当工程师的事情——难道他在欧洲就是个工程师？——所以觉得可笑，但是，他又没有其他回答，因此就这样答话了。

这位先生对什么都很认真，在这件事情上也不例外。“现在，”他说，“您不能立刻成为工程师，您也许暂时适合做简单一点的技术工作。”

“那好。”卡尔说。他觉得非常满意。接受这项工作，就要从演员转为技术工，虽然如此，但他实际上觉得，做技术活他会干得更好。另外，他一再表示，现在重要的不是工种问题，而是随便在什么地方长期安顿下来的问题。

“干重活您力气够吗？”这位先生问。

“那不成问题。”卡尔说。

这位先生随即把卡尔朝自己拉近一点，摸摸他的手臂。

“小家伙很有力气。”他说，同时抓着手臂把卡尔拉到领队面前。领队微笑着点点头，但他仍然静坐着与卡尔握握手说：“那我们办好了。不过，在俄克拉何马还要审查。愿您为我们的招聘队争光！”

卡尔躬身告别，他还想和另一位先生道别，但那位先生仿佛已完成全部工作，正仰着脸在平台上踱来踱去。卡尔顺阶梯下去时，在阶梯旁边的记分牌上高高出现这样一行字：“内格罗，技术工。”

这儿一切都井然有序，因此，要是记分牌上出现卡尔的真实姓名，他也不会感到遗憾。这里甚至一切安排都很周到。在阶梯最下面，一位服务员已经在等候卡尔了。这位服务员把一个袖章别在他手臂上。他抬起手臂看袖章上写着什么，看见上面正确印着“技术工”几个字。

不管卡尔被领到哪里，他都首先想告诉范妮，一切都顺利通过了。但非常遗憾，他从服务员那儿获悉，所有天使和魔鬼已经出发去招聘队的下一个指定地点了，为的是在那儿公布招聘队第二天到达的消息。

“真可惜，”卡尔说，这是他在这家企业第一次感到失望，“天使当中有我一位朋友。”

“您会在俄克拉何马见到她。”服务员说，“现在，您快来，您是最后一名了。”

服务员带卡尔沿着天使原先站过的平台后面走过去；现在平台上只剩下了空空的基座。卡尔本来想，没有音乐，会来更多的求职者，这种想法现在证明是不正确的。因为，平台前现在没有一个成年人，只有几个小孩子在争抢一根显然是从天使翅膀上掉下来的羽毛。一个小男孩高高举着这根羽毛，其他小孩子想用一只手按压小男孩的头，用另一只手去抓羽毛。

卡尔让服务员看看那些小孩子，但服务员没心思看，而是说：“您走快点！录取您花了很长时间。他们怀疑您？”

“我不知道。”卡尔吃惊地说，可他不相信人家会怀疑他。即便是情况一清二楚，也总是有某个人为他人担忧。他们现在去的是大型观众台。在观众台上友好的人面前，卡尔很快就把服务员刚才说的话忘记了。观众台上有张又宽又长的凳子，上面遮着白布，所有被录用的人都背对赛马跑道，坐在低一级的长凳上，并受到热情招待。大家十分高兴和激动；当卡尔作为最后一名被录用者未被人发觉而坐在凳子上时，正好许多人高举酒杯站了起来，其中一位为第十招聘队领队祝酒干杯，称他是“求职者之父”。有人提醒大家注意，他们从这儿也能看见领队；实际上，两位先生所在的裁判台离这儿不远，可以看见。于是，大家向这个方向挥动起酒杯，卡尔也端起放在他面前的酒杯。但是，虽然他们如此大声叫喊，虽然他们如此设法引起领队注意，但裁判台上依然没有什么迹象表明对方已经注意到或至少想注意到这种欢呼致敬的场面。领队仍像原先那样靠在角落里，另一位先生一手放在颏下，站在他旁边。大家感到有些失望，于是陆陆续续重又坐下，时而还有人转过身朝裁判台望望，但不一会儿都忙着吃丰盛的饭菜了。有一只家禽如此肥大，卡尔还从来没有见过；烤得松脆的肉上插着好多把叉子，传来传去；服务员们斟酒忙个不停——但几乎没人发觉，因为大家都在低头对着自己的盘子；杯子里红葡萄酒闪着亮光。不想参加一般谈话的人，可以看有关俄克拉何马剧院的照片。这些照片叠放在长餐桌的一头，只许一个人一个人传着看。但大多数人对照片不感兴趣，结果只有一张照片传到最后一个人——卡尔手里。单从这张照片判断，其他的照片都值得看一看。这张照片照的是美国总统的包厢。初看上去，人们会认为这不是包厢，而是舞台，前边的栏杆远远伸出去。这道栏杆的各个部分都是用黄金做的。在像是用最精致的剪刀剪出来的小立柱之间挂着历届总统们的奖章。其中有位总统，鼻子特别直，嘴唇高高噘起，拱形眼皮下双眼呆滞地低垂着。光线从旁边和上面照在包厢四周，白色而非常柔和的光照亮了包厢的前面，而包厢的后面像是微微闪着红光的黑暗空洞，整个周围垂挂着借助细绳可以拉动的红色丝绒布，丝绒布折成皱褶状，呈现出不同的色调。在这个包厢里，一切看上去都像是专断骄横的样子，人们无法想象这儿可以坐人。卡尔并没有忘记吃饭，但他不时地看他放在自己盘子旁边的这张照片。

卡尔真想再看至少一张其他的照片，但他不想亲自去拿，因为有个服务员把一只手捂在叠放起来的照片上，这肯定是要保持照片的先后顺序。卡尔只是不断看着餐桌，看还有没有一张照片传过来。这时，他非常惊讶——起初他压根儿就不相信——在深深低头吃饭的人中间发现了一副非常熟悉的面孔：贾科莫。他赶忙跑过去。“贾科莫！”他喊道。

贾科莫遇到什么意外时，一向很冷静。他从餐桌边站起身，在两排长凳之间的狭小地方转过身，用手抹抹嘴，这时才对看见卡尔表示非常高兴。他请卡尔坐到自己身边，或者，他表示愿意去卡尔的座位；他们想彼此讲讲别后的一切情况，想永远待在一起。卡尔不想打扰其他人，因此，他们暂时各自留在自己的座位上；饭很快就要吃完，然后他们当然就可以在一起了。但卡尔仍然站在贾科莫身边，一个劲儿盯着他看。以往的时间有多少可以回忆啊！厨房总管在哪里？特蕾丝在干什么？从外表看上去，贾科莫几乎一点也没变，厨房总管曾预言他半年后必定是个瘦骨嶙峋的美国人，她没有言中；他仍然如同以往那么柔弱，他的面颊也如同以往那么消瘦，不过，这一刻，他的面颊圆鼓鼓的，因为他嘴里含着一大块肉，他正把肉里多余的骨头慢慢抽出来放到盘子上。正像卡尔从袖章上看到的，贾科莫也没有被录取为演员，而是被聘为电梯司机。看来俄克拉何马剧院确实可以为每个人安排工作！卡尔只顾看着贾科莫，不知不觉离开自己座位很长时间了。他刚想回自己座位，这时人事主任走来。人事主任登上高一级的长凳，拍拍手，做简短讲话，大部分人都站了起来，那些坐着还在吃的人在别人推了推之后也勉强站起来了。

“我希望，”他说，卡尔在此期间踮着脚回到了自己的座位，“你们对我们的宴会感到满意。人们一般都十分称赞我们招聘队举行的宴会。非常遗憾，我现在不得不宣布宴会结束，因为把你们带往俄克拉何马的火车再有五分钟就要出发了。旅途虽然漫长，但你们会看到一切都替你们安排得很好。这里我把这位先生介绍给你们，他负责你们的运送工作，你们要听从他指挥。”

一位又瘦又矮的先生登上人事主任站着的长凳。他急匆匆地鞠个躬，然后立刻伸出有些神经质的双手，指挥大家怎样集合、排队和开步走。但大家没有听他的，团体当中那个先前已经讲过话的人，尽管刚才已说过——卡尔心神不安了——火车马上就要出发，仍然手往桌子上一拍，开始致谢词。人事主任没有听他讲，而是一直在对运送主任发各种指示。那个讲话的人煞有介事，数出端上来的一道道菜，并对每道菜做一番评价，最后总结性喊道："尊敬的先生们，你们就这样赢得了我们！"除了被称呼的人，大家都笑了。不过，这与其说是开玩笑，倒不如说是道出了真情。

为这个讲话，大伙不得不付出代价——现在必须跑步赶往火车站。这也不太艰难，因为——卡尔这时才发觉——没人带着行李。唯一的行李是原来那辆童车，现在父亲推着它，不停地颠簸着，走在队伍的最前面。一无所有和有重大嫌疑的人在这里走到了一起，而且竟然还受到如此好的招待与保护！这位运送主任现在会更细心照料他们。他一会儿一只手帮着推那辆童车，同时举起另一只手挥动着，鼓励大家快走；一会儿走在最后一排的后面，催人加快步伐；一会儿又跑在队伍旁边，看到中间哪些人走得慢，就挥动起双臂，试着向他们示范怎样才能走得更快。

他们到达火车站时，火车已准备就绪。车站上的人对这支队伍指指点点，有人还在高声说："所有这些人都是俄克拉何马剧院的！"这个剧院看来比卡尔猜想的更有名气，当然他还没有为剧院的事情操心过。一节车厢是专门为他们安排的。运送主任比乘务员还急，催大家快上车。他先看看各个分队，有些地方让人安排好，等大家上去后，他自己才上车。卡尔偶然得到一个靠窗口的位子，他把贾科莫拉到自己身边。因此，他们并排挤在一起，而且对这次旅行感到非常高兴。在美国，他们还从来没有如此无忧无虑地旅行过。火车开动时，他们把双手伸出窗口挥手示意，坐在他们对面的几个年轻人相互碰碰，觉得非常好笑。

他们乘车走了两天两夜。现在卡尔才知道美国很大。他不知疲倦地望着窗外，贾科莫也一起挤着往外看。对此，几个坐在对面玩纸牌的年轻人感到非常厌烦，于是自愿把窗口的座位让给他了。卡尔谢谢他们——贾科莫的英语不是每个人都能听懂——一路上在一个车厢，他们友好多了；不过，他们的友好又常常是讨人嫌的，因为比如，一张牌掉在地上，玩牌的就在地上找，一边使劲捏卡尔或贾科莫的腿。这样突然一来，贾科莫就大叫一声，把腿抬得高高的；卡尔有一次还踢了对方一脚，不过在一般情况下他总是默不作声，忍受一切。尽管车窗一直敞开着，但小小车厢内依然烟雾腾腾；看着外面千变万化的景色，车厢里发生的事情很快就过去了。

第一天他们驶过崇山峻岭。尖尖的深蓝色楔形岩石朝火车这边伸展着，人们把头伸出窗外也看不见高高的峰顶；昏暗、狭窄和断裂的山谷豁然开阔了，人们用手指描画着山谷消失的方向；一条条宽阔的山间河流迎面而来，丘陵般起伏的河底激起的波涛夹着无以数计的浪花，汹涌澎湃，从火车驶过的桥下流去——波涛涌来，近在咫尺，人的脸就感觉到了它散发出的微微寒气。

卡夫卡年表

对我来说不存在高空和远方。……我是灰色的，像灰烬。

一只渴望在石头之间藏身的寒鸦。

——卡夫卡

1883 年

7 月 3 日，出生于奥匈帝国治下的布拉格，是家中长子。父亲赫尔曼 · 卡夫卡（1854—1931）是一位成功的犹太商人，母亲是尤丽叶 · 卡夫卡（1856—1934）。

1885 年

弟弟格奥尔格出生，后在十五个月大时因麻疹而夭折。

1887 年

弟弟海因里希出生，后在六个月大时因脑脊膜炎而夭折。

1889 年

9 月，入布拉格德意志人民小学读书。妹妹加布丽埃勒出生（又称埃莉，1941 年去世）。

1890 年

妹妹瓦莱莉出生（又称瓦莉，1942 年去世）。

1892 年

妹妹奥蒂莉出生（又称奥特拉，1943 年去世）。

1893 年

9 月，入布拉格旧城德语国立九年制高级中学。因入学成绩优异而跳级。

1896 年

6 月，在吉卜赛人犹太教会堂举行了成年礼。

1897 年

捷克民族主义者发起的反德意志活动很快波及犹太人的商业活动，不过卡夫卡家的男用饰品店幸免于难。

1901 年

7 月，顺利通过高中毕业考试后，首次出远门旅行，到达德国北海之上的诺德奈岛与赫尔果兰岛。

10 月，入查理德语大学读书。起初学习化学，两周后改学法律；就读期间，常去听哲学、心理学、德语文学、艺术史、拉丁语及希腊语的讲座和课程。

1902 年

10 月，在一次学生协会的活动上结识马克斯·布罗德（1884—1968）。布罗德是一位多产作家，后来成为卡夫卡亲密的朋友和其去世后出版作品的编者。

1906 年

获博士学位。按照当时规定，开始在布拉格法院进行为期一年的实习。

1907 年

10 月，进入意大利忠利保险公司布拉格分公司就职。

1908 年

因工作压力大、时间长而从忠利保险公司辞职，进入国家劳工工伤保险公司就职。在弗朗茨·布莱主编的《许培里昂》杂志上发表散文作品八篇。

1909 年

9 月，与马克斯·布罗德及布罗德的弟弟奥托到意大利北部加尔达湖畔的里瓦度假。回程中，在布雷西亚观看航空展，这次经历成为短篇作品《布雷西亚的飞机》的主题。

1910 年

10 月，与马克斯·布罗德和奥托·布罗德前往巴黎旅行，后来因为背上长有疖子而独自提前返回布拉格。

1911 年

8—9 月，与马克斯·布罗德前往瑞士、意大利北部和巴黎旅行。

10 月，在布拉格萨沃伊咖啡馆观看一个意第绪语剧团演出，与演员伊兹查克·勒维结为朋友，并从后者处了解到许多关于意第绪语戏剧、犹太礼节的知识。

1912 年

6—7 月，与马克斯·布罗德经莱比锡前往魏玛旅行。在莱比锡期间，拜访了布罗德的出版商库尔特·沃尔夫，双方就出版一部短篇小说集达成一致意见。旅行结束时，独自前往哈尔茨山的容博恩疗养院做了三周的自然疗法疗养。

8 月 13 日，在布罗德家遇见菲丽丝·鲍尔（1887—1960）。鲍尔在柏林工作，是布罗德的远亲。

9 月，寄出第一封给鲍尔的信。两天后，仅用一晚创作出被公认为其突破之作的短篇小说《判决》。开始着手创作首部长篇小说《美国》（亦称《失踪者》）。

11—12 月，创作《变形记》。

12 月，首部作品集《观察》由库尔特·沃尔夫在莱比锡出版，印数八百册。

1913 年

三次前往柏林见菲丽丝·鲍尔。

5 月，《美国》第一章以《司炉》为标题单独出版。

1914 年

6 月 1 日，在柏林与菲丽丝·鲍尔正式订婚。

7 月 12 日，鲍尔在与卡夫卡就他写给她的朋友格蕾特·布洛赫的密信当面对质后，解除了两人的婚约。

8 月，第一次世界大战爆发。卡夫卡开始创作第二部长篇小说《审判》（亦称《诉讼》）。

10 月，利用业余时间集中精力创作《审判》，最后却写出了《在流刑营》。

1915 年

1 月，放弃《审判》的写作；自分手后首次见到菲丽丝·鲍尔，为她朗读《审判》中守门人的故事。

12 月,《变形记》由库尔特·沃尔夫出版。剧作家卡尔·施特恩海姆获冯塔纳文学奖，但把奖金转赠给了卡夫卡。

1916 年

与菲丽丝·鲍尔和解。

7 月，与鲍尔在波希米亚度假胜地马里恩巴德共同度过十天。《判决》由沃尔夫出版。

11 月—次年 4 月，以妹妹奥蒂莉在城堡区租的一栋房子为写作基地，创作出多部短篇小说，后结集为《乡村医生》。

1917 年

7 月，与鲍尔前往布达佩斯拜访鲍尔的姐姐，两人再次订婚。

8 月，两次夜间咯血，当时被诊断为结核病。

9 月，搬去波希米亚村庄曲劳，与妹妹奥蒂莉一起生活。

12 月，鲍尔前来探视，卡夫卡因对健康悲观而提出解除婚约。

1918 年

5 月，返回布拉格，重新开始工作。

10 月，患上西班牙流感。

11 月，奥匈帝国覆亡，捷克共和国成立。回公司上班四天后再次获准休假，前往谢莱森疗养。

1919 年

1 月，在谢莱森结识同在那里疗养、家境贫寒的尤丽叶·沃里泽克（1891—1944）。

4 月，返回布拉格工作，得知菲丽丝·鲍尔已经结婚。

9月，与尤丽叶·沃里泽克订婚，遭到父母极力反对。

10月，《在流刑营》由沃尔夫出版。

1920年

年初，职务升迁，权限扩大。

2—3月，开始与已婚的记者、翻译米莱娜·耶森斯卡（1896—1944）密集通信。

5月，《乡村医生》由沃尔夫出版。

7月，解除与尤丽叶·沃里泽克的婚约。

12月，再次因病休假，在塔特拉山中的一座疗养院待至次年8月。

1921年

1月，结束与米莱娜·耶森斯卡的通信。

9月，返回公司工作，但10月起又请了三个月病假。

1922年

1月，病假延至4月。住在塔特拉山中的一家旅馆，撰写最后一部长篇小说《城堡》。

7月1日，公司因卡夫卡健康问题而批准其提前退休。

1923年

7月，在波罗的海海滨的米里茨度假，与多拉·迪亚曼特（1898—1952）相识。

9月，搬至柏林，与迪亚曼特一起生活；由于通货膨胀，两人的经济状况非常窘迫。

1924 年

3 月，由于健康状况持续恶化，返回布拉格；创作最后一篇短篇小说《约瑟芬，女歌手或者老鼠的民族》。

4 月，经诊断，结核病已经蔓延至喉部。在迪亚曼特陪伴下，前往维也纳一家喉科诊所治疗，后来又至维也纳北部克洛斯特诺伊堡的一家小疗养院疗养。

6 月 3 日，去世，身边有迪亚曼特陪伴。

8 月，作品集《饥饿艺术家》由锻造出版社出版。

1925 年

经马克斯 · 布罗德编辑的《审判》由锻造出版社出版。

1926 年

经布罗德编辑的《城堡》由沃尔夫出版。

1927 年

经布罗德编辑的《美国》由沃尔夫出版。

1939 年

马克斯 · 布罗德在德国入侵前乘最后一班火车离开布拉格，前往巴勒斯坦，随身带着卡夫卡的手稿。